너는
사랑이다

# 너는 사랑이다·1

1판 1쇄 찍음 2015년 3월 18일
1판 1쇄 펴냄 2015년 3월 25일

지은이 | 이지아
펴낸이 | 고운숙
펴낸곳 | 봄 미디어

기획·편집 | 손수화, 정수경

출판등록 | 2014년 08월 25일 (제387-2014-000040호)
주소 | 경기도 부천시 원미구 소향로17, 304(두성프라자) (우)420-864
영업부 | 070-5015-0818  편집부 | 070-5015-0817  팩스 | 032-712-2815
E-mail | bommedia@naver.com
소식창 | http://blog.naver.com/bommedia

**값 9,000원**

ISBN  979-11-86093-94-8 04810
       979-11-86093-93-1 04810(세트)

You belong to me. I belong to you.
We belong together.

# 너는
# 사랑이다

vol

1

**이지아** 장편 소설

# Contents

Chapter | 1

여는
이야기

자우룩한 안개가 시야를 가린다. 한 치 앞을 내다보기 어려운 짙은 안개 속에서 나는 눈길을 헤치며 앞으로 나아갔다. 안개 특유의 비릿하면서도 매캐한 냄새가 한겨울 냉기와 뒤섞여 폐부 깊숙이 스며들었다. 불현듯 두려움이 엄습한다.

"거기 누구 없어요?"

힘껏 내지른 목소리가 사방 어디로도 날아가지 못하고 안개에 갇혀 어지러이 떠다녔다. 부드럽지만 또 두툼하기도 한 안개는 소리마저 잠식해 버렸다.

걸음을 빨리해 무작정 앞으로 내달렸다. 달리고, 다시 달리고, 숨이 턱까지 차오르도록 눈으로 뒤덮인 자작나무 숲을 줄곧 달렸다.

아까보다 더 지독한 안개가 젖은 솜처럼 온몸에 들러붙었다.

그제야 나는 안개에 파묻혀 길을 잃었음을 깨달았다. 두 다리가 맥없이 풀어진다. 그대로 풀썩 눈밭에 주저앉고 말았다. 오롯이 혼자라는 고독감이 불시에 찾아들었다.

춥고, 외롭고, 무서웠다. 어깨를 동그랗게 말아 웅크렸다. 다른 모든 것들처럼 나 역시 자우룩한 안개에 묻힌다. 그렇게 나는 옴짝달싹하지 못한 채 흩날리는 눈발 속으로 유유히 매몰되어 갔다.


2007년 2월 19일 월요일 새벽.

준영은 이제 막 업로드를 끝마친 연재소설 '마지막 비상구'의 말미에 과감히 '끝'이라고 적어 넣었다.

대다수의 해피엔딩 중독자들은 작가가 미쳤다는 둥, 지금 장난하느냐는 둥 원성이 자자한 댓글로 인터넷 게시판을 도배할 것이 분명하다.

여자 주인공 '나'가 죽기를 은근히 기대하고 바랐던 몇몇 염세주의자들 또한 이도 저도 아닌 열린 결말에 앞다투어 불만을 터트리기는 마찬가지일 터.

장기 밀매 일당의 정체를 밝힌 '나'가 추악한 범죄 현장인 정신요양병원을 무사히 빠져나와 남자 주인공 '그'를 만나는 행복한 결말이라면, 대다수 독자들의 환영과 지지를 받을 것이다.

혹은 장기 밀매 일당은 일망타진하였지만 그 과정에서 '나'가 죽는 슬픈 결말이라면, 독자들에게 소설의 여운은 오래도록 짙게 남을 것이 틀림없었다.

안다. 준영도 안다. 이제 겨우 걸음마를 떼기 시작한 초보 글쟁이라도 열혈 독자로 살아온 세월이 얼마인데…….

그러나 준영은 차마 '나'를 살릴 수가 없었다. 지독한 죄책감과 끔찍한 기억을 고스란히 가슴에 품고 살아가는 일이 과연 '나'에게 행복인지 좀처럼 판단이 서지 않았다. 그렇다고 소설의 재미를 위해 '나'를 죽이자니, 스스로 제 손목을 긋는 것처럼 괴롭고 아파 자꾸만 결심이 무너졌다.

열린 결말이야말로 '나'를 죽일 수도 살릴 수도 없는 준영의 최선책이자 최후 비책이었다. 문자 그대로 마지막 비상구.

준영은 한차례 심호흡을 한 다음 단호한 태도로 컴퓨터 자판의 엔터키를 눌렀다. 이제 버스는 떠났고, 후회는 없다.

의자 등받이에 깊숙이 몸을 기대고 위를 올려다보았다. 천장 한가운데 매달린 형광등이 반짝이는 얼음 막대기처럼 싸늘한 빛을 뿜었다. 꼬박 밤을 지새운 눈자위가 사뭇 시리다.

갑자기 졸음이 쏟아졌다. 사고 이후 3년 만에 처음으로 악몽에 짓눌리지 않고 잘 수 있을 것 같았다.

2007년 6월 22일 금요일 늦은 오후.

지환은 사리물었던 입술을 자근자근 씹기 시작했다. 아까부터 지치지도 않고 들려오는 소음 때문에 자꾸만 신경이 곤두선다. 저 소음 덩어리 둘을 피할 수만 있다면 안개 속에라도 숨고 싶었다. 애써 무시하고 읽던 책에 다시 집중했다.

"춘희야!"

형석이 물소 가죽 소파에 눕다시피 앉아, 맞은편 윙체어 위에 책상다리를 하고 일명 쭈쭈바라 불리는 아이스크림을 쪽쪽 소리가 나도록 빨아 대는 대학 후배를 불렀다.

"예, 형님."

춘희가 뚫어져라 쳐다보던 노트북 컴퓨터 스크린에서 즉각 시선을 들어 올렸다. 형석이 프로파일링 된 여러 개의 사진들 중 하나를 손가락으로 가리킨다.

"애 어떠냐?"

"척 봐도 싹 뜯어고쳤잖아요. 아무리 요즘 시술은 필수고 수술은 선택이라지만 의느님의 손길이 그 정도까지 확 티가 나 버리면 뜨기 힘들어요. 인조인간이니 개조인간이니, 그딴 소리나 듣지."

"그럼 애는? 사진으로 봐서는 어디 고친 것 같지 않은데."

"예쁘기만 하면 뭐해요? 배우라는 애가 정작 연기는 꽝인데."

"그 새끼 뉘 집 자식인지 진짜 까다롭네. 애는 괜찮지? 지난번 드라마 나온 것 보니까 연기도 웬만큼 하던데."

"인격 개차반이라고 벌써 방송국에 소문 쫙 돌았어요. 자기 괄시했다는 이유로 종방연에서 술 처먹고 작가한테 쌍욕하고 감독한테 주먹 날리고……. 에잇! 모바일 화보라면 또 모를까, 어지간한 스폰서가 따라붙지 않고서야 걔 드라마 다시 찍기 힘들어요."

춘희의 퇴짜가 계속해서 이어지자 형석이 바락 성깔을 부렸다.

"얘도 안 된다, 쟤도 안 된다. 도대체 누구를 데려와야 하는데?"

"공효진, 이나영, 하지원."

히죽히죽 웃어 대는 춘희의 입에서 톱 여배우들의 이름이 잇달아 흘러나왔다. 형석이 싸늘한 콧방귀를 뀌었다.

"아주 지랄 염병을 해라. 매니지먼트사 차리기도 전에 배우들 전속 계약금 챙겨 주다 쫄딱 망하겠다."

"아무리 신생 매니지먼트사라도 최소 특A급 한 명은 데리고 있어야 한다고요. 제가 그랬잖아요, 형님 돈만으로는 어림없다고. 투자를 받아야 한다니까요. 현금 보유액만 따지면 형님 아버지가 우리나라에서 최고라면서요?"

"우리 꼰대한테 손 벌리느니 혀 깨물고 죽고 만다! 차라리 나를 죽여! 죽이라고!"

되먹지도 않은 악을 써 대는 형석을 향해 '사업은 자존심으로 하는 것이 아니다'라는 춘희의 핀잔이 융단 폭격처럼 쏟아졌다.

며칠째 똑같은 레퍼토리가 지환의 변호사 사무실 안에서 반복되고 있었다. 듣기 좋은 꽃노래도 한두 번이라는데, 듣기 싫은 소리를 매일 듣고 앉아 있자니 짜증을 넘어 지겨워 죽을 지경이다.

지환은 치솟는 울화를 가까스로 억눌러 참고 형석과 춘희를 부르는 목소리를 최대한 냉정하게 풀었다.

"어이, 거기 둘!"

그나마 양심은 있는지 형석은 머쓱한 표정으로 손거스러미를 뜯어내는 척 딴청을 피우고, 춘희는 가증스럽게 아무것도 모르겠다는 양 자못 무구한 눈길로 지환을 응시한다.

사주를 한 놈보다 사주를 받고 실행에 옮긴 놈의 형량이 왜 더 무거운지 이제 알겠다.

"니들이 지금 내 사무실에서 자행하고 있는 일련의 행동들이 범죄라는 사실을 알아, 몰라?"

"모르는데요."

춘희가 의뭉스레 눈꺼풀을 끔뻑거리면서 쪽쪽 쭈쭈바를 빨았다. 순진함을 가장한 사악함의 전형이다. 꾹 다문 잇새를 비집는 지환의 말소리가 꽤나 음산하게 튀어 나갔다.

"업무 방해에 불법 점유."

"그게 뭔데요?"

쭈쭈바를 빨고 앉은 춘희의 눈동자에 교활한 불꽃이 넘실거린다.

쭈쭈바 꼭지를 따듯 저 녀석 목덜미를 비틀어 버렸으면 좋겠다.

지환의 머릿속 생각을 읽기라도 한 양 형석이 돌연 박장대소를 터트렸다.

"송지환! 너는 인마, 우리 춘희를 못 당해. 이 자식이 어떤 놈인데. 다른 것은 몰라도 말발 하나만큼은 세계 최강이다. 그치, 춘희야?"

"당연하죠, 형님!"

"니들이 깡패 새끼냐고! 허구한 날 왜 남의 사무실에 쳐들어와서 지랄이야, 지랄이!"

참다 참다 지환이 폭발했다.

저 두 놈의 온갖 어쭙잖은 행태를 석 달이나 견디었으면 이미 넘치도록 참아 준 셈이다.

"이렇게 잘생긴 조폭 봤냐?"

형석이 V자로 세운 엄지와 검지로 턱을 받치더니 얼굴을 45도쯤 돌리고 씽긋 웃었다. 지환은 주먹이 울었다.

"신소리 작작 하고 그만 꺼져. 일하는 데 방해돼."

"무슨 일씩이나……. 변호사 사무실 오픈하고 석 달 열흘 동안 수임한 사건이 한 개도 없으면서. 너 요즘 놀고먹는 것 다 알거든."

형석은 말소리를 잔망스럽게 튕기면서도 책상 저편 지환의 기색만큼은 꼼꼼히 살폈다.

도대체 무슨 마음으로 지환이 초야에 묻히기를 자처하는지 모르겠다. 그러고 보면 육군 법무관으로 복무한 지난 3년 역시 내내 힘들어했다. 입 밖으로 힘들다는 소리를 한 적은 없지만 직관으로 느낄 수 있었다.

고등학교 시절부터 10년을 넘게 알아 온 친구이다. 전역 후

예정되었던 판사 임용도 거부하고, 대형 로펌의 스카우트 제의도 거절하고. 모친인 차화연이 억지로나마 이곳 청담동에 사무실을 마련하지 않았다면 변호사 개업 또한 하지 않았을 것이 분명했다.

그 사고 때문이다. 틀림없었다.

그해 겨울 일어난 사고로 지환의 많은 것이 변했다. 마치 모르는 타인을 보는 것처럼 십년지기가 낯설 때가 종종 있었다.

"내가 놀고먹는 데 뭐 보태 준 것 있어?"

지환이 숫제 이를 갈았다. 형석은 실없이 헤실바실 웃고서 일부러 말소리를 내던지듯 가벼이 툭 내려놓았다.

"놀면 뭐하냐? 우리 회사 고문 변호사나 해라."

"아직 사업자 등록도 안 된 유령 회사 주제에……."

"우리 동업할래? 지환이 네가 대표이사, 나는 술상무. 사무실은 여기 그냥 쓰자. 청담동이라 위치도 딱 좋아. 춘희까지 우리 셋이 뭉치면 천하무적이야. 어때?"

"됐거든! 어디서 약을 팔려고? 니들이랑 엮이느니 차라리 평생 백수로 놀고 만다."

"그러지 말고 나랑 같이하자. 어차피 너 변호사 할 마음 없잖아."

"매니지먼트사도 할 마음 없거든. 남 뒤치다꺼리하는 것 딱 질색이야."

언뜻 농담 같기도 하고 새겨들으면 또 진담 같기도 한 이야기가 형석과 지환 사이를 오갔다. 그 틈으로 춘희가 잽싸게 끼어들었다.

"지환 형님! 드라마 제작하는 일은 어떠세요? 초기 투자금이 왕창 들어가기는 해도 한번 해 볼 만한데. 외할아버지한테서 물려받은 유산이 제법 두둑하다면서요? 드라마 하나 대박 나면 완전 짭짤하거든요. 요즘은 그래서 다들 자체 제작하려고 난리잖아요. 매니지먼트로 버는 돈은 아무것도 아니에요."

춘희의 입을 통해 꼬드기는 소리가 막힘없이 술술 흘러나왔다. 지환은 나른히 풀어 놓은 눈꺼풀을 천천히 위로 치켜올렸다. 삐뚜름하게 기울어진 시선으로 한참이나 춘희를 응시했다.

"너 누구냐?"

"예에? 뜬금없이 왜 이러세요?"

"누구냐고, 너?"

"양춘희인데요. 여기 최형석 형님의 대학 후배이자 모 방송사 잘나가는 조연출."

"잘나가는 조연출 좋아하시네. 방송국 노가다겠지. 사기꾼 아니면."

"무슨 말씀을 그렇게 섭섭하게 하세요? 저 춘희예요, 양춘희. 의리에 죽고 의리에 사는 양춘희. 지환 형님! 문경서 작가 아시죠? 작년에 '영원한 것은 없다'가 완전 대박 났잖아요. 막방 시청률 37.8퍼센트에 빛나는. 개인적으로 문 작가님

을 좀 알거든요. 형님이 제작사 차릴 의향만 있다면 제가 빤
스를 팔아서라도 문경서 작가 데려올게요. 드라마 제작하려
면 돈도 돈이지만, 뭐니 뭐니 해도 글발 죽여주는 작가가 최
고의 자산이거든요."

"양 양! 나한테는 그런 얘기 한 적 없잖아. 너 지금 나를 두
고 지환이만 편애하냐? 나를 향한 너의 애정이 그 정도밖에
안 되었던 거였어? 진짜 그런 것이야?"

이번에는 형석이 지환과 춘희의 대화를 비집었다. 씩씩 뜨
거운 콧바람까지 뿜어 대는 품새가 제 딴에는 꽤나 서운한
감정이 드는 모양이다.

"형석 형님이 가진 자본금으로 드라마 제작은 턱도 없어
요. 게다가 형님은 온통 여배우한테만 관심 있잖아요. 것도
쭉쭉빵빵 언니들로만!"

"나도 드라마 제작에 관심 많아, 인마!"

"됐습니다요. 됐고요."

춘희가 후다닥 오른손을 들어 형석의 입부터 틀어막았다.
이어 지환 쪽으로 다시 시선을 돌렸다.

"따끈따끈한 신인 작가도 하나 찜해 두었어요. 얼마 전까
지 인터넷 연재 사이트에 소설 올리던 의대생인데, 글발이
장난 아니에요. 메디컬 스릴러는 완전 짱! 알아보니까 드라
마 작가가 꿈이래요. 소설 접고 대본 쓰겠다고 그러더라고
요. 내년 방송사 시나리오 공모에 넣을 거라고. 제가 장담하
는데요, 이준영 걔 3년 안에 반드시 데뷔해요. 대사를 어찌나

맛깔나게 잘도 치는지 입에 쩍쩍 달라붙는다니까요."

"이름이 뭐라고?"

"왜 또 그러세요, 형님? 저 양춘희라고요. 양, 춘, 희. 꽃 피는 춘삼월 딸만 셋인 집안에 찾아든 기쁨과도 같은 아들이라며, 돌아가신 우리 조부님께서 친히 작명소까지 찾아가 거금 10만 원을 들여서 지어 온 이름이라고요. 봄 춘, 기쁠 희."

춘희가 손바닥으로 제 가슴을 턱턱 치며 이야기했다. 여차하면 엉엉 울기라도 할 기세였다.

그러거나 말거나 지환은 다른 생각으로 머릿속이 복잡했다.

빚진 마음으로 지금껏 살았다. 어쩌면 그 빚을 갚을 기회가 이제 찾아왔는지도 모르겠다. 물론 같은 이름을 가진 다른 사람일 수도 있다. 하지만 드라마 작가를 꿈꾸는 이준영이 그 아이 말고 또 있을까?

"너 말고, 그 신인 작가."

"이준영이요. 서울의대 본과 2학년생이에요. 영문과 다니다 심경의 변화를 일으켜 의대로 전과했는데, 다시 마음이 바뀌었대요. 아무래도 드라마 대본을 써야겠다고. 글쟁이들이 다 그렇잖아요. 변덕 심하고 기벽은 더 심하고."

"이준영, 글 잘 써?"

"당근이자 말밥이죠. 제가 보증할 수 있어요. 글발이 아주 섬뜩해요. 지난번에는 연재 읽다가 쌀 뻔했다니까요. 대박 무서워서."

"스릴러가 주특기면 드라마보다 영화 쪽이 낫지 않나?"

"스릴러면 당연히 영화로 가야죠. 근데, 이준영은 그냥 스릴러가 아니라 메디컬 스릴러예요. 드라마에서 메디컬 소재가 또 완전 먹혀 주잖아요."

"드라마 작가들 사이에서 누가 제일 몸값이 높아? 두 사람만 골라 봐."

"문현주 작가랑 조윤주 작가요."

"양춘희! 너 내일까지 그 두 사람 연락처 알아 와. 직접 통화 가능한 전화번호로."

"에에에엥! 작가님들 연락처는 갑자기 왜요?"

춘희는 눈꺼풀을 서너 번쯤 끔뻑거리다 손가락으로 눈자위를 비볐다. 나름 똑똑하다는 소리를 듣고 자랐는데도 빠르게 돌아가는 지환의 머리 회전 속도는 도저히 따라가지 못하겠다. 저만큼 떨어진 자리, 의자 등받이에 깊숙이 몸을 기대어 앉은 지환의 얼굴을 빤히 쳐다보았다.

마침 지환이 입을 열었다. 목소리가 침착하면서도 묵직하고 거침이 없다.

"문경서 작가 하나로 되겠어? 최소한 잘나가는 작가 셋은 데리고 시작해야지."

"역시! 지환 형님은 스케일이 달라. 뭘 좀 아신다니까."

춘희가 엄지를 치켜들고 찡긋 윙크를 날렸다. 얼굴을 마주대한 지환이 씽긋 웃는다. 두 뺨에 보조개가 뚜렷하게 파였다. 사고 이후 3년 만에 처음 보는 제대로 된 미소였다.

"법인체 설립은 내가 알아서 할 테니까, 형석이 너는 각 방송사 드라마국 국장들이랑 미팅부터 잡아. 술상무 첫 임무다."

"오키도키!"

신바람이 난 형석은 크게 기지개를 켜며 몸을 일으켰다. 마음 같아서는 목청껏 만세 삼창이라도 부르겠다.

## Chapter 2

봄은 아득히
멀기만하고

2014년 2월 26일 수요일 아침.

머리핀을 찾아 협탁 서랍을 뒤지는 준영의 손길에서 초조함이 묻어났다. 워낙 건망증이 심한 데다 평소 물건을 여기저기 잘 흘리는 탓에, 실핀의 경우 스무 개들이 한 통을 사서 일정 장소에 보관해 놓고 필요할 때마다 뽑아 쓰고 있었다.

"어디 갔지? 어제 여기서 하나 본 것 같은데⋯⋯."

고시랑고시랑 새어 나오는 혼잣말 속에 어느덧 짜증이 깃든다. 허리를 구부린 상태로 30분 가까이 병실 곳곳을 뒤지고 돌아다녔더니, 밤잠을 이루지 못해 무거워진 머리로 피가 쏠리면서 어지럼증까지 일었다.

준영은 협탁 서랍을 사납게 닫아 버렸다. 그래도 짜증이 가시지 않았다. 이마를 타고 흘러내리는 머리카락을 훅훅 입김을 불어 신경질적으로 올렸다. 요양병원에 들어와 지낸 달포 사이 머리카락이 제법 길어져 자꾸만 눈을 찌른다.

오늘 서울로 돌아가면 제일 먼저 미용실부터 가야겠다.

"좋은 아침!"

활기찬 인사와 함께 출입문이 열렸다. 병실 안으로 들어서는 해진의 양손에 모락모락 김이 오르는 머그가 각각 하나씩 들려 있다.

덥수룩하게 수염이 돋아난 얼굴에는 촌부와도 같은 순박한 웃음이 넘쳐났다. 한때 국내 유수의 대학병원에서 이름깨나 날렸던 정신건강의학과 전문의로서의 경력은 애당초 존재하지도 않는 듯했다. 마치 처음부터 강원도 두메산골 '늘푸른 요양병원'의 병원장이었던 것처럼.

"어서 와, 선배! 그렇지 않아도 카페인 게이지가 바닥을 치고 있었는데 잘됐다."

"어째 나보다 커피를 더 반기는 것 같은데?"

"당연하지. 커피느님을 찬양하라!"

"크림 둘, 설탕 하나. 역전 다방 스타일. 맞지?"

"고마워. 역시 선배밖에 없다니까. 아까부터 커피 생각이 간절했거든."

준영은 해진이 건네는 키 낮은 머그를 받아 양손으로 감싸 쥐었다. 더운 김에 맺힌 달달한 커피향이 코끝으로 스며들자 무지근하고 몽롱하던 머릿속이 한결 맑아졌다.

"우리 이준영 작가님은 오늘 아침 기분이 좀 어떠신가?"

해진이 침대 가장자리에 엉덩이를 걸치고 앉아 물었다. 농담을 건네듯 흔연스러운 목소리와 달리 환자복을 입은 준영의 얼굴색을 살피는 눈빛이 제법 날카로웠다.

준영은 짐짓 심상한 투로 질문을 되돌렸다.

"의사로서 묻는 거야, 아니면 선배로서?"

"둘 다."

"기분이 썩 좋지는 않아. 실핀을 못 찾아서 짜증이 좀 났거든. 스무 개들이 한 통을 몽땅 잃어버렸어. 비싼 거라 나름 조심하면서 썼는데도."

"실핀?"

"내가 책 읽거나 작업할 때 머리카락 흘러내리지 말라고 앞머리에다 꽂는 것 있잖아."

"넥타이핀이랑 비슷하게 생긴 물건 말이지. 바로 이것처럼?"

해진이 '짜잔' 하며 눈에 익은 실핀 한 개를 왼손에 들고 흔들었다. 투명한 빛을 뿜는 장방형 큐빅 지르코니아*가 촘촘하게 박혀 있다. 평소 준영이 사용해 온 실핀이 맞다.

"어디서 났어? 병실을 다 뒤져도 한 개를 못 찾았는데."

"내 엉덩이 밑에서 찾았다. 방금 침대 위에 앉는데 왼쪽 엉덩이가 따끔하더라. 각도가 조금만 벗어났어도 아침부터 똥침 제대로 맞을 뻔했잖아."

---

*큐빅 지르코니아(Cubic Zircornia):모조 다이아몬드.

"그게 언제 거기 가 있었지?"

준영은 후다닥 실핀부터 잡아채듯 가져와 흘러내린 머리카락을 정돈했다. 얼굴에 어언간 희색이 감돈다. 해진이 어이없다는 표정으로 헛웃음을 쳤다.

"아무려면 걔가 발이 달려서 혼자 침대 위로 올라왔을까?"

"맞다! 어젯밤 작업한다고 마지막 남은 실핀 가져다가 썼지. 그걸 깜빡하고 엉뚱한 곳에서 찾았네."

"또 밤새웠어?"

"간만에 글발신 제대로 영접했거든. 그래도 새벽에 좀 잤어. 그때 실핀도 침대로 흘러내렸나 봐. 졸다가, 작업하다, 자다가. 비몽사몽 얼추 그랬거든."

"이보세요, 이준영 작가님! 내가 몸 상한다고 밤에는 자고 낮에 글 쓰라고 했어요, 안 했어요? 말 진짜 안 들어."

"태생이 올빼미인 것을 어쩌라고?"

"종달새 피를 뽑아다 수혈을 하든가 해야지."

"제발 그래 줘."

"이제 기분은 좀 나아졌어?"

"엉."

준영은 최대한 환하게 미소 지으려 노력했다. 왼손 엄지와 검지로 오른쪽 두 번째 손가락에 낀 묵주 반지를 버릇처럼 매만졌다.

지난주 어머니 배정선이 요양병원에 다녀간 뒤로 지병인 불면증이 다시 도졌다. 일주일 넘게 잠 한숨 제대로 이루지 못했다. 턱까지 내려온 다크서클이 억지웃음에나마 지워졌으면 좋겠다. 그렇게라도 해진의 걱정을 덜어 주고 싶었다.

"기어이 오늘 올라갈 거야? 며칠만 더 쉬었다 가지 그래. 서울 가서 특별히 할 일이 있는 것도 아니고. 본래 3월까지 여기 있을 계획이었잖아."

"오늘 올라간다고 벌써 회사로 전화했어. 6시까지 청량리역에 내가 안 나타나면 양 양 숨넘어가."

"양 양?"

"양춘희 실장."

"준영이 너랑 데뷔 전부터 작가와 독자로 알고 지냈다는 '프로덕션 온' 기획조정실장 말이지? 그 친구 때문에 전속 계약도 거기서 했다고 전에 얘기했잖아. 양 실장 남자라면서 왜 양 양이야? 양 군이지. 춘희라는 이름 때문에?"

"아니. 이름 때문이라면 '동백 아가씨*'라고 불렸겠지. 양춘희 실장이 엄청나게 수다스럽거든. 동네 아줌마 저리 가라고 할 만큼. 그러고 보니 양 양이 웬만한 배우 뺨치게 스타일리시 해서 몰랐는데, 헤어스타일도 딱 아줌마네. 뽀글뽀글 파마머리."

춘희의 생김새를 설명하는 준영의 입가로 살긋 미소가 걸렸다. 흐리고 설핏한 그 웃음을 해진이 놓치지 않고 잡아냈다.

"양춘희 실장이랑 친해?"

---

*동백 아가씨:오페라 '춘희'의 원작 소설.

"응."

"얼마나?"

"청량리역으로 마중 나오라고 부탁할 만큼."

"송지환 대표가 데리러 오는 것 아니었어?"

"우리 대표님 바빠. 양 양이 그러는데, 요즘 한중 합작 드라마 건으로 정신없대."

담담한 척 대답하는 준영의 눈망울이 뿌옇게 흐려졌다. 그런데도 준영은 힘써서 웃었다. 아무렇지도 않게 해시시.

"약 꼬박꼬박 챙겨 먹어. 괜찮아졌다고 나랑 상의도 없이 멋대로 끊지 말라고. 갑자기 먹던 약 중단하면 위험할 수도 있어."

"그 정도는 말 안 해도 알거든요. 곰팡이 슨 장롱면허라서 그렇지, 나도 의사야."

"인턴·레지던트 과정도 안 밟은 부적응자 돌팔이 주제에 지금 전문의랑 맞장을 뜨겠다는 거야? 어디서 감히 번데기 앞에서 주름을 잡으려고."

"그 어렵다는 의대를, 것도 우리나라 최고라는 서울의대를 나왔는데 주름 좀 잡으면 안 돼?"

준영은 장난을 치며 뻐기듯 물었다. 해진이 피식 웃고 금세 얼굴빛을 진지하게 바꾼다.

"힘들게 공부해서 의사씩이나 됐는데, 장롱에다 두고 면허 썩히는 것 아깝지 않아?"

"안 아까워. 하나도 안 아까워. 내 의지와 상관없이 엄마한테 잘 보이려고 전과한 거고, 의대 편입한 뒤로 하루도 마음 편하게 공부한 날이 없었어. 진짜 마지못해서 했지. 내가 왜 여기서 이 짓을 해야 하나, 스스로에게 묻고 또 묻고. 혈관 이름, 뼈 이름, 병 이름 닥치는 대로 외우기만 하는 공부는 지긋지긋했고. 피 튀기는 해부학은 소름 끼치도록 싫었다니까. 그때 인터넷에 소설 연재라도 했으니까 그나마 숨 쉬고 살았지."

"오케이. 거기까지만 하자. 의대 얘기 꺼낸 것은 내가 잘못했다. 인정!"

해진이 시쳇말로 쿨하게 사과를 했다. 준영 역시 뒤끝 없이 선선히 받아들였다.

"접수할게. 하기는 의대 가서 빽이 치며 공부한 덕에 메디컬 스릴러 '치명적인 유혹'이 시나리오 공모에 당선되고. 어쨌든 지금까지 메디컬 드라마 써서 밥 먹고 살잖아."

"바로 그거야. 다 밥 먹고 살자고 하는 짓인데 그놈의 글 쓴다고 제발 끼니 거르지 말라고. 밤에는 꼭 자고. 잠 안 오면 처방해 준 수면제 먹고."

"박해진 선생님, 잔소리 너무 심하다. 이러면 환자들이 싫어해. 적당히 알랑방귀도 뀌고 듣기 좋은 소리도 해 주어야지. 그래야 환자들한테 인기 있다니까."

"의사로서 하는 충고 아니야. 내가 아끼고 사랑하는 후배한테, 내 가장 친한 친구였던 이준수의 하나밖에 없는 여동생 이준영한테 하는 부탁이야. 그러니까 새겨서 들으라고,

인마!"

힘주어 이야기하는 해진의 목소리가 자꾸만 탁하게 갈라졌다.

준영은 차마 해진의 얼굴을 쳐다볼 수가 없었다. 버릇처럼, 혹은 본능처럼 묵주 반지를 만지작거리며 병실 유리창 너머 무채색 풍경 속으로 시선을 옮겼다.

한바탕 눈이라도 내릴 듯 찌푸린 하늘은 온통 잿빛에 잠겨 있고, 황량한 억새밭 사이 술렁거리는 바람은 여느 날과 다름없이 검질기게 분다.

봄은 여전히 멀고도 아득했다.

그럼에도 두툼한 통유리를 투과해 들이치는 볕 자락이 눈부셔 준영은 저도 모르게 눈가를 찡그렸다. 몇 날 며칠 밤잠을 이루지 못해 버썩 말라붙은 눈자위가 햇발에 쏘인 것처럼 따끔거린다.

눈물이 났다. 이유도 없이 그냥 눈물이 솟았다.

〰〰

"이준영 작가 요즘도 핸드폰 안 가지고 다녀? 작업실 전화는 며칠째 자동 응답기가 받던데."

SBC 드라마국 나경필 국장은 말소리를 자못 천연덕스럽게 던져 놓고 재빨리 마호가니 탁자 너머로 '프로덕션 온' 송지환 대표이사의 기색을 살폈다.

흠결 하나 없이 반듯하고 잘생긴 지환의 미간 위로 또렷한 빗금이 올라섰다. 가뜩이나 벼른 칼날처럼 차가운 얼굴에서 냉혹함이 뚝뚝 떨어진다. 저절로 오금이 저렸다. 경필은 제 풀에 겨워 서둘러 변명부터 주워섬겼다.

"송 대표를 배제한 채 이 작가랑 꿍짝꿍짝 계약서를 쓰겠다는 의도는 절대 아냐. 오해하지 말라고. 소속사가 있는데…… 말도 안 되지. 그냥 이준영 작가 안부가 궁금해서."

"잘 있습니다."

"그래? 이 작가 요즘 뭐하는데?"

"휴식을 취하면서 다음 작품 구상 중입니다."

지환이 너무도 간결한 대답을, 그것도 너무나 피상적으로 이야기했다. 경필은 도무지 표정을 읽어 낼 길 없는 지환의 얼굴을 망연히 쳐다보며 한숨지었다. 기껏해야 하루 세 마디한다는 경상도 남자는커녕 아예 말을 못 하는 돌부처도 울고 갈 과묵함이다. 거기에 사교성마저 꽝이다.

그런데도 사업 수완만큼은 기가 막혀서 손대는 드라마마다 대박을 쳤다. '프로덕션 온'에서 제작에 들어가면 망해도 중박이라는 소리가 여의도 증권가를 중심으로 호사가들 사이를 공공연히 떠돌았다.

대한민국 최고 편당 작가료를 자랑하는 문현주 작가, 무협과 판타지를 자유자재로 넘나들며 아우르는 사극 전문 조윤주 작가, 로맨틱 코미디의 여왕이라 불리는 문경서 작가 등 내로라하는 드라마 작가들이 전부 '프로덕션 온' 소속이다.

특히 서울대학교 의과대학 출신 이준영 작가는 충무로 영화판에서도 수시로 러브콜을 할 만큼 메디컬 스릴러 분야에서는 가히 독보적인 존재였다.

"이준영 작가 다음 작품 기획안 나왔다던데? 그것 우리랑 하자."

"MBS 감사현 국장님이랑 11월에 방영하기로 얘기 끝났습니다."

"아직 계약서에 도장 안 찍었잖아."

"구두 약속도 약속은 약속입니다."

"장사 하루 이틀 하는 것 아니잖아. 드라마 기획 단계에서 엎어지는 일은 부지기수이고, 편성까지 받아 놓고 깨지는 경우도 가끔 있는데. 그깟 입으로 으싸으싸 한 정도야, 뭐. 우리랑 하자니까."

"……."

"이봐, 송 대표! 이번 한 번만 나 좀 살려 주라. 솔직히 우리가 이런 식으로 생까고 살 사이는 아니잖아."

경필이 애걸복걸까지 하는데도 지환의 악마처럼 잘생긴 얼굴은 그저 무표정하기만 하다. 도리어 똑바로 경필을 응시하는 눈빛은 날카로운 면도날 같았다. 방송가에 이미 정평이 난 피도 눈물도 없는 냉혈한 '청담동 SS(Sadist Song)' 다운 면모였다.

꾸욱 눌러 왔던 험악한 욕지거리가 경필의 목구멍을 치받으며 올라온다. 악다구니라도 치듯 입 밖으로 시원하게 쏘아붙여 버리고 싶은 마음이 굴뚝같았다. 그러나 어쩌겠는가, 아쉬운 놈이 우물을 팔 수밖에. 경필은 욕설 대신 기다란 숨을 내쉬어 솟구치는 울화를 가라앉혔다.

"가운데서 송 대표 입장이 난처하면, 내가 직접 이준영 작가랑 얘기해 볼게. 통화 가능한 연락처만 나한테 넘겨. 요즘때가 어떤 세상인데 이 작가는 핸드폰도 없이 다녀? 글 쓰는 인간들 기행은 알다가도 모르겠다니까."

지금껏 말도 없고 표정도 없던 지환의 얼굴 가득 못마땅해하는 기색이 번진다. 이번에도 경필은 제 풀에 놀라 되지도 않는 소리를 되는 대로 읊었다.

"이준영 작가를 어떻게 하겠다는 게 아니라, 부탁을 하겠다는 거잖아. 방송국 사정 좀 봐 달라고."

"이 작가가 왜 방송국 사정을 봐주어야 합니까? 그것도 SBC만."

마호가니 탁자를 넘어오는 지환의 목소리가 찌를 듯 다가서는 눈빛만큼이나 선득했다. 경필의 등줄기로 때 아닌 식은 땀이 솟았다.

편성권을 움켜쥔 드라마국 국장과 어떻게든 편성을 따 내야 하는 외주 제작사 대표. 길 가는 삼척동자에게 물어도 경필이 갑이고 지환은 을이다. 그런데 을에게 목매는 갑이라니…….

여태 경필은 지환에게 배짱을 부려 본 적이 한 번도 없었다. 오히려 매번 지환이 배짱을 튕겼으면 튕겼지. 대한민국 제일의 자금력과 조직력을 자랑하는 '프로덕션 온', 잘나가는 스타 작가 군단을 거느린 거대 제작사 대표의 위용이었다.

"이준영 작가 데뷔도 여기서 했고. 그 후로 계속 우리랑 일했잖아. 새 드라마도 SBC랑 하자니까. 들리는 말에 이 작가 다음 작품도 주특기인 의학 스릴러라면서? 하반기 라인업 첫 작품으로 어때? 5월부터 찍기 시작해서 7월 중순에 첫방송 나가는 걸로. 광고 빵빵하게 때려 줄게. 납량 특집! 아이고, 좋다!"

경필은 이야기 끝에 여봐란듯이 추임새를 넣었다. 지환이 풋 하고 설익은 미소를 입가에 머금는다. 그것마저도 경필의 눈에는 냉혹함이 서린 비웃음으로 보였다.

"20부작 미니시리즈 첫방이 7월에 나가려면 지금 최소한 대본이 4부까지는 나와 있어야 하고, 남녀 주인공 정도는 캐스팅 끝났어야 된다는 것, 국장님도 아시죠? 낼모레가 3월이에요. 무리입니다."

"이준영 작가, 마음만 먹으면 빨리 쓰잖아. 시놉시스는 진즉 나왔다니까, 스토리는 이 작가 머릿속에 이미 다 들어 있을 테고. 이준영 작가 대본이면 배우들 서로 하겠다고 줄 설 것 뻔하고. 우리 쪽에서 김태규 붙여 줄게. 그 자식이 성질은 사나워도 연출 실력만큼은 이 바닥 최고잖아. 작년 김 PD가 연출한 '경성별곡'이 몬테카를로 TV 페스티벌 미니시리즈 부분에서 대상 먹은 것, 송 대표도 들었을 거야."

"김태규 PD가 이준영 작가랑 작업한대요? 소문에는 '투엠 프로덕션' 오예은 작가랑 퓨전 사극 기획 중이라던데."

"엎어졌어."

"왜요? 편당 4천만 원 받는 오예은 작가랑 천하의 김태규 PD 조합이면 첫방 시청률 30은 그냥 찍을 텐데."

나직이 울리는 지환의 목소리에 놀라는 기색이 역력했다. 엎어진 이유를 빤히 알면서 굳이 확인 사살을 하는 것이 틀림없었다.

경필은 격랑 깊은 한숨을 토해 내며 피곤한 얼굴에 마른세수를 더했다. 언제나처럼 수백억 원에 달하는 드라마 제작비가 문제였다.

"사극은 돈 잡아먹는 귀신이잖아. 백억 원짜리 드라마 세트장을 무슨 수로 지어? 시청률도 옛날 같지가 않은데. 작년 다르고 올해 다르고. 그나마 주말 드라마는 30도 찍고, 대박 나면 40도 찍는데 평일 미니시리즈는 영 신통치가 않으니까."

"그래서 편당 4천 받는 오예은 작가 까고, 편당 2천짜리 이준영 작가로 가시려고요? 어차피 이래 찍으나 저래 찍으나 이 작가도 막방 시청률 30은 찍어 줄 테니까. 달라붙는 광고도 엇비슷할 것이고."

정곡을 찔리고 만 경필은 당혹스러운 표정을 황급히 어색한 미소로 감추었다. 관자놀이 송골송골 맺힌 땀방울이 거무튀튀한 구레나룻을 타고 흘렀다.

"무슨 그런 심한 말을……. 내가 아무리 그러겠어? 요즘 방송가 블루칩이 이준영 작가라는 것은 드라마국 막내 조연출도 다 아는 사실인데. 느긋하게 손 놓고 있다가 이 작가 다른 방송사로 뺏길까 봐. 그래! 그거야, 그것. 이준영 작가 안

뺏기려고."

"당연히 그러시겠지요. 누가 뭐라고 했습니까? 말씀 다 하신 것 같으니, 저는 이만 실례하겠습니다."

지환이 마지막까지 비아냥거렸다. 평소와 다름없는 절제된 몸놀림으로 자리를 털고 일어선다.

화들짝 놀란 경필은 지환을 잡으려 무작정 팔을 뻗었다. 손끝이 미처 옷자락을 스치기도 전에 지환은 벌써 밖으로 나갔다. 조용히 닫히는 출입문에다 대고 경필은 악을 쓰다시피 말소리를 쏟았다.

"송 대표! 계약서 쓰는 것으로 알고 있을게. 편당 제작비 1억 5천이야. 송 대표만 믿어."

"이준영 작가 서울 입성. 이게 무슨 소리야?"

지환은 상대가 전화를 받기가 무섭게 캐어물었다. 통화를 하며 SBC 본관 복도를 걸어가는 지환의 발길마저 까닭 없이 다급했다.

—문자 그대로 이 작가 이따 오후에 서울로 올라온대요. 근데, 대표님 지금 SBC 나경필 국장님이랑 면담 중 아니었어요? 우리랑 계약하자고 그러죠? 제가 뭐랬어요. '투엠' 오예은 작가랑 김태규 PD가 준비하던 퓨전 사극 엎어지고 나 국장님 똥줄이 탔다고 했잖아요. 편당 제작비 2억 밑으로는 절대 계약

서에 사인하지 마세요. 1억 5천은 개뿔! 출연배우 개런티 빼고 이래저래 경비 제하고 나면 스태프 월급은커녕 필름 값도 못 건져요.

춘희의 수다스러운 말소리가 휴대전화기를 타고 끝없이 흘러나왔다. 이대로 두었다가는 혼자서 두 시간은 너끈히 떠들고도 남을 녀석이다.

가뜩이나 불쾌지수가 임계점을 넘나드는 상황에서 지환은 단박에 짜증이 일었다. 버튼을 눌러 승강기를 불러올리고, 차디차게 식은 말소리를 수화기 너머로 쑤셔 박듯이 밀어 넣었다.

"양춘희! 작작 좀 떠들어라."

─옛설!

"이준영 작가한테서 직접 연락 온 거야?"

─예. 아침 일찍 전화했더라고요. 그동안 차기작 자료 조사하느라 요양병원에 가 있었대요. 다음 작품 배경이 정신병동인가 봐요. 드라마에 정신병자 나오면 아줌마들이 볼까요? 우리나라 아줌마들 취향은 출생의 비밀 같은 막장 아니면 손발 오그라지도록 무조건 달달해야 하는데. 이준영 작가 주특기가 메디컬 스릴러라지만 정신병원은 어째 아닌 것 같아서요. 머리에 꽃 단 광년이랑 연애는 좀 그렇잖아요. 벌써부터 시청률 걱정되네.

"전화가 아침 일찍 왔다면서, 왜 그걸 이제야 얘기해!"

지환은 승강기에 오르다 말고 목청을 높였다. 내지른 목소리가 승강기의 좁은 공간에서 저렁저렁 메아리친다.

—오전 내내 한중 합작 드라마 관련 프레젠테이션 준비하느라 정신없었다고요. 제가 놀다가 까먹었으면 억울하지나 않아요. 진짜 요즘 몸이 열 개라도 부족하고만. '프로덕션 온'을 위해, 송지환 대표님을 위해 불철주야 뛰느라 양춘희 뼈가 부서져요, 부서져.

"그래서 뭐래?"

—예?

"이 작가가 뭐라고 했냐니까. 같은 말 두 번씩 하게 만들래?"

—지난 두 달 동안 강원도 강촌 삼악산 부근 요양병원에 있었다, 친한 선배가 그곳 원장이라 공짜로 먹고 자면서 빼어난 산세도 즐기고 나름 신 나게 놀았다, 오후 기차로 서울 가니까 그렇게 알아라, 이상, 보고 끝.

"순순히 알았다고 말하고 전화 끊었어?"

잇새에 짓눌려 흘러나오는 지환의 질문이 미처 다 끝나기도 전에, 낄낄대는 춘희의 웃음소리가 휴대전화 저편에서 울렸다.

—당근 아니죠. 양춘희를 졸로 보시나? 요양병원 주소 문자로 찍어 보내면 데리러 가겠다고 했죠. 근데, 이 작가가 기차 타고 올라오겠다면서 박박 우기잖아요. 어쩔 수 없이 청량리역에서 도킹하기로…….

"너 졸 맞거든."

―아, 진짜! 아무리 이준영 작가 전속 계약 연장이 코앞이라지만, 7년을 한결 같은 마음으로 열과 성을 다 바쳐 보필해 온 동생한테 졸이 뭐요? 그게 할 말이냐고요, 이 나쁜 대표님아! 솔직히 청량리역으로 마중 나가는 것도 양춘희나 되니까 허락 받은 거라고요. 택시 타면 작업실까지 금방이라면서 얼마나 버티던지. 우리 이준영 작가, 요만큼도 남한테 폐 끼치지 않으려는 천사 같은 마음씨. 예뻐!

"이 작가 작업실은?"

지환은 갑갑함을 견디지 못하고 당장 넥타이 매듭에 손가락을 걸어 헐겁게 만들었다. 목덜미를 옥죄는 와이셔츠 단추까지 두 개를 연이어 풀어냈다. 그런데도 가슴을 짓누르는 갑갑증은 오히려 더하기만 하다.

―벌써 작업실 청소할 사람 수배해 놓았어요. 집 안에 있는 창문이란 창문은 죄다 열어서 환기시키고, 구석구석 먼지 하나 없이 깨끗이 청소한 다음 보일러 빵빵하게 틀어 놓으라는 지시 사항까지 완벽하게 전달했습니다요.

"양 양! 너 당장 일산으로 튀어가. 청소 제대로 하는지 감독하고 냉장고도 채워 놓고. 생수, 우유, 달걀, 빵, 치즈. 아, 맞다! 자몽 주스 잊지 말고."

―청량리역으로 이준영 작가 마중 나가야 한다니까요.

"마중은 내가 갈게."

―중국 투자자들이랑 워커힐 만찬은 어쩌고요?

"최형석 상무한테 제작팀 곽우성 PD 데리고 같이 나가라고 전해."

할 말을 바쁘게 쏟아 낸 지환은 시끄러운 춘희의 잔소리를 피해 재빨리 전화를 끊었다. 와이셔츠 단추를 도로 채우고 풀어 놓은 넥타이 매듭도 다시 고쳐 맸다. 흐트러진 마음을 새로이 다잡기라도 하듯이 힘을 주어서 꾹, 꾹, 꾹.

<br>

해진은 휴대전화 스크린에 뜬 발신자 번호를 확인하고 잠시 잠깐 통화를 망설였다. 어떤 것이 진정으로 준영을 위하는 일인지 섣불리 판단이 서지 않았다.

무조건 감추는 것이 능사가 아니라지만 가끔은 진실을 아는 일이 상처가 되기도 한다. 특히 준영과 지환처럼 얽히고 꼬인 관계에서는 더더욱.

손바닥 안 움켜쥔 전화기가 몇 번 더 진동하고 나서야 통화 버튼을 누를 수 있었다.

"여보세요?"

—송지환입니다.

상대는 안녕하냐는 형식적인 인사조차 없이 이름 석 자만을 밝힌 채 침묵을 고수했다.

해진 역시 그동안 잘 지냈느냐는 판에 박힌 인사 따위 건너뛰고 곧장 본론으로 들어갔다. 애써 봉합해 놓은 상처가 다시 터지고 찢어지더라도 '프로덕션 온' 송지환 대표라면 넉넉히 감당하리라는 믿음이 있었다.

"준영이 오늘 서울로 올라갑니다."

—들었습니다. 3월까지 거기 머물 계획 아니었습니까?

"그게…… 지난주에 어머니께서 다녀가셨습니다."

머뭇머뭇 이야기하는 해진도, 묵묵히 듣기만 하는 지환도 길고 깊은 한숨으로 답답한 심사를 대신했다. 수화기를 타고 천근같이 무거운 숨자락이 이쪽에서 저쪽으로, 다시 저쪽에서 이쪽으로 꼬리에 꼬리를 물며 오갔다.

—이 작가가 그곳에 있다는 것은 어떻게 아셨답니까?

"준영이가 집으로 연락을 드렸습니다. 아버지께서 몇 번이나 저한테 전화를 걸어 준영이를 찾으셨거든요. 지난 설에도 집에 가지 않아 걱정이 많으셨어요. 준영이 잘 있으니 염려 말라고 말씀드렸는데도 직접 통화를 하셔야겠다고 자꾸 고집을 피우셔서 어쩔 수가 없었습니다. 죄송합니다. 석 달만 준영이 맡겨 주시면 책임지고 뽀얗게 살찌워 놓겠다고 큰소리 땅땅 쳤는데……. 이래저래 면목이 없습니다."

—박 원장님께서 저한테 사과할 일은 아니지요. 오히려 제가 더 죄송합니다. 이 작가를 맡겨만 두고 제대로 챙기지도 못했습니다.

"송 대표님이야말로 무슨 말씀이세요. 그러지 마세요. 아무튼 준영이가 아버지랑 통화하는 것을 어머니께서 들으신 모양이에요. 몸이 아파서 저한테 와 쉬고 있다고 설명 드렸는데도, 소리 지르고 욕하고……. 송 대표님도 겪어서 아시잖아요, 어머니 성격. 불같은 성정에 다음 날 여기로 쫓아오셨더라고요. 한바탕 난리가 났죠."

해진은 어금니를 윽다물며 격해지는 감정을 다스렸다. 그날 준영이 머리채를 잡히고 입에 담기조차 끔찍한 폭언에 시달렸다는 상세한 설명은 차마 덧붙이기 어려웠다. 한바탕 난리가 났다는 소리만으로도 이미 지환의 억장은 무너져 내렸을 터이니까. 애간장이 들끓고도 남았을 터이니까.

—그 어른도 참……

역시나 생략되고 절제된 지환의 목소리에서 진한 아픔이 느껴진다.

해진은 핏발이 올라 벌겋게 달아오른 눈동자를 정신병동의 흐릿한 형광등 불빛에 가져다 꽂았다. 절로 한숨이 나왔다.

"그러게 말입니다. 왜 자꾸 그러시는지 모르겠어요. 그게 언제 적 일인데. 10년이나 지난 일을 두고."

—이 작가는, 괜찮습니까?

조심스럽게 물어 놓고 수화기 너머에서 지환이 허탈한 웃음을 지었다.

—괜찮을 리가 없겠죠?

질문이라기보다 한탄에 가까운 혼잣말이었다. 그 헛헛한 기운이 형광등만 뚫어져라 노려보고 선 해진의 가슴을 애달프도록 헤집었다.

"잘 버티고 있습니다. 어쨌든 겉으로는 평온합니다. 늘 그렇지만."

—지금 경춘 고속도로 선상에 있습니다. 방금 가평을 지났으니까 한 시간 안에 도착할 겁니다.

"알았습니다."

해진은 휴대전화기를 가운 주머니 안에 찔러 넣으며 길고 긴 날숨을 토했다.

젠장맞을! 산다는 것이 다들 왜 이리도 힘겹고 어려운지.

똑, 똑.

절제된, 몹시 절제된 문 두드리는 소리가 묵직하게 울렸다. 아무 때고 노크도 없이 불쑥불쑥 병실로 찾아드는 해진일 리가 없었다. 준영은 한 무더기의 책을 꾸려 넣던 트렁크 뚜껑을 급하게 닫았다.

"들어오세요."

준영의 허락에도 병실 출입문은 쉽게 열리지 않았다. 굳게 닫힌 여닫이 너머로 어렴풋한 인기척이 흘렀다. 노크까지 하고도 문을 열지 못하는 방문객의 정체가 궁금했다.

문가로 다가간 준영은 묵주 반지를 낀 오른손으로 손잡이를 붙잡았다. 흡사 본능처럼 숨이 제멋대로 가빠졌다. 출입문 너머 길게 드리운 인영이 누구의 것인지 알 듯도 하다. 어쩌면 묵직이 울리는 노크 소리에 이미 지환의 내방을 알아챘는지도 모르겠다.

선뜻 문고리를 돌리지 못하는 준영의 손바닥 안에서 더운 땀방울이 맺혔다.

"이준영."

이름을 부르는 지환의 목소리가 문틈을 뚫고 들어와 적막한 병실 안쪽으로 가만히 스몄다. 낮고 부드러운, 그러면서도 거침없는 힘이 느껴지는 강단진 음성이었다.

준영은 질끈 눈을 감았다. 아련한 그리움 같은 것이, 반가움인지도 모를 어떤 애틋한 감정이 속절없이 타올라 연기처럼 몸속으로 파고든다.

"아래층 로비에서 기다릴게."

듣기 좋은 중저음의 목소리가 아무렇지도 않게, 어쩌면 특별하게 이어졌다. 내려앉은 준영의 눈꺼풀 사이로 말간 물기가 서렸다.

"내 말 듣고 있지?"

언뜻 다급하게 울리는 지환의 말소리에서 걱정과 채근이 동시에 묻어났다. 준영은 군기침 대신 마른침을 삼켜 잠긴 목울대를 풀었다.

"듣고 있어요."

"괜찮아?"

"네."

"준비되면 내려와. 짐은 그냥 병실에 두고. 내가 다시 올라와서 가져갈게."

"가방, 별로 안 무거워요."

"짐은 두고 몸만 나와."

대답할 겨를도 없이 출입문 너머 인기척이 사라진다. 준영은 멀어져 가는 구둣발 소리에 한참을 귀 기울인 채 서 있었다.

문손잡이를 힘주어 움켜쥔 손등 위로 눈물방울이 후드득 소리 없이 지고 마는 꽃잎처럼 떨어진다. 로사리오* 한가운데 양각으로 새긴 섬세한 묵주 알 사이로 눈물 빛깔 투명한 꽃망울들이 하나둘 피어올랐다.

$\ll\ll$

강원도 강촌 삼악산 자락에 위치한 '늘푸른 요양병원'을 출발한 지 30분 남짓 지났을까.

성글게 김이 서린 자동차 전방 통유리창으로 굵은 빗방울이 하나둘 듣기 시작했다. 봄비도, 겨울비도 아닌 차가운 빗줄기가 금세 굵어져 어느 사이 장대비가 되어 내린다.

타닥타닥, 지붕을 때리는 요란한 빗소리가 자동차 안에 가득했다. 오랜 정적을 깨치며 울리는 소리는 순식간에 긴장감을 고조시켰다. 그 속에서 준영은 옆에 앉은 지환의 존재감을 한층 절감할 수밖에 없었다.

조심스러운 곁눈질로 지환을 훔쳐보았다. 운전대를 붙잡은 마디진 손가락에 힘살이 유난하다. 갑자기 쏟아지기 시작

---

*로사리오(Rosario):장미화관, 묵주.

한 장대비가 영 못마땅한 모양이었다. 비스듬히 시선을 들어 올려 조금 더 자세히 지환의 낯빛을 살폈다.

시야 한쪽에 비치는 고고한 얼굴이 언뜻 신경질적으로 보였다. 가느스름한 눈가에 잡힌 주름은 일견 날카롭고, 선이 굵어 남자다운 입술은 한일자로 꾹 다물어져 있다. 그럼에도 평소와 다름없는 기품이 흘렀다.

잠시 넋을 잃고 바라보았다. 느닷없이 가슴이 울컥 요동을 치면서 출렁거린다. 황급히 시선을 차창 밖으로 옮겼다. 유리창에 비껴 떨어지는 빗줄기만 하염없이 쳐다보았다.

비라서 다행이다. 눈이 아니라서 천만다행이다. 지환과 함께 자동차를 타고 서울을 향해 달리는 이 길 위로 눈이 내렸다면, 빗방울 대신 눈송이가 흩날렸다면 분명 울음이 터졌으리라. 그날 그때처럼 하얗게 센 울음소리를 피처럼 토해 내고 말았으리라.

무의식중 오랜 버릇에 따라 왼손 엄지와 검지를 오른손으로 가져갔다. 뭉뚝한 묵주 반지를 매만지고 또 매만졌다. 오래전 준영의 견진성사를 축하하며 오빠 준수가 용돈을 털어서 마련해 준 선물이었다.

떨리는 손가락이 로사리오 열 번째 마디를 지나 열한 개의 묵주 알에 다다를 즈음 출렁이던 가슴이 어느 결에 잔잔히 가라앉았다.

## Chapter 3

지워지지
않는 기억

2004년 1월 16일 금요일 저녁.

새빨간 숯불 위에 걸린 무쇠 솥뚜껑에서 두툼한 돼지 껍데기가 노릇노릇 익어 간다. 탁, 탁, 탁. 뜨거운 불판을 타고 흐르는 기름 튀는 소리와 함께 시작한 그날의 기억은 10년이 지난 지금도 준영의 뇌리에 또렷이 남아 있었다.

혜화동 뒷골목 돼지 껍데기 전문점 '솥뚜껑'의 허름한 실내 가득 자우룩하니 퍼지는 매캐한 담배 연기, 거나하게 취한 목소리로 저마다 와자지껄 떠들어 대는 각양각색의 사람들. 그 소란스러움 속에서 소주잔 두 개와 콜라가 담긴 유리컵이 챙, 경쾌하게 부딪쳤다.

"우리 예쁜 준영이의 대학 합격을 축하하며!"

목청껏 내지른 해진의 선창을, 낡은 드럼통을 엎어 놓은

간이 식탁 이편 나란히 앉은 준수와 준영이 한목소리로 따라 했다.

"합격을 축하하며!"

"축하하며!"

준영은 반쯤 비우다 만 유리컵을 양손에 든 채, 서로의 빈 소주잔을 주거니 받거니 채워 나가는 준수와 해진의 얼굴을 번갈아 쳐다보았다.

"오빠! 준수 오빠!"

"응?"

"오빠야! 있지, 나……."

미루적미루적 준영이 말꼬리를 흐리자 제멋대로 오해한 준수가 설핏 웃음기 깃든 목소리로 이야기를 받았다.

"화장실 가고 싶어? 여기 건물이 워낙 낡아서 화장실도 으슥하니 별로인데. 준영이 너 혼자 가기는 좀 그래. 같이 가자. 오빠가 데려다 줄게."

"그게 아니라…… 나도 한입만."

"소주?"

"어."

"안 돼, 인마!"

"살짝 맛만 볼게. 오빠야! 으응?"

준영은 최대한 애처로운 표정으로 속눈썹을 빠르게 깜빡거렸다. 지금껏 이 필살기에 준수가 넘어오지 않은 적이 없었다. 다섯 살 터울 지는 오빠는 나이 어린 여동생에게 넘치도록 다정하고 지나치게 너그러웠다.

"안 되는데……."

역시나 마음 약한 준수는 딱 잘라 거절을 못 했다. 난처한 얼굴로 준영을 바라보다 슬그머니 옆자리 해진 쪽으로 시선을 옮겨 버린다. 무언의 도움 요청이었다.

그러나 믿는 도끼에 발등 찍힌다고, 해진이 마주 앉은 준영을 향해 장난스런 미소를 날리더니 대뜸 편을 들고 나섰다.

"그러지 말고 한 잔 줘."

"야!"

준수가 펄쩍 뛰었다. 반면 해진은 느긋하기만 하다. 오른손을 번쩍 들고 주인아주머니를 소리쳐 불렀다.

"이모! 여기 소주잔 하나만 더 주세요."

"이 자식이 진짜!"

"뭐 어때? 이제 준영이도 어엿한 대학생인데."

"아직 고딩 딱지 못 뗐거든. 졸업식 안 했다고."

"대학 합격했으면 대학생인 거지. 안 그러냐, 준영아?"

해진의 물음에 준영은 천군만마를 얻은 심정으로 큼지막하게 고개를 주억거렸다.

"역시 내 마음 알아주는 사람은 해진 오빠밖에 없다니까."

"아이고, 귀여운 것!"

해진이 과장된 감탄사를 남발하며 준영의 이마로 팔을 뻗었다. 미처 머리카락을 헝클어트리지도 못하고, 잽싸게 날아든 준수의 스매싱에 그만 제자리로 나가떨어지고 만다.

"추악한 손으로 감히 어디를 만지려고?"

"내가 만진다고 준영이 머리카락이 부서지기를 하냐, 닳기를 하냐?"

"우리 준영이 머리카락은 자동 센서가 부착되어 있어서 나말고 딴 놈이 만지면 부서지고 닳아. 여태 몰랐냐?"

"여동생 없는 사람 서러워 죽겠어요."

준수와 해진이 티격태격하는 틈에 여분의 소주잔이 도착했다.

준영은 고이는 침을 삼키며 두 손으로 빈 잔을 소중히 붙잡아 들었다. 난생처음 경험하는 어른의 세계가 이제 곧 눈앞에 펼쳐질 예정이다. 부푼 기대감에 들떠 가슴마저 콩닥콩닥 뛰었다.

"준수야! 준영이 표정 좀 봐라. 걸작이다. 저 녀석 술에 맛들이면 대단하겠는데."

해진이 준영의 술잔에 소주를 채우며 낄낄낄 웃었다. 준수는 차마 따라 웃지 못하고 갖은 잔소리로 참견에 참견을 더했다.

"박해진! 조금만 주라고. 한 잔을 다 따라 주면 어떡해?"

"이준수! 잔은 채워야 제 맛이지."

"준영이 너 그 잔 다 비우기만 해 봐. 오빠한테 혼난다. 약속대로 입술만 축이는 거야."

준수가 숫제 안달복달이다.

준영은 모르쇠로 일관하며 술잔을 바닥까지 깨끗이 비웠

다. 탱자향 풍기는 쌉싸름한 소주가 목구멍을 넘어 식도를 타고 이름처럼 술술 내려갔다. 술이 지나가는 자리마다 어찌나 뜨거운지 흡사 액체로 만든 불꽃을 삼킨 것 같았다.

'카아!' 소리가 저절로 나왔다. 몸속으로 흘러 들어간 불꽃이 기도를 따라 빠르게 역류했다. 눈앞이 아찔하다.

소주는 불꽃같은 맛이구나.

엉뚱한 생각을 하며 준영은 아까 해진과 준수가 하던 동작을 흉내 내 빈 잔을 거꾸로 들고 정수리 위에서 흔들었다.

"아이고, 준영아! 다 마시고 술잔 흔드는 것은 어디서 배웠어? 오빠가 하나를 가르치면 똑똑한 너는 열을 아는구나. 예뻐 죽겠네, 저것."

해진은 숨이 넘어가도록 유쾌한 웃음을 쏟아 내고, 준수는 땅이 꺼져라 한탄을 토했다.

"우리 집안에 술꾼 하나 제대로 나왔나 보다."

＊＊＊＊

술에 취해, 음악에 취해, 혹은 분위기에 취해 춤추고 노래하고 소리치는 몰아지경 군상들의 머리 위에서 사이키 조명의 휘황한 빛무리가 어지럽게 돌아간다.

쿵쾅쿵쾅 고막을 잡아 찢는 시끄러운 음악 소리와 더불어 시작된 그날의 기억은 10년이 흐른 지금도 지환의 머릿속에 또렷이 남아 있다.

"예, 어머니. 저녁은 먹었어요. 외할아버지 제사에는 늦지 않게 갈게요."

지환은 회원제 클럽 '야누스'의 복층 구조 빌라 룸을 바삐 빠져나와 사람들 왕래가 없는 비상구로 향했다. 시끌벅적한 소음이 등 뒤로 멀어지면서 휴대전화기를 통해 흘러나오는 화연의 목소리가 또렷하게 들렸다.

—자정 되면 시작할 거야. 제사 시간 닥쳐서 오지 말고 여유를 두고 출발해.

"걱정 마세요. 11시, 늦어도 11시 30분까지는 성북동 큰외삼촌 댁에 들어갈 테니까."

—아직도 일산이야?

"아니요. 연수원 동기들과는 저녁 먹고 헤어졌어요. 지금은 압구정이에요. 형석이 녀석 송별회가 있거든요."

—강원 산업 최창수 회장댁 막내?

"예."

—유학을 가는 것도 아니고 겨우 1년짜리 어학연수라면서 걔는 송별회까지 한다니? 우리 아들만 힘들게. 어제는 사법 연수원 졸업식, 오늘은 외조부 제사, 육군 법무관 임관 앞두고 준비할 것도 많고만. 눈코 뜰 새 없이 바쁜 너까지 불러다가 기어이 송별회를 해야겠대? 하여튼 유난스럽기는…….

끌끌, 화연의 혀 차는 소리가 유독 차갑게 울렸다. 카지노 사업으로 막대한 부를 축적한 형석의 집안을 평소 탐탁하지 않게 여기던 화연의 마음이 여실히 보였다.

"제 송별회까지 겸한 동창 모임이에요. 어쨌든 저도 군대 가잖아요."

─친구라고 편드니? 오랜만에 고등학교 동창들 만나서 들뜬 기분은 엄마도 아는데, 오늘은 술 마시면 안 된다. 알지?

"그럼요. 제사 모셔야 할 놈이 술은요, 무슨. 염려 마세요."

─그래, 그럼. 출발하면서 전화 주고.

"예, 어머니."

통화를 마친 지환의 입에서 버거운 숨소리가 흘렀다. 아들의 일거일동을 관리 대상으로 여기는 어머니 덕에 하루하루가 피곤의 연속이다.

작년 여름 아버지 송재용이 주위 권유에 따라 헌법 재판소 재판관직을 내려놓고, 당시 여당 대통령 후보이던 현 대통령 당선자의 싱크 탱크로 정계에 입문한 이후 간섭의 정도가 더욱 심해졌다.

엊그제 재용은 다음 달 출범을 앞둔 차기 정부의 법무부 장관으로 낙점을 받았다. 당사자인 아버지는 물론이고, 어린 시절 영부인의 꿈을 키웠던 어머니와 당신 아들이 국가 권력의 지존으로 서길 바라온 할머니 박래순은 크게 기뻐했다. 청와대 입성이라는 집안의 숙원에 한 발짝 가까이 다가섰기 때문이다.

누대에 걸쳐 법조계에 종사해 온 명망 높은 친가와 명동 큰손으로 시작해 국내 굴지의 금융가문을 이룩한 외가. 아버지가 쌓아 온 명성 위에 어머니가 소유한 재력이 합쳐진다면 두 사람의 청와대 입성은 단순한 꿈이 아님을 지환 역시 알고 있다.

그렇기에 때로는 귀찮고 때로는 거추장스러워도 어머니의 관리와 간섭을 묵묵히 참았다. 그것이 자식의 도리라 여겼다. 판사가 되어 대법관을 지낸 할아버지의 뒤를 이으라는 무거운 당부와 언제 어디서든 몸가짐을 바로잡아 집안에 누를 끼치는 일이 없도록 하라는 따끔한 경계를 어려서부터 귀에 딱지가 앉도록 들었다.

"어머니 전화?"

언제 나왔는지 형석이 지환의 어깨를 툭 건드렸다.

"응."

"여전히 아름다우시고, 여전히 깐깐하시더라. 며칠 전 한강호텔 스카이라운지에서 우연히 뵈었거든. 세월도 어머니만큼은 알아서 피해 가는 모양이야. 우리 꼰대 세 번째 부인보다 더 고우시더라고. 그 여자는 무려 여배우 출신에 나이도 아직 30대 후반인데."

"눈부신 과학의 힘과 적절한 의술의 도움이겠지. 어머니 요즘 압구정 모처에 드나들며 각종 시술에 매진 중이거든."

"어머니가 너 그렇게 얘기하고 다니는 것 아시냐?"

"차마 그럴 리가……."

지환은 부러 눈동자를 치뜨고 말꼬리마저 길게 늘였다. 좀처럼 보기 어려운 개구쟁이 같은 친구의 모습에 형석이 키득키득 웃는다. 한 번 더 제 어깨로 지환의 어깨를 밀었다.

"나쁜 놈! 어머니의 감추고 싶은 비밀을 그딴 식으로 적나라하게 까발리다니."

"너도 전에 새어머니 전신 성형한 것 떠벌렸잖아. 연예부 기자들 득실거리는 데서 큰 소리로. 너야말로 천하의 나쁜 놈이지."

"그거야 청화백자를 내가 빼돌렸다고 꼰대한테 꼰지른 것에 대한 처절한 응징이었지. 그때 골프채로 얻어터진 자리가 날만 궂으면 욱신욱신 쑤셔 죽겠다."

"아직도 제 놈이 잘했다지. 박물관 큐레이터한테 꽂혀서 18억 원짜리 청화백자를 생일 선물로 보낸 놈은 어디 사는 누구더라? 정작 실소유주인 아버지는 까맣게 모르게. 아무리 부자지간이라도 그것 인마, 명백한 절도야. 물론 형법 제 344조에 의거한 친족상도례* 준용에 따라서 실형은 면제 받겠지만."

"형법이니 친족상도례니, 그딴 어려운 말 나는 모르겠고. 그날 부러진 갈비뼈 두 대로 퉁치면 되겠네. 어쨌든 우리 꼰대도 나한테 폭력을 행사했잖아."

"갈비뼈 하나당 9억 원이면 아버지가 완전 밑지는 장사 하신 거지."

"본래 부모 자식 사이가 다 그런 거야, 인마. 아버지는 등골 빠지게 일해서 돈 벌고, 아들은 그 돈으로 띵가띵가 놀고먹고."

---

*친족상도례:강도와 손괴를 제외한 재산죄가 친족지간에 발생했을 때 형벌을 면제하거나 고소가 있어야만 공소를 제기할 수 있도록 한 특례.

형석이 자못 사악해 보이기까지 하는 미소를 씨익 짓는다. 주섬주섬 재킷 주머니를 뒤지더니 듀퐁 금장 라이터와 담배 케이스를 꺼냈다. 비흡연자인 지환의 이마 위로 대번 짜증스러운 주름이 잡혔다.

"담배는 안에서 피워도 되잖아. 나도 신선한 공기 좀 마시자."

"룸에서는 도넛이 자꾸 찌그러져서."

"지랄을 해요."

지환의 구박에도 아랑곳없이 형석은 입술을 동그랗게 말아 도넛 만들기에 심취했다. 몽글몽글 도넛 모양을 한 담배 연기가 허공중에 하나둘 생겨났다가 이내 공기 속으로 사그라졌다.

"어머니가 전화로 뭐래?"

"외할아버지 제사에 늦지 말라고."

"새해 지나 나이를 스물여섯 개나 처먹은 아들놈 스케줄 관리를 아직도 직접 하시냐?"

"그렇지, 뭐."

물색없이 웃고 마는 지환 쪽으로 형석이 뚜껑을 연 담배 케이스를 내밀었다.

"너도 한 대 줄까?"

"됐거든. 너나 많이 피우셔."

"에라, 이 범생아! 어머니 무서워서 여직 담배도 못 배웠지? 너를 보고 있으면 뼈대 깊은 가문의 종손으로 사는 일이 무슨 형벌 같아. 우리 꼰대가 너처럼 살라고 했으면 나는 돌아도 벌써 백 번은 홱 처돌아 버렸을 거다. 이럴 때는 우리 집안이 콩가루인 게 진짜 고맙다니까."

"미친놈!"

지환의 싸늘한 욕설을 듣고도 형석은 그저 실없이 웃기만 했다. 담배를 한 모금 쭉 빨더니 연기를 한숨처럼 훅 뿜었다.

"엊그제 꼰대가 불러서 간만에 한남동 본가에 갔거든. 몇 달 만에 얼굴 보는 막내아들한테 한다는 소리가 뭐였는지 아냐? 세상 어디든 돈으로 안 되는 일은 없대. 그러니까 미국 가서도 기죽지 말고 나 하고 싶은 대로 다 하고 살란다. 딱 두 가지만 빼고."

"그 두 가지가 뭔데?"

"살인, 남색."

형석이 엄청난 비밀을 알려 주기라도 하는 양 군이 입술을 지환의 귓전에 대고 사분거렸다. 지환은 박장대소했다.

"아버지다우신 발언이다. 역시 기대를 저버리는 법이 없으셔."

"웃기냐?"

"그럼 안 웃겨?"

"당근 안 웃기지. 그게 아버지로서 아들한테 할 소리냐고."

"아버지니까 그렇게 말씀하실 수 있는 거야. 까놓고 얘기해서 살인이라고 돈으로 못 덮을 것 같아? 돈지랄 하겠다 작정하고 덤비면 뭐든 되는 세상이잖아. 인간이 인간의 생명을 앗는 살인 행위만큼은 어떠한 경우라도 법적 책임을 지는 것이 옳다고 생각하셨겠지. 아버지는 그런 뜻에서 말씀하셨을 거야."

"꿈보다 해몽이라더니……. 그럼 남색은? 아랫도리 멀쩡한 아들놈한테 사내새끼 끼고 자지 말라는 소리를 왜 하는데?"

"네 녀석 여성 편력이 하도 심하니까 자칫 그쪽으로까지 성적 취향이 확대될까 우려하신 거겠지. 그러게 작작 좀 갈아 치우지 그랬냐? 고등학교 때부터 한 여자를 석 달 넘게 만나는 꼴을 본 적이 없다. 아버지 입장에서는 걱정되지. 당연히 걱정되고말고."

언뜻 비아냥거리는 것 같아도 형석을 향한 깊은 우정이 조곤조곤 흐르는 지환의 목소리에서 묻어 나왔다. 누구보다 그것을 잘 알기에 형석 또한 장난인 양 선뜻 맞받아치며 활짝 웃었다.

"에잇, 밥맛없는 새끼! 잘나도 엔간히 잘났어야지. 이래서 나는 잘난 네가 싫어."

"나는 뭐 못난 네가 좋은 줄 아냐? 어디 나사 하나 풀린 놈처럼 별것도 아닌 일에 파르르 끓었다가 금방 또 파르르 식었다가. 줏대 없이 못나기만 한 새끼!"

"피가 뜨거워서 그런다. 어쩔래?"

"그나마 뜨겁기만 해서 다행이다. 절절 끓었으면 딱 조증 환자인데. 약은 먹고 다니냐?"

"당연하지. 예쁜 간호사 언니들한테 엉덩이 까고 주사도 맞는다. 부럽지?"

"하여간 넉살은……. 왜 나왔어? 파티 주인공이 자리 비우면 원성 산다니까."

"원성은 벌써 차고 넘치도록 샀다. 언니들이 잘생긴 오빠 어디 갔냐고 난리야. 당장 튀어 가서 너부터 데려오란다. 고유진 어때? 쭉쭉빵빵, 몸매가 완전 죽여주지 않냐?"

형석이 담배를 비딱하게 물고서 양손으로 풍만한 여자 몸매를 허공중에 그렸다. 그 모습을 지환은 무덤덤하니 지켜보았다.

"고유진이 누군데?"

"이럴 줄 알았다, 알았어. 오늘 내가 데리고 온 신인 탤런트."

"김소연이라며?"

"걔는 내 파트너고. 소연이랑 같은 소속사 친구라고 아까 너한테 소개해 주었잖아. 오늘 밤 네 파트너라고."

형석이 윗니와 아랫니를 앙다물어 '네 파트너'라는 단어를 음절마다 끊어서 발음했다. 희뿌연 담배 연기가 놀라 도망치는 도마뱀 꼬리처럼 토막토막 형석의 잇새를 비집으며 새어 나왔다.

"아아! 그 친구. 여배우라 그런지 예쁘게는 생겼더라."

"뭐야, 그 성의도 없고 영혼도 안 담긴 칭찬은?"

"칭찬 아니야. 객관적 사실을 얘기한 거지."

"잘났다. 그래, 송지환 네 똥 굵다. 아주 팔뚝만 한 황금색 바나나 똥이다. 지금 빌라 룸에서 다른 사내새끼들은 개침 질질 흘리고 난리가 났는데. 잘 좀 해 봐, 인마. 고유진은 너 한테 첫눈에 훅 간 눈치더라. 마침 집이 삼선동이래. 거기서 동소문로만 가로지르면 큰외삼촌 댁인 성북동까지는 좌로나 우로나 치우치지 않고 완전 쭉 뻗은 직통이잖아."

형석이 되지도 않는 소리를 주절주절 읊조려 대며 한쪽 눈을 찡긋거렸다. 지환은 뻔히 보이는 그 속을 알고도 모르는 척 심드렁하니 쏘았다.

"그래서 어쩌라고? 그게 나랑 무슨 상관인데?"

"이 형님은 우리 소연이랑 불타는 금요일 밤을 보내기로 했거든. 고유진 에스코트는 파트너인 네 몫이다, 그 말이지. 이따 집까지 차로 바래다주면서 핸드폰 번호도 교환하고, 다음에 만날 약속도 잡고. 알았지?"

"여자한테 관심 없다니까."

"그럼 남자한테 관심 있냐? 아서라! 남색은 부도덕과 불법에 찌들어 사는 우리 꼰대도 차마 용납을 못 하는 부분이니까."

"됐다고. 실없는 놈!"

"하기는, 지환이 너라면 한 번쯤 자빠트려 보고 싶기도 하다."

"뭐어?"

"자기야! 오늘 밤 어때?"

형석이 흉악망측한 제안을 던져 놓고 포복절도한다. 배를 붙잡고 낄낄낄 웃느라 제정신이 아닌 형석의 조인트에 지환은 인정사정없이 구둣발을 날렸다.

"나가 뒈져, 새끼야!"

"왜 이렇게 안 와? 대리 운전 부탁한다고 부른 지가 언제인데."

해진이 휴대전화기에 찍힌 시각을 확인하며 메마른 한숨을 쉬었다. 하얗게 부서지는 입김이 차가운 밤공기를 가르며 부유한다. 준수는 초조해하는 친구의 어깨를 위로하듯 손바닥으로 가볍게 두드렸다.

"곧 오겠지. 갑자기 내린 눈 때문에 교통 상황이 좋지 않을 거야."

"춥지? 기다리지 말고 먼저 택시 타고 가."

"됐다니까. 천방지축 저 녀석 술이 깨야 택시를 타도 타지."

준수가 어처구니없는 표정으로 저만치 떨어진 곳에 서 있는 준영을 가리켰다. 양팔을 좌우로 넓게 벌린 채 제자리에서 뱅글뱅글 원을 그리면서 돌고 또 돈다.

해진의 입에서 쿡쿡 웃음소리가 터졌다.

"준영이는 술주정을 해도 어쩜 저렇게 귀엽냐?"

"이 사달의 원흉이 바로 너거든. 둘이 아주 죽이 척척 맞아서는 부어라, 마셔라."

"소주 반병에 취해서 나가떨어질 줄은 나도 미처 몰랐지."

"그 바람에 나만 미쳐 죽지."

해진이 '미처'에 강세를 두어 이야기하자 준수가 '미쳐'에 초강세를 주어 발음했다.

"내 차로 태워다 줄게. 날씨가 이래서 택시 잡기도 쉽지 않을 거야."

"혜화동에서 목동 찍고, 다시 유턴해서 송파까지 가겠다고? 됐거든. 대리 운전기사가 좋다고 하겠다."

"수고비 따블로 주면 돼."

"진짜 됐어. 준영이 술 깰 때까지 좀 걷다가 택시를 잡든 지하철을 타든 할게. 저러고 집에 가면 나는 아버지한테 한 소리 듣고, 준영이는 우리 엄마……."

준수는 깊은 한숨으로 말소리를 대신했다.

언제나 그러하듯 정선의 온갖 폭언이 준영을 향해 날아들 것이다. 심하다 싶을 정도로 아들밖에 모르는 어머니의 편애는 늘 준수에게 마음의 짐이 되었다. 그 미안함의 보상으로 준영을 대할 때면 지나치게 관대해지고 넘치도록 다정해지는지도 모를 일이다.

"어머니는 여전하셔? 아직도 미련을 못 버리신 거야? 아들이 의대 갔으면 됐지, 딸까지 기어이 의사를 만들어야 직성이 풀리시겠대? 준영이는 드라마 작가가 꿈이라는데. 그런 녀석이 뭐하러 이과는 갔어? 애초 문과를 선택했으면 어머니가 의대 보내겠다는 생각 자체를 못 하셨을 텐데."

"말 마. 그때도 한바탕 난리였으니까. 무조건 이과. 아니면 너 죽고 나 죽자는 식이었어. 우리 배정선 여사님께서 하나에 꽂히면 죽어도 직진이거든."

"우와! 진짜?"

해진이 도저히 이해가 안 된다며 고개를 저었다. 친아들인 준수조차 이해할 수 없는데 생판 남인 해진이야 오죽할까.

준영의 대학교 입학 원서를 쓰면서 집안에 재차 불었던 피바람을 생각하면 아직도 진저리가 쳐졌다. 무조건 의예과로 가라고 윽박지르는 정선과 중앙대 문예창작과가 아니면 아예 원서를 넣지 않겠다며 버티는 준영 사이에서 애꿎은 준수만 죽어났다.

"준영이가 중대 문창과 포기하고 우리 학교 영문과로 원서를 써서 그나마 나아진 거야. 서울대 영문과 출신이면 최소한 아나운서는 하지 않겠느냐고 우리 배 여사님 꿈에 부풀어 계신다."

"준영이 똥고집을 어떻게 꺾으셨대? 어머니 정말 대단하시다."

"준영이가 대단한 거지. 어떤 말로도 설득이 안 될 것 같은 엄마랑 끝까지 싸워서 기필코 거래를 성사시켰잖아."

"그러네. 결과만 놓고 따지면 어머니가 의대 포기하고 영문과 오케이 하신 거잖아. 준영이가 어머니 뜻에 따라 아나운서가 될지, 어떻게든 본인 뜻을 관철시켜 드라마 작가가 될지는 앞으로 4년 뒤의 일이니까. 완전 의지의 한국인, 인간 승리다."

감탄에 감탄을 더하는 해진의 등 뒤로 마침내 도착한 대리 운전기사의 외침이 울렸다.

"대리 부르신 분!"

"준수야, 나 먼저 간다."

"그래. 월요일 날 보자."

준수는 대리 운전기사를 손짓해 부르며 뛰어가는 해진을 배웅하고, 이리저리 흩날리는 눈발에 넋을 놓은 준영 쪽으로 다가갔다.

"늦었다, 준영아. 우리도 그만 가자."

여전히 술기운에 젖어 알딸딸한 상태 그대로인 준영과 나란히 발을 맞추어 걸으며 오리털 파카 안에서 휴대전화기를 꺼냈다. 전원이 꺼져 있다. 아차 싶었다.

'솥뚜껑'에서 미리 상태를 확인하고 충전했어야 했는데……

때늦은 후회가 한겨울 찬바람에 옷깃을 여미는 준수의 가슴 언저리를 타고 오래도록 휘돌았다.

✦✦✦

다들 노래하고 춤추며 노느라 정신이 없어 보인다. 술잔 대신 주스 잔을 들고 간간이 형석과 이야기를 나누며 대충 분위기를 맞추던 지환은 손목시계를 힐끔 내려다보았다. 그만 나서야 할 시간이다. 슬그머니 자리를 털고 일어섰다.

인사도 없이 몰래 빠져나가는 지환의 뒤통수로, 평소 동창들 사이에서 참견쟁이라 불리는 임경언의 따가운 타박이 날아들었다.

"송지환! 분위기 한창 좋고만 지금 꼭 가야겠냐?"

"외할아버지 제사라잖아. 지환이 놈 저녁 내내 술잔 엎어놓고 앉은 것 못 봤냐?"

형석이 별다른 변명도, 말도 없는 지환을 대신해서 나섰다.

출입문 앞에 멈추어 선 지환은 겸연쩍은 미소를 경언을 비롯한 친구들에게 보냈다. 사정이야 어찌 되었든 한창 물오른 분위기를 깬 것은 사실이다.

"오늘은 미안하게 됐다. 그런 의미에서 술값 계산은 내가 하고 갈게."

우우우, 친구들이 약속이라도 한 듯 동시에 야유인지 함성인지 모를 소리를 내면서 엄지를 치켜들었다. 그 요란한 틈으로 유진이 핸드백을 챙겨 일어섰다. 술을 제법 마신 모양인지 지환 쪽으로 다가오는 걸음걸이가 눈에 띄게 비척거렸다.

"지환 씨! 큰외삼촌 댁이 성북동이라면서요? 가는 길에 저 좀 태워다 주세요. 우리 집이 그 근처 삼선동이거든요."

우우우, 이번에는 온통 야유가 들끓었다. 배신자들끼리 잘

해 보라는 둥, 사랑은 본래 이기적이라는 둥 난무하는 친구들의 부러움이 깃든 놀림 속에서 지환은 난처한 기색을 가까스로 숨겼다.

관심 없다는 표현을 분명히 했음에도 굳이 집에 데려다 달라고 따라나서는 유진이 불편했다. 그렇다고 늦은 밤 술 취한 여자 혼자 택시를 태워 보낼 수도 없는 노릇이고.

지환은 곤란함을 엷은 한숨으로 대신 풀어내며, 히죽히죽 웃고 앉은 형석을 노려보았다. 얄밉다, 얄밉다 하니 진짜 얄미운 짓만 골라서 한다. 제 딴에는 오작교를 놓아 준답시고 유진을 사주한 것이 틀림없었다.

지환의 불쾌한 속도 모른 채 유진이 벙싯 미소를 지으며 팔짱을 꼈다. 지환은 부러 손끝에 힘을 주어, 취기에 비틀거리는 척 옆구리로 들러붙는 유진의 팔을 서둘러 풀어냈다. 어쩔 수 없이 자동차는 공유해도 신체 부위 어디 하나 함부로 만지지 말라는 명명백백한 경고였다.

❦

잘 익은 팝콘 같은 눈송이가 펑펑 쏟아져 내린다. 맵찬 겨울바람에 비껴 어지러이 허공을 가르는 눈발은 밤 10시를 훌쩍 넘겨 11시를 향해 가는 이슥한 어둠 속에서조차 빛다발이라도 되는 양 눈부시게 일렁였다.

세상이 온통 하얗고 또 하얗다.

혜화동 로터리에서 서울대학교 의과대학 연건동 캠퍼스로 이어지는 창경궁로 왕복 6차선 대로 위에도, 도로를 바쁘게 질주하는 자동차 지붕 위에도, 앙상한 가로수 너머 우뚝우뚝 솟아오른 회색빛 건물 위에도, 삭막한 콘크리트 숲을 헤치며 달리는 준영의 어깨 위에도 새하얀 눈꽃이 소담스럽게 피었다.

"이준영! 천천히 가라고."

준수의 애타는 목소리가 함박눈 날리는 밤거리를 내달려 뛰어가는 준영의 등 뒤에서 높이 울려 퍼졌다. 흘낏 어깨 너머로 준수를 돌아다보는 준영의 입술을 뚫고 까르르까르르 청아한 웃음소리가 막무가내로 쏟아진다.

"오빠 걸음이 늦는 거야."

"길 건너가서 택시 타자. 육교 계단 미끄러우니까 오빠 손 잡고 같이 가."

"내가 어린애야?"

"벌써 두 번이나 넘어졌잖아."

"이제 안 넘어져."

준영은 육교 근처에서 달음질을 멈추고 팽 하니 쏘아붙였다. 뒤따라오는 준수가 어두움 저편 그 어디쯤에서 혀를 찼다.

"오빠랑 내기할까? 또 넘어진다에 해진이 놈 똥차 건다."

"해진 오빠 똥차는 공짜로 줘도 안 가져. 그게 어떻게 자동차야? 움직이는 돼지우리지."

"그건 그래. 아까 해진이가 태워다 준다고 할 때 거부권 행사하기 잘했지?"

"엉."

준영은 굵은 눈발이 반짝이는 사금파리처럼 흩어지는 밤하늘을 향해 얼굴을 들어 올렸다.

탐스럽고 보드라운 눈꽃송이가 난생처음 맛본 소주에 취해 알짝지근한 열기를 내뿜는 이마로, 콧방울로, 뺨으로 살포시 내려앉았다. 대찬 겨울바람에도 쉽사리 가시지 않던 취기가 조금씩 잦아들었다.

준수가 빠른 걸음으로 다가왔다. 입을 벌려 함박눈을 받아먹기 바쁜 준영의 어깨에 다정히 오른팔을 두른다.

"뭐해?"

"눈송이 시식. 시원하고 맛있어. 오빠도 한번 먹어 봐."

"노 땡큐. PH가 5.6 이하일 거야. 산성 눈 먹고 배 아프다고 징징 울지나 마라."

"오빠는 낭만도 없어?"

준영은 어깨 위 준수의 팔을 작정하고 사납게 쳐 냈다. 매몰찬 몸짓에도 준수는 그저 빙그레 웃기만 했다.

"건강하게 오래오래 살고 싶을 뿐이야."

"나는 먹고 싶은 것 마음대로 먹다가 조금 일찍 죽을래. 그게 속편해. 이것저것 고민할 일도 없고."

"천하태평 사고뭉치 이준영답네. 엄마 등쌀에 억지 춘향으로 영문과에 갔는데도 합격했다고 좋아하는 것을 보면…….

너도 어지간하다."

"죽을상을 하고 앉아 고민하면 뭐해? 엄마 고집을 내가 무슨 수로 당하냐고. 재수, 삼수를 해서라도 죽어도 의대 가라고 등 떠밀지 않은 것만으로도 땡큐 베리 감사지."

"하기는 맞다. 우리 배정선 여사님이 한 번 마음먹으면 될 때까지 무조건 직진만 고집하는 올곧은 성품이시라."

"오빠라도 의대를 갔으니 망정이지……. 오빠 없었으면 내 인생은 온통 암흑이었을 거야. 준수 오빠 짱! 완전 대박 킹왕짱!"

준수가 껄껄껄 웃었다. 유쾌한 웃음소리에 이끌리듯 준영이 덩달아 미소 지으며 준수의 팔짱을 꼈다.

"오빠야! 준수 오빠야!"

"무섭게 콧소리를 내고 그래? 이런 교태는 나중에 네 남자친구한테나 부려."

입으로는 타박을 주면서도 표정은 어린 동생이 마냥 귀여워 미치겠다는 식이다. 준영은 아예 준수의 팔에 매달리듯 상체를 기대었다.

"우리 내일 스키장 가자. 방학인데 오빠 병원 실습하느라 제대로 놀지도 못했잖아."

"막대한 경비는 누가 부담하고?"

"당근 빠따 오빠가 쏴야지. 나 대학 합격한 기념으로."

"불쌍한 오빠 작작 좀 벗겨 먹어라. 합격 발표 나자마자 관악 캠퍼스에서 연건 캠퍼스 의대 도서관까지 총알같이 달려

와서 하루 종일 밥 사 달라, 빵 사 달라, 커피 사 달라. 심지어 미성년자 주제에 내 주머니에서 나간 돈으로 소주까지 원샷해 놓고. 뭐가 어째, 스키장? 내가 봉이야?"

"엉! 오빠 봉 맞아. 싸랑하는 나의 뽕!"

"이러다 내 빤스까지 홀딱 벗겨 먹겠다, 너?"

"안 그래도 그러려고. 오빠 빤스 한 장으로는 부족할지 모르니까 해진 오빠도 불러서 같이 가자. 으응?"

준영은 얼굴을 준수 쪽으로 부쩍 들이밀고 졸랐다. 준수가 두 눈을 질끈 감고 체념에 겨운 한숨을 포옥 내쉰다.

"또 시작했다. 우리 떼쟁이 공주님."

"오빠야! 으응? 제발! 으응?"

"예, 예. 알았습니다요. 공주마마 명이시라면 쉰네 받들어 모셔야지요."

"오, 예스! 신 난다."

"그렇게 좋아?"

"좋아! 완전 좋아! 미치게 좋아!"

준영은 함박눈 쌓인 보도를 어지럽게 뛰어다니면서 만세를 불렀다. 나이 차가 많이 나는 오빠는 이래서 좋다. 어린 여동생에게 언제나 꼼짝을 못 하니까.

"어이, 떼쟁이 공주! 이왕 하는 것 준수 오빠 최고라고 만세 삼창도 붙여야지."

준수의 짓궂은 제안을 선뜻 받아들여 준영은 하늘 높이 양팔을 들어 올렸다. 목청껏 소리를 내지르며, 저만치 떨어져 육교 계단 아래 환하게 웃고 선 준수를 향해 전속력으로 달려갔다.

"준수 오빠 최고! 최고! 최고!"

"준영아! 너 그러다 넘어진다. 위험하다니까."

준수의 경고가 땅에 떨어지지도 않아 준영의 발이 빙판길 위로 사정없이 미끄러졌다.

어떻게든 균형을 잡으려 허우적허우적 허공을 헤매는 준영의 마구잡이 손길에, 놀라서 달려온 준수의 허리춤이 잡혔다.

우당탕탕, 요란한 소리와 함께 준수가 먼저 길바닥에 쓰러지고 그 위로 준영의 몸뚱이가 절퍼덕 고꾸라졌다.

"준영이 너 괜찮아? 안 다쳤어?"

"쪽팔려 죽을 것 같아. 오빠는?"

"나도 죽을 것 같아. 오랑우탄에 버금가는 우리 준영이 몸무게에 짓눌려서."

준수가 쿡쿡 웃었다. 차가운 길바닥에 큰 대자로 뻗어서까지 못된 장난질이다.

약이 빠짝 오른 준영은 그러쥔 주먹을 준수의 가슴에다 퍽 소리가 나도록 내리꽂았다. 평소 같으면 후다닥 몸을 굴려 피하고도 남을 준수였다.

그런데 이날은 준영의 주먹질을 고스란히 감내하며 컥컥 밭은기침만 잇따라 뿜었다. 각혈이라도 하는 사람처럼 얼굴까지 새파랗게 질려서.

"왜 그래, 오빠? 진짜 아파? 다쳤어?"

속사포처럼 쏟아지는 준영의 황망한 질문에 준수가 비시식 웃었다. 퀭하니 주저앉은 눈자위를 따라 흐르는 준수의 미소가 이유도 없이 서글퍼 준영은 눈물이 났다. 덩그렁 맺힌 눈물방울을 손끝으로 닦아 주고 준수가 또 그렇게 비시식 웃는다.

"이준영! 당황하지 말고 오빠가 하는 얘기 잘 들어. 내가 좀 다쳤거든. 병원에 가야 할 것 같아."

"얼마나 다쳤는데! 어디가 아프냐고!"

놀란 고함인지, 아픈 비명인지 모를 소리가 준영의 목울대를 치고 올라왔다. 정신없이 다친 곳을 찾아 준수의 전신을 더듬는 눈자위로 새하얀 눈밭을 새빨갛게 물들인 핏자국이 선명하게 박혔다.

"가벼운 뇌진탕 같아. 별일 아니야. 그냥 좀 어지러워서 그래."

"오빠 바보! 머리가 깨졌으면 깨졌다고 말을 해야지. 나 때문이야. 이게 다 나 때문이라고."

"흥분하지 마. 자책은 나중에 하고 일단 도움부터 청하자. 하필 핸드폰이 방전이라……."

"내가 가서 사람들 데려올게. 오빠는 꼼짝 말고 여기 누워 있어."

아무리 주위를 둘러보아도 인적이 끊어진 밤거리에는 황량한 바람만 지났다.

준영은 덧없이 흐르는 눈물을 손바닥으로 문질러 닦아 내며 황급히 도로변으로 달렸다.

미친 듯이 두 팔을 내저어 도움을 요청해 보았지만 저마다 갈 길 바쁜 자동차들의 무심한 질주는 조금도 멈추지 않았다.

마음만 더 초조해진 준영은 무작정 6차선 대로 한복판으로 뛰어들었다. 눈부신 헤드라이트 불빛이 달리는 자동차 앞을 가로막아 서는 준영의 온몸을 덮쳤다. 부연 빛더미 저 너머에서 누구인가 준영의 이름을 소리쳐 부른다.

"준영아, 위험해!"

⟪⟪⟪

지환은 있는 힘껏 브레이크 페달을 밟았다. 급작스러운 제동에 놀란 자동차가 빙판길에 미끄러지며 운전대가 제멋대로 헛돌기 시작했다. 제동력을 잃지 않으려 사력을 다해 운전대를 틀어쥐었다.

퍽 하는 소리와 더불어 둔탁한 물체가 브레이크 파열음을 요란하게 내지르는 자동차 범퍼에 와서 부딪쳤다.

이내 다시 쿵 소리가 들렸다. 전방 통유리 한가운데 발생한 방사형 균열이 도미노처럼 차창 전체로 삽시간에 번져 나갔다.

운전대를 움켜쥔 지환의 눈앞에서 하얀 섬광이 터졌다. 퀴

퀴한 암모니아향 비슷한 질소 화합물 냄새가 자동차 안에 가득하다. 에어백이 터지고 동시에 차량 엔진도 자동으로 멈추었다.

2차 사고를 막기 위해 지환은 제일 먼저 비상등부터 켰다. 참았던 숨을 한꺼번에 쏟았다. 운전대 위에 놓인 양손이 제멋대로 바들바들 떨렸다. 한 번 더 심호흡을 하며 몸의 떨림이 가라앉기를 기다렸다.

침착하자.

애써 스스로를 다독이고 곧장 조수석 쪽으로 시선을 옮겼다.

"괜찮아요?"

새파랗게 질린 유진이 대답 대신 성마른 비명을 질렀다. 악을 쓰듯 내지르는 비명을 좀처럼 그치지 않는다.

지환은 재빨리 눈과 손을 이용해 유진의 전신을 스캔했다. 다행히 출혈 부위는 눈에 띄지 않았다. 딱히 골절상을 의심할 만한 곳도 없었다.

"다친 곳은 없는 것 같네요."

"내가 얼마나 놀랐는데! 죽는 줄 알았다고!"

유진이 신경질적으로 소리쳤다. 엉엉 목을 놓아 울기 시작한 유진을 그대로 둔 채 지환은 자동차에서 뛰어내렸다.

눈이 쌓이기 시작한 아스팔트에 검붉은 핏자국이 선연하다. 핏빛으로 물든 눈밭 위 의식을 잃고 쓰러진 젊은 남자를 품 안에 부둥켜안고서, 고등학생으로 보이는 앳된 소녀가 하얗게 쉰 울음을 검질기게도 토해 놓는다.

끄윽끄윽, 널빤지에 박힌 낡은 쇠못을 쇠지레로 빼내는 듯
한 소리였다. 가슴 아리도록 처연한 그 울부짖음은 함박눈이
쏟아져 내리는 밤거리를 빼곡히 메웠다.

## Chapter 4

심장에
박힌 가시

"자료 조사는 많이 했어?"

지환의 낮고 메마른 목소리가 해묵어 더욱 아픈 준영의 기억을 흔들어 깨웠다. 준영은 빗줄기에 젖은 차창 밖 풍경을 멍하니 바라보다, 몸에 밴 습관에 따라 초점 잃은 시선을 느릿느릿 운전석 쪽으로 옮겼다.

"네?"

"무슨 생각을 그렇게 골똘히 해? 옆에서 하는 말도 못 알아들을 정도로."

"그냥요, 이것저것."

두루뭉술한 대답만큼이나 헐겁기 짝이 없는 미소가 준영의 눈자위를 파리한 빛깔로 물들였다.

제아무리 시간이 흘러도 결코 지워지지 않는 기억을 낙인처럼 가슴에 새기고 살면서도, 준영은 지금껏 사고에 대해 지환에게 이야기한 적이 없었다. 지환 역시 그날의 일만큼은 절대 준영에게 언급하지 않는다. 마치 서로가 암묵적인 약속이라도 한 것 같았다.

"자료 조사는 많이 했냐고 물었어. 다음 작품 주배경이 정신병동이라고 했지? 아무튼 이 작가 직업 정신 하나는 대단하다니까. 자료 조사를 위해 직접 정신병원에 들어가 두 달 가까이 생활하고 나오는 작가는 대한민국에 이준영이 유일할 거야."

지환이 말소리를 흐드러지게 피우고 웃었다. 그다지 우습지도 않은 이야기를 하고 큰 소리로 웃어 젖히는, 그래서 살짝 어색한 지환의 옆모습을 준영은 부옇게 흐려지는 눈으로 지켜보았다.

불필요한 대화는 일절 삼가는 진중한 성격에, 다른 사람 앞에서는 희로애락의 감정을 쉬이 드러내지 않는 지환이었다. 그런 그가 준영과 있을 때면 유독 말이 많아지고 웃음이 헤퍼진다.

"자료 조사는 핑계예요. 그냥 좀 쉬고 싶었어요. 그동안 못 읽은 책도 읽고. 요양병원 들어가기 전에 대표님한테 얘기했잖아요. 신년 하례식에서."

"아! 그랬지. 내 정신 봐라."

지환은 짐짓 멋쩍은 미소를 지었다.

잊지 않았다. 신년 하례식에서 준영이 한 이야기를 아직도 토씨 하나 놓치지 않고 정확하게 기억한다. 대화하는 내내 손가락으로 묵주 반지를 뱅뱅 돌리던 모습도, 좀처럼 시선을 맞추지 못하던 생기 없이 흐린 눈동자도 머릿속에 아직 또렷하다.

해마다 준수의 기일이 가까워지면 으레 준영에게 나타나는 현상이었다. 올해는 이상하리만치 심했다. 지병인 우울증이 지독하게 깊어져 덤처럼 따라붙은 불면증이 최고조에 달했다. 음식마저 도통 입에 대지 못하고 어쩌다 겨우 먹나 싶으면 탈이 나기 일쑤였다.

그래서 준영이 도망치듯 짐을 싸 요양병원으로 들어간다고 했을 때 더럭 겁이 났다. 영영 돌아오지 않을까 봐 무서웠다.

지환은 고개를 흔들어 부질없는 상념을 멀리 털어 버렸다.

"이 작가, 배고프지 않아? 나 배고픈데. 뭐라도 좀 먹을래? 비도 피할 겸 미사리 방향으로 나가서 밥 먹자."

"점심 안 먹었어요?"

"못 먹었어."

"제때 밥도 못 찾아 먹을 정도로 바쁘면서 강촌은 뭐하러 왔어요?"

질타에 가까운 준영의 물음에 지환은 한참을 대답 없이 운전에만 집중하는 척했다.

당신이 걱정되어 미칠 것 같았다고, 당장 얼굴을 보아야만 안심이 될 것 같았다고, 그런데도 막상 요양병원에 도착해 보니 병실 침대에 누운 당신 모습을 마주할 자신이 없어지더라고.

차마 이야기할 수 없었다. 무거운 침묵 속에서 바삐 오가는 자동차 와이퍼 소리만 도드라졌다.

등신! 여태 잘해 왔잖아.

지환은 스스로를 담금질하며 한차례 어금니를 으다물었다가 풀었다. 때로는 웃기 싫어도 웃어야 하고, 마음에도 없는 소리를 사실인 양 주절거려야 한다. 바로 지금처럼.

물색없이 헤실바실 웃으면서 속없는 놈처럼 가볍게 지껄였다.

"험한 빗속을 작가님 혼자 뚫고 오게 만들면 안 되지. 이준영 작가는 우리 '프로덕션 온'의 소중한 자산인데."

"자산 관리 차원이라는 거네요. 죄책감이나 동정심은 아니라는 거죠?"

혼잣말을 뇌까리듯 조용한 말소리가 준영의 입술을 비집고 흘러나와 더욱 힘주어 운전대를 움켜쥐는 지환의 손등 위로 떨어졌다.

음절 하나하나가 날카로운 유리 파편이라도 되는 양 살갗을 찢고 몸속으로 깊이 파고들었다. 검푸른 혈관을 타고 오르더니 종국에는 심장에 와서 박혔다.

숨을, 쉴 수가, 없었다.

"우리 날도 추운데 뜨거운 국물 있는 것으로 먹자. 쏘가리 매운탕 괜찮지?"

지환은 무작정 운전대를 오른쪽으로 꺾었다. 굵은 장대비 속 아스라이 보이는 미사 나들목으로 향했다.

"이 작가, 달걀찜 좋아하지?"

지환이 지글지글 끓는 뚝배기를 교자상 너머 준영 쪽으로 밀어 놓았다. 매콤한 더덕구이, 새콤한 해초무침, 달콤한 우엉조림. 평소 준영이 즐겨 먹는 각종 밑반찬이 그녀의 밥그릇 주변에 즐비하다. 지환이 아까부터 잇달아 반찬 접시들을 준영의 앞에다 옮겨 놓은 탓이다.

준영은 따뜻이 배려해 주는 지환의 마음 씀씀이가 고맙기는커녕 오히려 역정만 솟았다. 단순한 자산 관리 차원에서 하는 일이라고 지환은 이야기했지만, 이 모든 것이 죄책감 또는 동정심에서 비롯되었음을 잘 알고 있었다.

그녀가 지환에게 죄책감을 들게 만드는 존재일 수밖에 없다는 사실이 싫다. 그에게 동정을 받는 것은 죽을 만큼 싫다. 지환이 자꾸 실없이 웃는 것도 싫고, 속없는 사람처럼 떠들어 대는 것은 더더욱 싫다.

어린애같이 막돼먹은 심통임을 알면서도 못난 마음이 도무지 제어되지 않았다.

준영은 아무런 대꾸도 못 하고, 젓가락을 들어 먹지도 못한 채 밑반찬이 담긴 접시들을 우두커니 내려다보았다. 코끝이 제멋대로 지잉, 울어 버린다. 손바닥으로 콧방울에 맺힌 울음기를 신경질적으로 지워 냈다.

"화나는 일 있어? 코는 왜 그렇게 사납게 문질러?"

"콧물이 나서요."

"감기야?"

"추운 날 뜨거운 국물을 먹으니까 이러죠. 일종의 생리 현상이라고요."

퉁명스럽기 짝이 없는 준영의 대꾸에도 지환은 무색한 웃음만 함박 피웠다.

"자, 여기 냅킨. 더럽게 손으로 닦지 말고."

"배도 안 고프다는데, 사람을 억지로 끌고 와서……."

준영은 나오지도 않는 콧물을 닦는 척 종이 냅킨에 코를 풀었다. 그런 준영을 바라보며 지환이 새삼 머쓱한 얼굴로 앉아 어울리지도 않는 넉살을 부린다.

"나는 아사 직전이었어. 좀 봐주라. 국물이 칼칼한 게 매운 탕 맛 죽이지? 자연산이라 식감도 끝내주고. 쏘가리가 여자 몸에 좋대. 수제비도 먹어 봐. 매운탕 국물에 끓여 낸 수제비가 이 집 별미야."

"여기 자주 와요? 아까 입구에서 주인아주머니가 엄청 반갑게 인사하던데."

"한 달에 한두 번 정도면 자주인가? 최형석 상무랑 요트 타러 미사리 나올 때면 주로 여기서 저녁 먹거든. 형석이가 매운탕이라면 환장을 해서. 나도 싫지 않고. 요 앞 큰길만 돌아가면 선착장이라 이동 거리가 짧아 일단 편하고 음식 맛도 깔끔하니 괜찮고."

"아, 아, 요트!"

"그 영혼 없는 감탄사의 정체는 뭐야?"

지환이 제법 껄렁껄렁한 투로 물었다. 시비를 걸고자 함이 아니라 장난을 치는 것이다. 준영도 짓궂은 지환의 장단에 맞추어 목소리를 짐짓 쌀쌀맞게 바꾸었다. 일정한 거리를 유지한 채 지환과 티격태격하는 일이라면 마음 편하게 얼마든지 할 수 있다.

그녀를 도자기 인형 다루듯 애지중지하는 태도는 부담스럽고, 프로덕션 대표와 작가로만 한정 짓는 갑을관계는 서운하고. 지나치게 친하지도 않고, 그렇다고 지나치게 사무적이지도 않은…… 어떤 면에서는 애매모호할 수밖에 없는 그렇고 그런 사이.

7년 가까운 지난 시간 동안 준영이 힘써 지켜 낸 그만큼의 친밀도였다. 앞으로도 지환과의 관계에서 딱 요만큼만 거리를 유지할 수 있으면 좋겠다.

"10억 원이 넘는 초호화 요트를 개인 소장하고 있는 사람이 우리나라에 몇 명이나 될까 싶어서요. 대표님이 태생부터 부르주아라는 사실을 자꾸 깜빡깜빡 잊어요."

"이 작가는 순혈의 프롤레타리아라고 주장하고 싶은 거야? 드라마 작가료로 편당 2천만 원이나 받으면서 그러면 오버지. 1년에 16부작 미니시리즈 하나만 써도 3억 2천만 원인데."

"원천징수로 소득세 뜯기고 회사랑 나누면 거기서 내 몫은 반절이나 될까? 심하게 표현하자면 밤에 잠도 못 자고 뼛골 빠지게 글 써서 대표님 주머니 채워 주고 있다고요, 내가."

"잠도 못 자고 뼛골만 빠지니까 이제 글 그만 써. 이 작가가 안 채워 주어도 내 주머니 두둑해. 태생부터 부르주아잖아, 내가."

"네에?"

준영이 멍한 표정으로 되물었다. 그럴 리는 없지만, 행여 이제 그만 전속 계약을 끝내자는 이야기인가 싶어서 덜컥 무서워졌다. 업무상 갑과 을의 관계가 끊어진다면 그동안 아슬아슬하게나마 유지해 오던 지환과의 개인적인 친분은 자동으로 소멸되고 말 터였다.

그를 안 보고 살 수 있을까?

요양병원에 가 있는 달포 동안에도 미치게 그리웠으면서…….

어느 순간 깨달아 버린, 도무지 감당할 수 없는 감정의 무게 때문에 죽고 싶었다. 몇 날 며칠을 억누르기만 하다 끝내 병이 나고 말았다.

요양병원으로 도망쳐 지환을 향한 감정을 억지로 죽이기 시작했다. 모진 목숨을 차마 스스로 끊을 수는 없으니 마음을 덜어 내는 것이 그나마 옳은 선택이라 믿었다.

그런데 사람의 마음 역시 목숨만큼이나 질기고 끈덕져서 아무리 짓밟아 눌러도 절대 죽지를 않더라. 오히려 그리움만 더욱 사무쳐 마음의 병이 심했다. 숨 쉬는 일마저 버거워 이러다 진짜로 죽겠구나 싶었다.

어떻게든 살려고, 구차한 목숨이지만 그래도 살아야 해서 그리우면 그리운 대로 그냥 두기로 했다. 보고 싶으면 보고 싶은 대로 내버려 두기로 마음먹었다.

지환을 안 보고 살 수가 없어서…….

그가 없는 삶은 도저히 견디어 낼 자신이 없어서…….

"뭘 그렇게 정색까지 하면서 놀라? 올 한 해는 일하지 말고 푹 쉬라는 소리야. 이 작가 좋아하는 책 실컷 읽고, 여기저기 여행도 다니고."

"1년 빈둥빈둥 놀게 해 줄 테니까 장기 계약하자고 지금 나 꼬드기는 거죠?"

준영은 애써 태연한 척 웃었다. 그녀가 놀란 가슴을 쓸어내리는 줄도 모르고, 지환 역시 담백한 미소를 짓는다. 보일 듯 말 듯 파인 볼우물이 새삼스러웠다.

"아마도."

"이래 놓고 막상 계약서에 도장 찍은 다음에는 족히 10년은 일개미처럼 죽어라 글만 쓰게 할 거죠?"

"그럴지도."

"전속 계약 연장 안 하고 버티면 어떻게 돼요? 온갖 당근과 채찍이 난무하는 거예요?"

"어쩌면."

"채찍은 반사, 당근은 접수. 전속 계약 끝나려면 6개월 정도 남았죠? 그때까지 성심성의껏 나한테 당근을 마구 안겨 줘요. 종신 계약서에 도장 찍을게요."

"종신 계약?"

지환이 두 눈을 가늘게 말아 뜨고 준영의 얼굴을 뚫어져라 쳐다본다. 마음에 들지 않거나 당황하면 나오는 지환의 버릇이었다.

준영은 며칠 만에 처음으로 소리 내어 웃었다. 그냥 웃음이 나왔다. 천하의 '청담동 SS' 송지환을 당혹스럽게 만들었다는 사실이 즐거웠다. 어머니 정선이 요양병원에 다녀간 뒤로 체한 것처럼 답답하던 명치가 비록 한순간이지만 뻥 뚫리는 것 같았다.

"앞으로 30년 밤잠 안 자고 뼛골 빠지게 글 쓰겠다고요. 돈 많이많이 벌어다 줄게요. 대표님 주머니 지금보다 더 두둑해지라고."

"전속 계약금 많이 받아 내려고 수작 부리는 거지?"

차갑게 꾸민 목소리와는 딴판으로 지환의 먹빛 눈동자에 미소가 넘쳤다. 준영은 부러 새치름한 표정으로 응수했다.

"아마도."

"전속 계약금 빵빵하게 챙기고 난 다음에는 여왕개미처럼 놀고먹을 생각이지?"

"그럴지도."

"전속 계약금 쥐꼬리만큼 주면 어떻게 되는데? 다른 곳에서 스카우트 제의라도 받았어?"

"어쩌면."

순간 지환의 얼굴에서 미소가 물살처럼 빠르게 밀려 흔적도 없이 사라졌다. 선이 굵으면서도 고운 입매 또한 눈에 띄게 굳었다.

"백지수표 줄게. 종신 계약서 쓰자. 앞으로 30년 아니라 50년, 아니다, 하는 김에 아예 70년으로 가자. 이 작가 백 살까지 '프로덕션 온' 전속으로."

면도날처럼 선명한 지환의 눈빛이 담담하게 앉은 준영을 향해 곧바로 날아들었다. 준영 역시 올곧은 시선으로 지환을 마주 쳐다보았다.

지금 그는 진심이다. 그렇다면 그녀도 진심을 이야기해야 한다.

준영은 평소 분신처럼 몸에 지니고 다니는 배낭을 열었다. 노트북 컴퓨터와 취재 수첩 사이에서 두툼한 종이뭉치가 담긴 L자형 홀더를 꺼내 지환 쪽으로 밀어 놓았다.

"요양병원에서 작업한 거예요. 4부까지 대본 나왔어요. 제목은 일단 '마지막 비상구'라고 정했는데 딱히 임팩트가 없어서 도중에 바꿀지도 몰라요. 언제나 제목하고 등장인물 이름 짓는 일이 제일 어렵거든요."

"한동안은 글 안 쓰고 책만 읽겠다고 하지 않았어? 요양병원으로 쉬러 간 거잖아. 쉬러 갔으면 다 잊어버리고 무조건 쉬었어야지. 그러라고 일부러 연락도 안 했는데."

지환이 플라스틱 홀더를 집어 들면서 칭찬이 아닌 핀잔을 던졌다. 준영은 까닭 모를 섭섭함에 비죽 눈시울부터 샐그러 뜨렸다.

"일개미처럼 열심히 글을 써도 불만이에요?"

"장작개비마냥 삐쩍 말라 가니까 그렇지. 이 작가 글쓰기 시작하면 밥도 잘 안 먹고 잠은 통 못 자잖아."

"타고난 성질이 막돼먹은 것을 나더러 어쩌라고요."

"자랑이다. 자랑이지?"

"초고라 오·탈자는 좀 있을 거예요. 대표님이 먼저 읽고 괜찮다 싶으면 편성 받아 줘요. 되도록 빠르면 좋겠어요. 딴 생각 안 하고 열심히 일만 하게. 각 방송사마다 이번 봄 개편에 맞추어서 하반기 라인업 들어갔죠?"

"올해는 일하지 말고 무조건 쉬라니까."

"놀면 뭐해요? 벌 수 있을 때 한 푼이라도 더 벌어야지. 글쟁이한테 글 쓰지 말라는 것, 죽으라는 소리랑 같아요. 다 아는 선수끼리 왜 이래요? 나는 글 쓰고, 대표님은 돈 벌고. 우리 서로 윈윈 하자고요."

준영이 다박다박 할 말은 다 하면서도 시선만은 피한 채 묵주 반지를 만지작거린다. 여리고 섬세한 손가락 사이에서 돋을새김을 한 묵주 알이 허둥지둥 헛돌았다. 그만큼 마음이 불안하고 지금의 대화가 불편하다는 방증이었다.

지환은 묵주 반지를 매만지는 준영의 모습을 물끄러미 응시했다. '글쟁이한테 글 쓰지 말라는 것은 죽으라는 소리랑 같다'는 이야기가 못내 가슴을 쳤다.

준영에게 글쓰기는 문자 그대로 숨구멍이자 마지막 비상구였다. 지난 10년, 글이라도 쓸 수 있었기에 삶의 끈을 놓지 않고 여기까지 버텨 냈는지도 모른다.

글을 쓰느라 밥을 안 먹고 잠을 안 잔 것이 아니라, 밥을 못 먹고 잠을 못 자기에 글을 쓴 것이다. 글이라도 써야 살 수 있을 것 같으니까. 하나밖에 없는 오빠를 죽음으로 내몰았다는 끔찍한 죄책감을 천형처럼 짊어지고도 어떻게든 살아야 하니까.

지환은 그런 준영에게 일하지 말고 쉬라는 소리는 당연히 무의미하다는 판단이 섰다. 오히려 지독한 괴롭힘이 될 터였다.

"SBC 나경필 국장님이 7월 라인업 준다는데, 이 작가 생각은 어때? 너무 빠르지 않아?"

"빠르면 빠를수록 좋아요. 7월 첫방이면 진짜 빠듯하기는 하겠다."

"너무 무리하지 말고. MBS에서는 11월 라인업이야. 그쪽으로 가자."

"SBC로 해요. 내가 이 바닥에서 그래도 의리라면 한가락 하잖아요. 데뷔 때부터 지금까지 한솥밥 먹은 정리도 있고."

"이 작가 좋을 대로 해."

"내일이라도 전속 계약 연장해요. 30년이든, 50년이든, 70년이든 계약 기간은 상관없어요."

'프로덕션 온'의 대표이사가 송지환이라는 남자라면.

다 하지 못한 이야기가 준영의 가슴 언저리를 아프도록 들쑤셨다.

"새 계약서 준비하라고 기획조정실에 지시해 놓을게."

"전속 계약금은 필요 없어요."

"백지수표 준다니까."

"0원이라고 쓰죠, 뭐."

준영은 목소리를 다부지게 깔았다. 지환이 왼쪽 눈썹을 비딱하게 꺾고 무슨 말인가를 하려는 듯 입술을 달싹거린다. 전속 계약금을 두고 이러쿵저러쿵 잔소리가 늘어질 것이 틀림없었다. 준영은 재빨리 왼손을 들어 아무 소리도 하지 말라는 신호를 보냈다.

"액수가 얼마가 되었든 전속 계약금 받으면, 최소한 그 돈만큼은 회사에 벌어다 주어야 한다는 강박이 생기거든요. 부담스러워서 싫어요. 대표님도 잘 알잖아요, 나 어디든 얽매이면 미치게 질색하는 것."

"이 작가 생각이 정 그렇다면 그렇게 해. 대신 계약서에 바로 도장 찍지 말고 최대한 시간을 끌어. 아직 전속 계약 기간 6개월 남았잖아. 그동안 내가 주는 당근을 마음껏 즐기라고. 열과 성을 다한 온갖 당근을 성심성의껏 준비해서 줄 테니까."

지환이 가파르게 올라섰던 눈썹을 풀고 웃었다. 준영도 한결 편안해진 마음으로 마주 미소를 보냈다.

"그럴게요."

일산 초입을 알리는 이정표가 나타나자 눈에 익숙한 풍경이 어두움 비낀 차창을 스친다. 지환은 자동차 전방 유리창 너머 칠흑빛 밤하늘로 한차례 시선을 던졌다.

비가 그쳐서 다행이다. 날이 저물고 기온이 급격하게 떨어짐에 따라 빗줄기가 혹시라도 눈발로 변하지 않을까 줄곧 마음을 졸였다. 옆자리에 준영을 태우고 달리는 도로 위에서 그날 그때처럼 눈이 내린다면……. 생각만으로도 끔찍하다.

최대한 부드럽게 브레이크를 작동시켜 자동차 속도를 조금씩 꾸준히 줄여 나갔다. 한참을 저속 주행하다 준영의 작업실인 풍동 타운하우스 앞에 멈추어 섰다. 나란히 이웃한 지환의 집과는 담장 없이 마당을 공유하고 있다.

난방을 위해 시동은 그대로 켜 둔 채 사이드 브레이크만 잠갔다. 윙, 하며 무지근하게 울리는 엔진 소음 사이로 쌕쌕 들이쉬고 내쉬는 준영의 숨소리가 간간이 스며든다.

올림픽대로 동작대교 부근에서부터 꾸뻑꾸뻑 졸기 시작하더니 신행주대교를 넘을 때쯤에는 아예 세상모르고 잠이 들었다. 어머니가 요양병원에 다녀간 이후 며칠 만에 눈을 붙이는 것이 분명했다. 지난가을 전파를 탄 '외상 센터'가 종영하고 몇 달 만에야 처음으로 수면제 없이 취하는 숙면이리라.

10년 전 사고를 겪은 뒤로 준영은 극심한 불면증을 앓고 있었다. 도통 잠을 이루지 못하고 며칠 밤낮을 뜬눈으로 지새우다 끝내 기진해서 쓰러지면, 또 몇 날 며칠을 겨울잠 자는 다람쥐처럼 식음까지 전폐한 채 잠만 잤다.

지환은 단잠에 빠진 준영의 얼굴을 하염없이 바라보고 또 바라보았다. 목이 창가 쪽으로 꺾여 영 불편해 보인다. 고개를 편하게 가눌 수 있도록 옷가지라도 괴어 주고 싶지만, 몇 번을 망설이다 그만두고 말았다. 자칫 잠을 깨울까 숨소리조차 조심스러운 탓에 함부로 팔을 뻗지 못했다. 할 수만 있다면 내일 아침까지 푹 재우고 싶다.

이대로 안아 들어 작업실 안으로 옮기면 분명 깨고 말겠지?

차라리 다시 자동차를 움직여 밤새도록 길을 달릴까?

그러면 잠에서 깨지 않고 아침까지 푹 자려나?

부질없는 바람들이 숨죽여 앉은 지환의 머릿속에서 시끄럽게 와글거린다. 흡사 그날 그때 같았다.

⟨⟨⟨⟨

2004년 2월 14일 토요일 이른 아침.

자동차 뒷좌석에서 내리는 지환의 낯빛이 까칠하다. 한 달 가까이 어려운 송사로 애를 먹은 탓이다. 교통사고 피해자 부모가 운전자 중대 과실을 주장하며 좀처럼 민·형사상의 합의를 해 주지 않아 일주일가량 혜화경찰서 유치장에 갇히는 신세를 겪기도 했다. 다행히 엊그제 이쪽에서 제시한 10억

원의 합의금을 상대측에서 받아들였다.

검찰에서는 불가항력적인 상황 아래 벌어진 명백한 사고사로 보고 지환에게 무혐의 처분을 내렸다.

무단 횡단 금지 구역인 육교 인근에서 야간에 갑자기 도로로 뛰어드는 보행자까지 예견하고 운전해야 할 주의 의무가 운전자에게 없다는 교통사고 처리 특례법에 따른 조치였다. 사고 당일 쏟아진 눈 때문에 시야 확보가 상당히 어려웠고, 지환의 자동차가 제한 속도 이하로 주행 중이었다는 점도 주요했다.

준수의 죽음이 법적으로는 지환의 책임이 아니라는 뜻이다. 그렇다고 도의상 책임까지 지워지는 것은 아니었다.

지환은 흐트러지지도 않은 옷매무새를 다시금 정갈하게 가다듬고 서울 시립 승화원 화장장으로 통하는 계단을 올랐다.

자못 경건하리라 여겼던 실내는 예상 외로 소란스러웠다. 위령 기도를 바치는 천주교 연도 소리, 진혼을 위한 개신교 찬송가 소리, 망자의 넋을 극락으로 인도하는 불교 목탁 소리가 어지럽게 뒤엉켜 마치 소음처럼 들렸다.

우리 가락인 창과 매우 흡사한 연도 소리가 새어 나오는 곳으로 발걸음을 옮겼다. 미사포를 쓴 중년의 교인들과 망자의 친구로 보이는 젊은 대학생들이 혼재한 장례 행렬 끝에 멈추어 섰다.

마침 망자를 모신 오동나무관이 화로로 향하는 참이다. 굳게 닫혔던 화로 입구가 천천히 열리자 거세고 맹렬한 불꽃이 좁다란 유리창 너머로도 몹시 선연했다. 그 뜨거운 불길 속으로 꽃다워 못내 서러운 주검이 아무런 저항 없이 스르르 밀려들어 간다.

"아이고, 준수야! 불쌍한 내 새끼!"

목 놓아 죽은 아들을 부르는 산 어머니의 절규가 터졌다. 여기저기서 일제히 울음소리를 쏟아 냈다. 엉엉 통곡하는 이들, 숨죽여 흐느끼는 이들, 입술을 깨물어 눈물을 삼키는 이들.

모두 하나같이 약속이라도 한 듯 망자의 마지막 가는 길을 지키기 위해 화로가 건너다 보이는 유리창 앞으로 달려들었다. 죽은 자를 떠나보내야만 하는 살아 있는 자들의 서글픔이 좁디좁은 유리창 가득 저마다 울음이 되어 맺힌다.

멀찍이 서서 담담하려 애쓰는 지환의 시야 속으로 앳된 소녀 하나가 들어왔다. 사고가 나던 밤 하얗게 쉰 울음을 검질기게도 토해 내던 바로 그 아이였다.

눈물짓는 무리 속에 끼지 못하고 저만큼 떨어져 망연자실 넋을 놓은 소녀는 생기마저 잃어 산 사람이 아닌 죽은 자, 흡사 밀랍 인형 같았다. 창백하다 못해 파리한 얼굴, 퀭한 눈두덩, 삐쩍 말라붙은 몸피.

아이는 눈물은커녕 미동조차 없다. 머리에 쓴 검정 빛깔 미사포만이 어수선한 공기 흐름을 타고 간헐적으로 흔들렸다.

보일 듯 말 듯 흐르르 떨리는 미사포가 소녀의 눈물 같았다. 차마 소리가 되어 맺히지 못한 울음인 양 그렇게 보였다. 그래서 서럽게 울어 대는 다른 이들의 오열보다 더 슬프고 더 아프다.

"너 때문이야! 이게 다 너 때문이야!"

다시는 돌아오지 못할 곳으로 아들을 떠나보낸 어머니가 악다구니를 퍼부으며 딸을 향해 달려들었다. 순식간에 벌어진 일이었다.

"살려 내! 내 아들 살려 내! 차라리 네가 죽었어야지! 네가 죽고 우리 준수가 살았어야지!"

정선은 실성한 사람처럼 바락바락 악을 써 대면서 준영의 머리채를 휘어잡고 흔들었다. 주위 사람들이 나서서 말려 보았지만 어찌나 힘이 드센지 사뭇 역부족이다. 머리카락을 쥐어뜯던 우악스러운 손길은 곧장 무자비한 주먹질과 무참한 발길질로 이어졌다.

머리채를 잡아 흔들어도, 주먹으로 얼굴을 후려쳐도, 날아드는 발길에 가슴을 얻어맞고도 준영은 숨만 쉬는 밀랍 인형처럼 눈물 한 방울, 신음 소리 하나 없이 잠잠했다. 초췌한 얼굴빛이 기이하리만치 고요했다.

"어머니! 진정하세요. 준영이한테 이러시면 안 돼요. 준수도 바라지 않는 일이에요."

보다 못한 해진이 영정 사진을 든 모습 그대로 정선과 준영 사이를 가로막아 섰다. 환하게 미소 짓는 사진 속 아들을 보자마자 정선이 절퍼덕 바닥에 무너져 앉아 땅을 치며 오열을 쏟는다.

"아이고, 내 아들! 엄마만 두고 어디를 가! 엄마는 어찌 살라고! 너 없이 엄마 혼자 어찌 살라고!"

애통한 몸부림과 함께 애끓도록 울어 대는 정선을 남편 용대가 등 뒤에서부터 안았다.

"여보! 그만합시다. 이런다고 준수가 살아 돌아오지 않아요. 우리 이제 그만합시다."

"나는 어떡하라고! 나는 어떡하라고!"

"내가 있잖아. 당신한테 내가 남아 있잖아요."

어르고 달래는 용대의 이야기에도 쇳소리처럼 앙칼지게 울리는 정선의 피맺힌 울부짖음은 계속해서 이어졌다.

"준수야! 불쌍한 내 새끼! 엄마는 너 없이 못 산다! 너 없이 하루도 못 살아!"

"여보! 우리 저리 갑시다. 뭐라도 먹어야지 이러다 당신 쓰러져요."

억지로 힘을 더하는 용대에게 이끌려 정선이 주저앉았던 자리에서 몸을 일으켜 세웠다. 마지못해 2층 식당으로 향하다 고개를 돌려서까지 기어이, 오도카니 선 준영에게 지독한 악다구니를 보태었다.

"네가 죽였어! 우리 준수 네가 죽였어!"

악에 받쳐 퍼붓는 참혹하고 모진 소리가 멀찍이 떨어져 모든 것을 지켜보는 지환의 가슴에 맺혀 끝없는 메아리로 울렸다. 준수를 죽였다는 비난은 저 불쌍한 소녀가 아니라 바로 자신이 감당해야 할 몫이었다.

지환은 양심의 부름에 따라 자신의 십자가를 대신 짊어진 소녀를 향해 무의식중 한 걸음 다가섰다. 무작정 준영 쪽으로 걸어가다 불현듯 일어나는 생각에 주춤 발걸음이 그치고 만다.

미안하다는 말이 이제 와서 무슨 소용이 있을까?

무엇이든 힘닿는 데까지 돕겠다는 소리가 지금 와서 무슨 위로가 될까?

염치없는 몸뚱이는 제자리에 멈추어 꼼짝을 못 하는데, 속절없는 마음은 자꾸만 소녀에게로 향했다.

버썩 말라 바스러지는 낙엽 같은 아이를 따뜻이 품에 보듬어 안아 생기를 되찾아 주고 싶었다. 하다못해 헝클어진 머리카락만이라도 가지런히 정돈해 줄 수 있으면 좋겠다.

뭐라도 해 주고 싶다. 핏기 하나 없이 파르스름한 소녀의 얼굴에 엷은 홍조나마 피울 수 있다면 뭐든지 다 하겠다.

사람들이 안쓰러운 눈길로 힐끔힐끔 준영을 쳐다보다 허기진 배를 채우기 위해 식당으로 발길을 돌렸다. 몇몇은 차마 위로의 말은 못 건네고 준영의 어깨만 덧없이 다독이다 계단을 올랐다. 헛헛한 속이라도 꾸역꾸역 채워 두어야 다시 울 수 있는 힘이 생길 터이니까.

유독 한 사람만이 자리를 뜨지 않고 상처투성이 밀랍 인형 같은 준영에게 말을 걸었다. 준수의 영정을 든 해진이다.

"준영아."

"……."

"이준영!"

해진의 강한 부름에 그제야 맥없는 대답이 준영의 파리한
입술을 비집었다.

"응?"

"어머니가 너 미워서 저러시는 것 아니야. 힘드셔서 그래.
너무 힘드셔서."

"알아."

준영이 짧게 대꾸하고 초점 잃은 시선을 멀고 먼 허공중으
로 던진다. 표정 없는 얼굴이, 앙다문 입술이, 파르르 떨리는
아래턱이, 지환은 가슴 저리도록 애달팠다.

"오빠랑 같이 가서 밥 먹자."

해진이 한 걸음 더 가까이 준영 곁으로 다가가 어깨를 잇
대듯이 섰다. 준영이 슬그머니 뒷걸음질을 쳐 해진과의 간격
을 더욱 벌렸다.

"나중에."

"너 이러다 굶어 죽어."

"나 좀 그만……."

"진짜 준수 따라 죽기라도 하려고 이래?"

"이따 먹을게. 그러니까 제발……."

"그래, 그러자. 마음 가라앉히고 조금 이따가 오빠랑 같이
먹자."

준영과 해진 사이에 몇 마디 이야기가 오가고 하릴없는 정
적이 찾아들었다. 나란히 서서 부질없이 먼산바라기만 하는
두 사람 주위로, 근처에서 흘러든 애처로운 찬송가 소리가

헛되이 떠다닌다.

지환은 언제 발치로 날아와 떨어졌는지 모르는 미사포를 집어 들었다. 섬세한 레이스가 어느 결에 찢겨 끝단 한쪽이 너덜너덜하다. 먼지를 털고 찢겨 나간 부위를 공들여 맞추었다. 네모반듯하게 접은 미사포를 소중히 손에 들고 준영 쪽으로 걸어갔다.

뚜벅뚜벅 울리는 발자국 소리에 해진이 부스스한 표정으로 뒤를 돌아다보았다. 지환이 먼저 짧지만 정중한 목례를 보내자 해진도 마주 고개를 숙였다. 교통사고 수사 과정에서 서너 번 얼굴을 마주쳤던지라 서로가 서로를 알아보고도 두 사람 모두 일절 말은 섞지 않았다.

지환은 조심스러운 손길로 황망히 선 준영에게 미사포를 건네었다. 미안하다는 사과도, 도울 일이 있으면 뭐든지 알려 달라는 당부도 감히 소리 내어 입 밖으로 이야기할 수 없었다. 아무런 말도 못 한 채 그저 미사포를 준영의 오른손에 꼬옥 쥐여 주었다.

후드득후드득.

지환의 손등 위로 뜨거운 무엇인가가 연이어 떨어졌다. 처연한 살갗을 타고 번지는 한 줄기 눈물방울이 눈에 아리도록 선명하다.

느닷없이 가슴이 우르르 무너지는 것 같았다. 소리조차 내지 못하고 우는 준영의 시린 눈물이 가시처럼 지환의 심장에 와서 박혔다. 급기야 갈래갈래 찢겨 무너진 가슴이 타는 듯 뜨거웠다.

⟨⟨⟨⟨

진즉 잠에서 깨어나고도 준영은 좀처럼 눈을 뜨지 못했다. 여전히 잠에 빠진 척 두 눈을 감고 누워 곁에서 들리는 지환의 기척에 귀를 기울였다. 사르륵사르륵 종이 넘기는 소리가 주기적으로 이어진다. 그녀가 일어나길 기다리며 '마지막 비상구' 초고를 읽는 모양이었다.

문득 지환을 처음 만난 날, 정확하게는 3년 6개월 만에 다시 본 그때가 떠올랐다.

⟨⟨⟨⟨

2007년 8월 27일 월요일 오후.

적막이 흐른다. 사방 벽이 짓누르는 것처럼 갑갑한 분위기가 사무실 안에 가득했다. 너무 갑갑해서 숨조차 섣불리 쉬어지지 않았다.

준영은 무릎 위로 두 손을 가지런히 모아 그러쥐며 마른침을 삼켰다. 두려움은 아닌, 그렇다고 반가움도 아닌 묘한 감정이 스멀스멀 피어올라 수증기처럼 몸속으로 스며들었다.

그 사람이다.

3년이 넘는 시간이 훌쩍 흘렀음에도 준영은 한눈에 지환을 알아보았다. 말을 아끼는 진중한 모습은 그때나 지금이나 변함이 없었다. 다만 전에 보지 못한 냉혹함이 지환의 얼굴 곳곳에 서려 있다. 돌화살촉처럼 날카로운 눈빛 때문인 듯했다.

알은체를 해야 할지, 이대로 모르는 척 넘어가야 할지 선뜻 판단이 서지 않았다. 불안한 마음에 저절로 왼손이 오른쪽 검지에 낀 묵주 반지로 향했다. 양각으로 새긴 열한 개의 묵주 알을 일없이 만지작거렸다.

준영의 불안감을 눈치채기라도 한 것처럼 원목 탁자 맞은 편에서 지환이 살긋 웃는다. 뾰족한 돌화살촉 같던 눈빛이 유연하게 풀어지고 동시에 두 뺨에 살포시 볼우물이 파였다.

"긴장돼요?"

"네, 조금."

준영은 말라붙은 입술을 혀끝으로 축이며 애써 웃음을 지었다.

"내가 잡아먹기라도 해요?"

지환이 여전한 미소를 머금고 물었다. 거침없으면서도 묵직함이 느껴지는 강인한 목소리였다. 지환의 보조개는 더욱 깊어지는데, 미소 짓던 준영의 얼굴은 점점 굳어 가 입꼬리만 아래로 축 처지고 만다.

준영은 숨을 크게 들이마셨다가 길게 내쉬었다.

"대표님이 왜 저랑 전속 계약을 맺으려 하는지 이유를 모르겠어요. 아직 데뷔도 못 한 생초짜인 저의 무엇을 보고……"

"무궁무진한 가능성. 양춘희 실장 애기로는 인터넷 연재 당시 인기가 폭발적이었다던데. 출판사로부터 출간 제의도 받았다면서요?"

"거절했어요. 출판사에서는 해피엔딩 아니면 책이 안 팔린다 하고, 저는 오픈엔딩으로 가야겠고. 엔딩을 고치면서까지 출간하고 싶은 마음은 없거든요."

"글에 대한 자존심이 대단하네요. 작가라면 그 정도 고집은 있어야지."

"작가라는 호칭, 솔직히 저한테는 어색하고 버거워요."

"너무 겸손한 것 아닌가?"

"겸손이라기보다 혼란스러워서요. 순식간에 많은 일들이 벌어지니까 어리둥절하고. 습작이나 하자는 심정으로 인터넷에 글을 올렸는데, 종이책 출간 제의에다 프로덕션 전속 계약까지……. 뭐가 뭔지 잘 모르겠어요."

준영은 심호흡을 하며 흔들리는 마음을 다잡았다. 사람인지라 기회만 된다면 출간도 하고 싶고, 힘 있는 프로덕션에 소속되어 든든한 지원 역시 받고 싶다. 단지 욕심이 지나쳐 현실을 제대로 보지 못할까 불안한 것일 뿐.

"일종의 투자라고 해 둡시다. 매니지먼트사마다 가능성 있는 연습생을 뽑아서 투자하는 것과 같은 맥락의……."

지환이 잠시 말소리를 그치고 뜸을 들였다. 준영은 어떤 의문을 제기하거나 토를 달지 않았다. 딱히 무슨 이야기를 해야 할지 감조차 없었다.

무시무시한 적막이 두 사람 사이를 도로 압도한다. 준영의 묵주 반지가 서너 번쯤 헛돌아 갈 즈음 지환이 다시 입을 열었다.

"전속 계약금은 얼마나 받고 싶어요?"

"전속 계약금이요? 생각해 본 적 없는데요."

"그럼 지금 생각해 봐요."

지환이 씨익 웃었다. 마주 앉은 준영을 향해 다가서는 눈빛이 날카로웠다. 볼우물도 자취를 감추었다. 만들어진 미소, 예의상 짓는 거짓 웃음임을 준영은 본능적으로 알아챘다. 즉시 확연한 불안감이 온몸을 덮친다.

전속 계약은 없던 일로 하자는 말이 목구멍을 치고 올라오려는 순간 어떤 간섭도 없이 글을 쓰고 싶다는 욕심이 앞서고 말았다. 하루하루가 지옥과도 같은 집에서 벗어날 수만 있다면 글이 아니라 영혼이라도 팔겠다.

"원룸 하나만 얻어 주세요. 집에서 나와 독립하고 싶어요."

"전속 계약금 대신 작업실을 마련해 달라는 건가요?"

"네."

"일산에 회사 소유 타운하우스가 있어요. 웬만한 전자 기기랑 가구는 전부 빌트인 되어 있어 편하고, 주변이 온통 숲이라 조용해서 작업하기에도……."

"일산은 너무 멀어요. 우리 학교 연건 캠퍼스 근처였으면 좋겠어요. 일단 시작한 공부니까 졸업은 하고 싶거든요."

지환의 이야기를 중간에서 무지른 준영은 말소리를 바쁘

게 쏟아 냈다.

하루에 열두 번도 넘게 때려치워야겠다고 마음먹으면서도 막상 휴학할 엄두가 나지 않았다. 정선이 어떤 반응을 보일지 무서웠다. 하다못해 의대 졸업장이라도 따 놓으면 고생하는 부모에게 조금은 덜 미안할까 싶기도 했다.

"이동 거리 때문이라면 회사에서 자동차도 마련해 줄게요. 일산에서 연건동 서울의대까지 본인 차로 다니면 그렇게 멀지 않아요."

"운전할 줄 몰라요. 면허도 없고요."

"면허야 따면 되고."

"운전할 생각 없어요."

준영의 목소리가 꽤나 강경했다. 지환이 가느스름 실눈을 말아 뜨고 말끄러미 준영을 바라본다. 언뜻 당황한 것 같기도 하고 무엇인가 마음에 들지 않는 일이 있는 듯도 하다.

"계약 기간은 어느 정도면 좋겠어요? 우리 쪽에서는 10년을 생각하고 있는데."

"글쎄요, 잘⋯⋯. 7년으로 해 주세요. 제 나이 서른이면 용인지, 이무기인지, 지렁이인지 감이 오겠죠. 서른까지 죽어라 했는데 용도 뭣도 아니면 그때는 글 쓰는 일 그만두려고요."

준영은 꽤나 심각하게 한 이야기인데 지환이 껄껄껄 웃었다. 공허하게 울리는 웃음소리 너머 반쯤 내려와 눈동자를 덮는 속눈썹이 사뭇 길고도 짙다.

"양춘희 실장은 이준영 작가 3년 안에 데뷔 못 하면 장을 지지겠다던데."

춘희의 호언장담대로 준영은 다음 해 가을 SBC 드라마 시나리오 공모전에 당당히 입상했다. 당선작 '치명적인 유혹'은 그해 겨울 단막극으로 제작되어 전파를 탔으며, 메디컬 스릴러 드라마의 한 획을 그었다는 비평가들의 칭찬과 더불어 세간에 커다란 반향을 일으켰다.

의과대학 졸업식을 사흘 앞둔 2010년 2월 23일에는 준영의 생애 첫 번째 미니시리즈 드라마 '사이코 패스'의 첫방송 전국 시청률이 24.5퍼센트를 찍었다.

*◟◟◟◟*

빠른 속도로 '마지막 비상구' 초고를 읽어 내려가던 지환의 손길이 한순간 주춤했다. 깊숙이 울리던 준영의 숨소리가 어느덧 잔잔하게 얕아졌다. 지환은 천천히 고개를 들어 옆자리 준영 쪽으로 시선을 옮겼다.

"깼어?"

준영은 비좁은 자동차 안에서 두 팔을 뒤쪽으로 쭉 뻗어 기지개를 켰다. 꽤 오래 웅크리고 잠을 잔 탓에 팔다리는 찌뿌드드하고 등줄기는 뻐근했다.

"언제 도착했어요?"

"30분쯤 전에."

"깨우지 그랬어요."

"잘 자기에 조금이라도 더 자라고."

"어젯밤 글 쓰느라 잠을 설쳤거든요. 어때요?"

준영은 쏟아지는 하품을 손등으로 가리며 지환의 손에 들린 대본을 턱짓으로 가리켰다.

"재미있어."

"그런 피상적인 얘기 말고 따끔한 충고가 필요해요. 언제나 그렇지만."

"7년 전에 비해 캐릭터가 세련되어지기는 했어. 대사도 자연스럽고. 전에 봤을 때는 톡톡 튀는 맛이 너무 강해서 캐릭터가 돌출된 느낌이었거든. 이 작품, 이 작가 데뷔 전에 인터넷에 연재했던 소설 각색한 것 맞지?"

"우와! 대표님 내 인터넷 연재도 읽었어요? 그거 완전 고릿적 글인데."

준영이 놀라 되묻자 지환이 피식 웃는다.

"생초짜랑 전속 계약 맺으면서 아무리 글도 안 읽어 봤을까?"

"양춘희 실장 추천만 믿고 계약서 쓴 줄 알았죠."

"양 실장 추천이 진짜 믿을 만한지 내 눈으로 확인은 해야지. 신인 발굴해서 제대로 밥값 하는 작가 만들기가 어디 쉽나? 투자금도 만만치 않게 들어가는데."

"나는 제대로 밥값 해요? 회사에 돈 많이 벌어다 주는 작가 맞아요?"

"당연한 것을 왜 물어? '사이코 패스'부터 시작해서 '응급실', '심장 소리', '외상 센터'까지 게으름 안 피우고 매년 미니시리즈 한 작품씩 써 내고, 시청률 30퍼센트는 너끈히 찍어 주고, 드라마마다 광고도 빵빵하게 붙는데."

"다행이네요, 아직은 자산 가치 높은 상품이라."

준영은 담담하게 웃었다.

돈을 많이 벌고 싶다. 정확하게는 지환에게 많은 돈을 벌어 주고 싶었다. 10년 전 지환이 교통사고 합의금 명목으로 정선에게 건넨 10억 원을 그렇게나마 갚기를 원했다. 한 번 더 열없이 웃고 재빨리 화제를 돌렸다.

"나름 스릴러물이라고 플롯을 상당히 타이트하게 짰어요. 시퀀스*도 빡빡해서 롱 테이크*가 거의 없을 거예요."

"연출이 섬세해야겠네. 김태규 PD 어때?"

"나야 좋죠. 김태규 PD 실력이면 영상 끝내주게 뽑을 텐데."

"성질이 더럽대. 방송가 알아주는 마초잖아. 이 작가, 입 험하고 예의 없는 인간들 딱 질색하면서. 괜찮겠어?"

"안 괜찮으면 어쩔 건데요? 꼴에 글 쓴답시고 나도 꼬장질 좀 부려요? 됐어요. 드라마국 PD들 중에 여자고 남자고 성질

---

*시퀀스(Sequence):영화나 드라마에서 몇 개의 관련 장면을 모아 놓은 구성단위로 하나의 에피소드.

*롱 테이크(Long Take):영화나 드라마의 쇼트 구성 방법으로 1, 2분 이상의 쇼트가 편집 없이 진행되는 경우, 즉 화면 전환 없이 한 번에 길게 촬영하는 기법.

더럽지 않은 사람이 하나라도 있나, 뭐. 다들 성격 지랄에, 입은 거칠고, 만날 술독에 빠져 사는 인간들. 그나마 프로들이라 직업의식 하나는 투철하니까 감독님 소리 듣는 거죠."

"하기는 그것도 그러네. 양춘희 실장한테 다음 주 중에 김태규 PD랑 미팅 잡으라고 지시해 둘게. 일단 만나서 얘기나 해 봐. 아니다 싶으면 이 작가가 김 PD 까 버려."

"반대로 김태규 PD가 대본 허접하다고 나를 깔 수도 있어요."

"글 보는 눈이 그것밖에 안 되면 그것도 김 PD 복이지. 나는 엄청 재미있고만."

지환이 '마지막 비상구' 대본을 가지런히 모아 L자형 홀더에 집어넣는다.

아무 말 없이 주섬주섬 소지품을 챙겨 자동차에서 내릴 준비를 서두르는 준영의 얼굴에 기분 좋은 미소가 넘쳐흘렀다.

Chapter | 5

안개 속에 숨다

준영은 밤새 물기가 말라붙어 뻑뻑해진 눈두덩을 손가락으로 자그시 눌렀다. 몇 날 며칠을 노트북 컴퓨터 스크린만 쳐다보았더니 안구 건조증이 도진 모양이다. 책상 서랍을 뒤져 안약부터 찾았다. 양쪽 눈에 번갈아 인공 눈물을 떨어트리고 머리를 뒤로 젖힌 상태 그대로 한참을 앉아 있었다.

눈자위를 따라 싸한 느낌이 눈두덩 전체로 번졌다. 눈물이 흘렀다. 가늘게 맥이 뛰는 관자놀이를 지나 귓등을 적신다. 인공 눈물인지 진짜 눈물인지 모르겠다. 어쩌면 반반씩 섞였을 수도……. 덕분에 뻑뻑함이 어느 정도 가서 눈을 뜨고 있기가 한결 수월해졌다.

노트북 컴퓨터 스크린 속 한창 작업 중이던 한글 파일을 일부러 한 글자, 한 글자 소리 내어 읽어 내려갔다.

여자 주인공과 남자 주인공이 서로를 의식하고 각자의 존재를 각인하는 장면이다. 두 사람의 감정 변화에 중요한 포인트가 되는 부분이기도 했다. 지문에 표시된 등장인물들의 감정을 하나하나 되짚었다.

어색하다. 어디가 어떻게 잘못되었다, 라고 딱 잡아 낼 수는 없지만, 아무튼 어색하다. 남자 주인공을 바라보며 떨리는 여자 주인공의 마음이 도무지 손에 잡히지 않는다. 거스를 수 없는 운명처럼 여자 주인공에게 끌리는 남자 주인공의 심정 역시 피상적이기는 마찬가지이다.

준영은 긴 한숨을 내쉬었다. 백스페이스키를 이용해 밤을 새워 작업한 내용을 거꾸로 지워 나갔다. 밤샘 작업이 말짱 허사로 돌아갈 터이나 버릴 때는 아낌없이 버려야 한다.

작품의 완성도는 잘 쓰는 것보다 잘 버리는 일에 의하여 좌우되었다. 쏟아부은 시간이 안타까워, 혹은 공들인 노력이 아까워서 버려야 할 것을 버리지 못한다면 잘 쓰고도 결국 엉망인 글이 되고 만다.

빠른 속도로 백스페이스키를 누르던 준영의 손가락이 흡사 정지 화면처럼 일순간에 멈추었다.

버려야 할 것을 버리지 못한다면…….

반드시 버려야 할 것.

그럼에도 버리지 못하는 것.

결국에는 만신창이로 엉망이 되고 말 것.

꼬리에 꼬리를 물고 일어나는 생각들이 못내 어지러웠다.

귀결되는 답은 언제나 한결같았다.

송지환.

그 이름 석 자가 부끄러운 죄책감과 함께 머릿속을 잠식해 들었다.

어떤 한 사람을 향한 어느 한 사람의 감정 역시 백스페이스 키를 누름으로써 말끔히 지워 버릴 수 있다면 얼마나 좋을까?

과연, 그것이 좋은 것일까?

감정을 지워 버리는 데 급급한 나머지 그동안 둘이서 함께 해 온 시간과 추억마저 부정하는 꼴은 아닐까?

부질없는 상념을 털어 버릴 요량으로 머리를 세차게 흔들 었다. 그러나 상념은 머릿속이 아닌 가슴속에 깊이 박혀 여 전하기만 했다. 억눌린 울음처럼 명치에서부터 정체를 알 길 없는 답답한 감정이 켜켜이 차오른다. 너무 묵직하고 버거워 서 아무것도 아니라며 차마 부정할 수 없는 감정이었다.

야옹.

애처로운 고양이 울음소리가 창문 너머로 어렴풋이 들렸 다. 엄마 젖을 보채는 갓난쟁이의 가냘픈 울음 같았다.


근처 호수에서 피어오른 물안개가 어수선하게 엉클어진 뒷마당 수풀을 헤치며 부옇게 흐른다. 찬 서리에 젖어 눅눅 해진 덤불 저편 어디서인가 야옹, 고양이가 울었다.

"야옹아! 밥 먹자."

준영은 어깨에 걸친 앙고라 카디건이 흘러내리지 않도록

왼손으로 붙잡고, 오른손에는 우유가 담긴 사각 접시를 든 채 수풀을 향해 조금 더 가까이 다가갔다. 산들바람이 이는 것처럼 덤불 더미가 희미하게 흔들리는 것이 보인다.

드디어 찾았다.

수풀 앞에 냉큼 쪼그려 앉는 준영의 눈가로 빙그레 미소가 걸렸다. 다정히 고양이를 부르는 목소리에도 저절로 기분 좋은 콧소리가 섞였다.

"야옹이 너, 나무 뒤에 숨은 것 다 보여. 얼른 나와. 누나가 너 좋아하는 우유 가져왔는데……."

준영은 우유 접시를 덤불 근처에 내려놓은 다음 고양이가 나타나기를 숨죽여 기다렸다.

얼마나 시간이 흘렀을까? 나타나라는 고양이는 흔적도 없고, 쪼그려 앉은 준영의 등 뒤로 인기척과 함께 음영이 깃들었다.

"추운데 여기서 뭐해?"

지환이 거친 숨을 몰아쉬며 다가왔다. 새벽부터 한바탕 달리기를 하고 온 모양 발갛게 달아오른 얼굴에 구슬땀이 가득하다.

"쉬이! 조용히 해요."

"안 추워?"

지환이 웅크린 준영의 곁에 몸을 붙여 앉으며 작게 속삭여 물었다. 그가 토해 내는 따뜻한, 어쩌면 뜨거운 숨결이 차가운 아침 공기 속 무방비로 드러난 준영의 목덜미를 감싸며

휘돌았다. 마치 목덜미를 쓰다듬는 듯한 느낌이다. 오소소 솜털이 올라섰다.

"야옹이 밥 주려고 잠깐 나왔어요."

준영은 애써 아무렇지도 않은 척 가만가만 대답했다. 어디인지 가쁘게 울려 나오는 낮은 말소리가 스스로의 귀에도 어색하면서 탁하다. 이른 아침이라 목울대가 잠겨서 그렇다고 지환이 믿어 주면 좋겠다.

"야옹이? 갑자기 웬 고양이?"

"새끼 고양이 소리 못 들었어요? 어제 밤새도록 처량하게 울던데."

"아무 소리도 못 들었는데."

지환이 목에 걸어 둔 수건으로 더운 땀을 닦는다. 그에게서 울창한 숲 같은 냄새가 났다. 나무 냄새, 이끼 냄새, 흙냄새. 정겹고도 그리운 향기. 가슴을 설레게 만드는 냄새였다.

"운동하고 오는 길이에요?"

"응. 몸이 찌뿌듯해서 오랜만에 동네 한 바퀴 돌았어. 이 작가는 지금 일어난 거야? 아니면 아예 안 잔 거야?"

"이제 자야죠."

"고양이 울음소리 때문에 못 잤어?"

"그건 아니고요."

준영이 양쪽 볼을 둥그렇게 부풀리고 앉아 고개를 가로저었다. 못마땅해하는 지환의 찌푸린 시선 속에 앞머리에 꽂힌 실핀이 고스란히 들어와 박혔다. 머리카락이 이마로 흘러내리지 못하도록 핀으로 고정시켰다는 것은 준영이 밤새 책을 읽었거나 글을 썼다는 뜻이다.

물어보나 마나한 질문을 재차 캐어묻는 지환의 목소리를 타고 걱정 깃든 나무람이 서렸다.

"뭐하느라 또 날을 새워?"

"작업했어요."

"무리하지 말라니까. 밤에는 무조건 자고, 밥도 하루 세 끼 꼬박꼬박 챙겨 먹고."

"나도 그러고 싶어요. 까다로운 글발신께서 환한 낮에는 절대 강림을 안 하시잖아요. 그 양반도 나처럼 낮가림을 하시나 봐요."

준영이 시선을 피하고 손가락으로 땅바닥에다 의미 없는 낙서를 그린다.

지환은 속상한 마음을 담아 잇새로 소리 내어 숨을 크게 들이마셨다.

"쓰으! 또 얼렁뚱땅 넘기려고 하지? 이 작가 말 안 듣고 자꾸 무리하면 이번 작품 엎어 버린다. MBS 11월 라인업으로 돌리는 수가 있어."

"그러지 마요. 나 이번에 김태규 PD랑 드라마 같이하게 되어서 살짝…… 아니, 많이 기대하고 있단 말이에요. 낼모레 미팅 날짜까지 잡히고 나니까 마음이 초조해서 그래요. 김태규 PD 만날 때 8부까지는 대본을 가져가고 싶거든요."

"김태규 PD한테 잘 보이고 싶어?"

지환은 되도록 예사로이 물으려 했다. 멋쩍은 양 수줍게 미소 짓는 준영의 얼굴을 바라보고 있자니 기분이 묘해진다. 준영이 누구인가 다른 사람, 그것도 남자에게 잘 보이려고 한다는 사실이 낯설면서도 싫었다.

"언제든 한 번은 김태규 PD랑 작업하고 싶었어요. 작년에 '경성별곡' 봤거든요. 사람들이 김태규표 드라마에 열광하는 이유를 알겠더라고요. 한 컷, 한 컷 공들여 잡아낸 영상이 아름답다는 말로는 부족했어요."

"단순히 그것뿐이야? 능력 있는 감독이랑 작업한다는 기대감?"

"아니면 뭔데요?"

준영이 고개를 들어 시선을 맞춘다. 지환은 의아해하는 준영을 새삼 물끄러미 응시했다. 도무지 보이지 않는 준영의 마음이 조금이라도 읽혔으면 좋겠다. 무지근한 통증이 가슴으로 번진다.

불현듯 '나는 너에게 무엇이냐'고 묻고 싶었다. 걷잡을 수 없이 끓어오르는 충동처럼 애써 감추어 놓은 감정이 한순간에 북받쳐 올랐다. 아침 햇살에 녹아 점차 걷히는 안개 속에서 지척에 앉은 준영의 모습이 못내 아스라하다. 희고 고운 얼굴이 유난히 멀게 느껴졌다.

지환은 저도 모르게 준영 쪽으로 바투 다가갔다. 얼굴과 얼굴이 서로 잇대듯이 만나 금방이라도 입술이 마주 닿을 것처럼 가까웠다.

"대표님……."

준영이 흠칫 놀라 급히 숨을 들이마셨다. 섧도록 연한 숨결이 순간 자제력을 상실한 지환의 귓전을 파고들었다.

"어? 미안! 내가 딴생각을 좀 하느라."

지환은 황급히 얼굴을 뒤로 물리고 힘주어 어금니를 사리물었다. 스스러운 기분이 들었다.

"얘기하다 말고 무슨 생각을 했어요?"

"배고파서. 접시에 담긴 우유를 보니까 갑자기 배가 고파지네."

"아무리 그래도 저 우유는 안 돼요. 야옹이 줄 거란 말이에요. 밤새도록 울음소리가 얼마나 구슬프게 들렸는지 몰라요. 며칠 굶은 것처럼."

준영이 키득거렸다. 지환도 덩달아 웃었다. 얼굴에는 헐거운 미소가 번지고 가슴은 싸하게 식는다.

"길들여서 키우기라도 할 거야? 야생 고양이, 생각보다 위험해."

"배고플까 봐 밥만 주는 거예요. 작업실 안으로 들일 마음은 없어요. 탁 트인 수풀 속에서 자유롭게 살다가 사방이 꽉 막힌 실내로 들어오면 야옹이도 힘들 테니까."

"여기서 계속 지켜보고 있으면 고양이가 나오고 싶어도 못 나와. 야생 상태에서 나고 자란 녀석이라면 사람이 주는 먹이가 익숙하지 않으니까. 아마 저쪽 덤불에 숨어 이쪽을 노려보면서 털을 바짝 곤두세우고 있을걸."

"그렇겠죠?"

준영이 선뜻 동조하고 몸을 일으켰다.

양쪽 손바닥을 문질러 손에 묻은 먼지 가루를 털어 내는 그녀가 지환의 눈에는 흡사 곤두선 털을 고르는 야생 고양이 같았다. 사람의 손길을 두려워하는, 어느 누구도 자신의 영역 안으로 들이지 않는 한 마리 외로운 들고양이.

억지로 붙잡아 품에 들여 길들이기보다는 멀리서 묵묵히 지켜보는 것이 준영을 위하는 길이리라.

지환은 일부러 '영차' 소리를 내면서 두 손으로 양 무릎을 짚고 일어섰다. 준영이 순하고 맑진 얼굴로 배시시 웃는다. 지환도 마주 미소를 지었다.

"들어가서 잘 거야?"

"밥부터 먹고요. 신선한 아침 공기를 마셔서 그런가, 나도 배고파요."

"오랜만에 같이 아침 먹을까?"

"콩나물 해장국 먹으러 가요."

"나한테 딱 10분만 줘. 번개처럼 샤워하고 튀어나올 테니까."

"천천히 해요. 나도 좀 씻고 옷 갈아입게."

"춥다. 따뜻하게 입어."

"네."

준영이 먼저 돌아서서 작업실로 향했다. 지환은 자박자박 걸어가는 준영의 뒷모습을 잠시 바라보다 마당을 잇댄 집 쪽으로 길을 잡았다. 발밑에서 무엇인가가 반짝하며 빛났다. 장방형 큐빅 지르코니아가 촘촘하게 박힌 실핀이다.

머리핀을 집어 들자 뜨거운 피부에 와 닿는 금속성의 감촉이 섬뜩할 정도로 차가웠다. 힘껏 움켰다. 실핀이 기다란 모양 그대로 손바닥 안쪽 부드러운 살갗으로 파고든다. 꽤나 기분 좋은 통증이었다.

머리핀을 트레이닝복 바지 주머니 안에다 집어넣고 빠져나오지 못하도록 지퍼까지 단단히 잠갔다. 집을 향해 뛰어가는 발걸음이 구름 위를 달리는 양 가볍고 즐거웠다.


잠잠하던 수풀 사이로 때 아닌 바람이 술렁거린다. 덤불 한쪽이 바스락 이지러지자 갓 새끼티를 벗은 들고양이 한 마리가 쉴 사이 없이 주위를 살피면서 조심스럽게 앞으로 걸어 나왔다.

까만 먹물을 뒤집어쓴 것처럼 온통 새카만 빛깔의 고양이는 몇 번을 더 두리번두리번 주변을 둘러보고 나서야 우유가 담긴 사각 접시에 얼굴을 묻었다.

허겁지겁 우유를 마시는 고양이의 우아한 등줄기에 바짝 곤두선 털들이 아침 햇발에 비껴 검푸른 빛을 뿜는다.

구름을 뚫고 나온 햇살은 맑고, 앙상한 나뭇가지 사이로 지나는 바람은 차며, 안개가 걷힌 마당은 언제나처럼 고즈넉했다. 여느 날과 다름없이 모든 것이 질서 정연하게 돌아가는 듯 보였다.

준영은 작업실 현관문에 등을 기대고 서서 참았던 숨을 한꺼번에 토해 냈다. 몇 번이나 심호흡으로 흐트러진 숨을 고르는데도 쿵쾅거리는 심장의 떨림은 도무지 가실 줄을 몰랐다. 저절로 눈이 감기고 잔상처럼 남은 지환의 얼굴이 빠르게 수축하는 눈동자에 또렷이 맺혔다.

서로의 코끝이 스치고 두 숨결이 하나로 뒤섞이던 순간, 지환이 입 맞추는 줄로만 알았다. 똑바로 응시하는 뜨거운 시선에서 입맞춤을 예감했었다. 기억을 떠올리는 것만으로도 가슴이 얼얼할 정도로 달았다.

당연한 착각이고 감히 꿀 수도 없는 꿈이지만…… 그래도, 좋았다. 지환을 가까이에서 느낄 수 있다는 것만으로도 기뻤다. 그가 토해 내던 밭은 숨결이 좋았고, 아침 안개 속으로 유유히 스며들던 하얀 입김이 좋았으며, 한꺼번에 폐부로 쑥 밀려들던 쌉싸래한 솔향기 같은 체취가 미치도록 좋았다.

사랑이다. 분명 사랑이다.

지금 이 순간 온몸을 전율토록 만드는 심장의 저릿저릿한 떨림이 사랑이 아니라면 대체 무엇이 사랑일까?

그래서 슬프다. 그가 사랑일 수밖에 없어서 아프다.

주르륵 현관문을 타고 등줄기가 맥없이 허물어져 내렸다. 궁색하니 옹송그려 앉아 한참을 미동조차 없이 그대로 있었다. 부질없는 자신의 사랑이 불쌍하고, 헛된 그 사랑을 차마 끊어 내지 못하는 못난 스스로가 미웠다.

사람이 사람을 사랑하는 데 이유는 없다고 한다. 그래서 사랑해서는 안 되는 사람도 없는 줄만 알았다.

그런데 아니더라. 세상을 살면서 한 해, 두 해 나이가 더 해지고 이런저런 사람들을 만나다 보니, 사람이 사람을 사랑하는 데 저마다 뭐라도 하나쯤은 이유가 있더라. 누구에게나 사랑해서는 안 되는 사람도 한 명쯤은 생기더라.

준영에게 지환은 분명 사랑이지만, 또 다른 한편으로는 사랑해서는 안 되는 사람이기도 했다. 그를 사랑하는 일은 죄가 될 터였다. 죽은 준수에게, 산 정선에게, 어쩌면 지환에게조차도 죄가 될 터였다.

준영은 아랫입술을 한차례 깨물었다가 풀어내며 안간힘을 써 몸을 일으켜 세웠다. 마당에서 지환이 했던 것처럼 일부러 '영차'라고 입 밖으로 소리를 냈다. 스스로를 다독이고 격려하는 의미였다.

결국 만신창이로 엉망이 될 것을 알면서도 버려야 할 것을 끝끝내 버리지 못하겠다면, 이대로 가슴속에 간직하는 수밖에……

헛되고 부질없는 사랑일지라도 지키고자 마음먹었으니 이제는 제대로 감추는 일만 남았다. 아무도 몰라야 한다. 누구도 알아서는 안 된다. 자칫 들키는 날에는 지금처럼 멀리서 바라보는 일마저도 금지당하고 말 것이다.

"힘내자, 이준영! 할 수 있어. 안개 속에 숨는 거야. 그래, 야옹이처럼 나무 뒤에 숨으면 금방 들키니까 안개 속에 감추면 돼. 안개는 자욱해서 못 찾을 거야. 아무도 모를 거야."

준영은 되지도 않는 혼잣말을 주문처럼 읊조리면서 계단을 올라 2층 욕실로 향했다.

⟪⟪⟪

톡톡.

지환은 가볍게 말아 쥔 주먹으로 통나무 식탁을 두드렸다. 식탁 너머 멍하니 앉은 준영의 주의를 끌기 위해서였다. 식당으로 향하는 자동차 안에서는 배고프다며 평소 보기 어려운 호들갑까지 떨어 놓고, 막상 콩나물 해장국이 담긴 뚝배기가 나오자 숟가락을 든 채 우두커니 쳐다보고만 앉았다.

"안 먹어? 배고프다면서?"

"먹어야죠. 먹어요."

준영이 허둥지둥 뚝배기에 코를 박았다. 바쁘게 놀리는 숟가락질이 꽤나 기계적이다. 밥을 먹는다기보다 숫제 밀어 넣고 있는 것이 지환의 눈에도 확연하게 보일 정도였다. 지환은 엷은 한숨을 쉬며 해장국을 뜨던 숟가락을 도로 뚝배기 안에다 내려놓았다.

어쩔 수 없는 짜증이 묻어나는 숨소리 때문인지, 숟가락이 뚝배기에 치듯이 닿는 둔탁한 소리 때문인지 준영이 즉각 고

개를 들었다. 사선으로 지환을 올려다보는 암갈색 눈동자가
잔뜩 긴장한 고양이의 그것처럼 불안정하게 흔들렸다.

"대표님은 안 먹어요?"

"무슨 일 있어?"

"아니요."

"얘기해."

재촉이 아니라 아예 명령이었다. 지환의 입에서 다시 메마
른 한숨이 새어 나왔다. 준영이 힐끔 지환의 눈치를 살폈다.
슬그머니 숟가락을 내려놓는 표정이 어째 영 껄끄럽다는 식
이다.

"말하면 대표님 화낼 텐데요?"

"화 안 낼 거니까 얘기해."

지환의 보증에도 준영은 쉽게 말문을 열지 않았다. 몇 번
이나 입술만 벙긋 벌렸다가 도로 다물기를 반복했다.

"얘기 안 하면 화낼 거야."

기다리다 못한 지환이 대놓고 협박을 자행했다. 그제야 준
영은 마지못해 이야기를 풀었다.

"사실은 새벽에 작업하다 막혔어요."

"그래서 이른 아침부터 뒷마당을 어슬렁거렸던 거야? 새
끼 고양이 울음소리는 다 핑계였지?"

"핑계 아니에요. 진짜 울음소리 들었다고요."

"그것도 처량 맞은 울음을 밤새도록?"

"놀리지 마요. 남은 글이 막혀서 답답해 죽겠는데."

"어디가 어떻게 막혔는데?"

"6부 엔딩이요. 여주가 남주한테 무의식중 끌리는 부분에서 꽉 막혔어요. 완전 꽈악. 아무리 고쳐 써도 뭔가 자꾸 어색한 거예요. 뭐라고 딱 꼬집을 수는 없는데, 아무튼……. 그 장면이 계속 머릿속에서 뱅뱅 맴돌아요. 왜, 그런 느낌 있잖아요. 저쪽에 분명 뭔가 있는데 안개가 낀 것처럼 흐릿해서 그게 무엇인지 정확하게 모르겠는……."

"도무지 알 길이 없으니 잠도 안 오고 밥도 안 넘어간다?"

지환이 허탈하게 웃었다. 보일락 말락 고개를 주억거리는 준영의 얼굴에 멋쩍은 미소가 하나둘 피어올랐다.

"이번 드라마는 로맨스 빼고 스릴러로만 가면 안 될까요? 어차피 한여름에 방송 나갈 건데 말 그대로 납량 특집으로."

"안 돼."

"내가 다른 것은 몰라도 매회 방송마다 시청자들 등골 오싹하게 만들 자신은 있거든요. 완전 대박 으스스하게."

"등골 오싹하면서 가슴도 떨려야지. 그게 이 작가 매력이잖아."

"이제 우리도 천편일률적인 로맨스 지상주의에서 벗어나자고요. 영국 BBC의 '셜록*'이나 미국 Fox의 '하우스*' 같은 경우

---

*셜록(Sherlock):코난 도일의 추리 소설 '셜록 홈즈'를 현대적으로 재해석한 드라마.

*하우스(House M. D.):괴팍한 성격의 천재 의사 하우스와 동료들의 이야기를 다룬 의학 드라마.

로맨스 없이도 명품 드라마 소리 들을 만큼 훌륭하잖아요."

목청까지 높여 가며 구구절절 늘어놓은 준영의 반론 제기를, 지환은 서늘한 코웃음 한 방으로 무참히 무너트려 버렸다. 거기에 보태서 놀리듯 실실 웃어 대기까지 한다.

"로맨스가 없기는 왜 없어? 셜록이랑 존*이 시즌 1 첫 화부터 줄기차게 썸 타는 것 알면서. 하우스 역시 커디*와의 러브 라인이 진짜 볼거리인데."

"대표님! 진짜 이러기예요?"

준영은 작정하고 눈을 흘겼다. 얄미워서 심통이 날 지경이다. 지환이 덩달아 눈빛을 뾰족 세웠다.

"이 작가야말로 그러지 마. 누가 뭐래도 셜록하고 존은 진정한 소울메이트라면서, 두 남자의 사랑과 우정이 아름답다고 얘기한 것은 이 작가잖아. 하우스 시즌 7에 커디 안 나온다고 섭섭하다 말한 것도 이 작가였고."

"좋아요, 인정. 작년 '투엠'에서 제작한 양현경 작가의 '오리, 날다'는 로맨스 없이도 반응 괜찮았잖아요."

"누리꾼들 사이에서 평만 좋으면 뭐해? 가까스로 막방 시청률 10퍼센트 넘겼는데. 이 작가도 시청률 바닥 치고 피눈물 쏟고 싶어?"

"정말 싫다. 그놈의 시청률!"

---

*존(Dr. John Watson):셜록의 동료이자 유일한 친구.
*커디(Dr. Lisa Cuddy):하우스가 근무하는 프린스턴대학 부속 플레인스보로 병원의 병원장.

"남녀 주인공 구름 위에 붕 띄워 놓고 온통 로맨스로만 도배하라는 것 아니잖아. 현실감 없는 막장 드라마는 나부터 싫어. 적절한 로맨스로 드라마에 긴장감도 더하고 때로는 활력도 불어 넣고."

지환이 떼쓰는 아이를 달래듯 말소리를 조곤조곤 이었다. 준영은 피식 헛웃음을 짓고 말았다.

춘희나 회사의 다른 누가 시청률에 대한 불만을 입 밖으로 꺼내 놓았다면, '시청률 덕분에 밥 먹고 사는 줄이나 알라'는 무지막지한 불호령이 떨어졌을 것이다.

"그걸 아니까 여주가 남주한테 마음이 흔들리는 장면에서, 어떻게 해야 시청자들도 같이 가슴 떨릴 수 있을까 밥도 못 먹고 고민하는 거잖아요."

"소설에서는 어땠는데? 7년 전에 연재한 소설을 베이스로 깔고 각색하는 거잖아. 텍스트부터 살펴봐야지. 교과서 위주로 공부를 해야 수능 만점 맞는 것 몰라?"

지환이 찡긋 윙크를 날렸다. 뾰로통하던 준영의 입가로 어느 결에 미소가 감돌았다.


좀처럼 시선을 맞추지 못하는 다른 중증 환자들과 달리, 남자는 가문비나무 탁자를 사이에 두고 마주 앉은 나를 똑바로 응시했다.

나도 모르게 마른침을 삼켰다. 유리알처럼 반질반질 빛나는 남자의 눈동자에서 뿜어져 나온 차가운 광선이 흡사 뱃속까지 뚫고 들어오는 느낌이다.

살인자의 눈은 다들 저렇게 생겼을까?

사람을 죽인 자들은 모두 광기 어린 눈동자를 갖게 되는 것일까?

아니면 저런 광기 어린 눈동자를 가진 사람들이 살인을 저지르는 것일까?

내 머릿속 들끓는 생각을 읽기라도 한 듯 남자가 씨익 웃는다. 유리 파편같이 날카로운 시선을 여전히 나에게 고정시켜 둔 채, 남자는 왼쪽 엄지로 입술을 핥듯이 천천히 문질렀다.

등줄기가 오싹할 정도로 섬뜩하면서도 사뭇 관능적이다. 남자의 온몸에서 풍기는 땀 냄새 때문인 듯싶었다.

의자 등받이에 느긋하게 몸을 기대는 남자한테서 한여름 소낙비 같은 냄새가 났다. 먼지 냄새 같기도 하고 흙냄새 같기도 한 텁텁하고 비릿한 비 냄새. 수컷의 냄새였다.

불현듯 대학 시절 상담심리학 교수님의 말이 떠올랐다. '어떠한 상황에서도 그가 가진 힘을 과소평가해서는 안 되는 인물이 있다'고 하셨지. 나는 남자가 바로 그런 인물이라는 것을 알았다.

바람난 아내와 그 상대를 잔인하게 살해하고 지병인 중증 인격 장애를 이유로 정신요양병원 폐쇄병동에 수감되었으면서도 남자는 언제나 자신감이 넘쳤다. 자기가 가진 힘이 얼마나 큰지 정확하게 알고 있으며, 그 힘을 어떻게 사용해야 하는지 또한 잘 알고 있는 것 같았다.

남자가 길게 뻗은 두 다리를 턱 하고 가문비나무 탁자 위에 올려놓는다. 이어 머리 뒤로 손깍지를 끼더니 오늘 예정된 상담을 이제 시작해도 좋다는 양 나를 향해 거만한 턱짓을 보냈다.

준영은 본격적인 각색 작업을 시작하기 전 줄거리 윤곽을 잡고 각 화 트리트먼트*를 짜기 위해 소설 '마지막 비상구'를 열 번쯤 곱씹으면서 읽었다. 그 덕에 본문이 막힘없이 술술 입에서 나왔다. 토씨까지 정확하게 읊어 대는 준영을 쳐다보며 지환이 혀를 내둘렀다.

"그걸 다 외었단 말이야? 설마 소설을 통째로 외운 것은 아니지?"

"아마 그럴걸요."

"무섭다. 이 작가 대단하다."

"어째 영혼 없는 칭찬으로 들려요."

"영혼 담은 칭찬이니까 공연한 심통 부리지 마. 등장인물 사이에 주고받는 대사가 한마디도 없는데 어떻게 표현하려고? 배우들 연기력에 묻어 갈 생각은 아닐 테고."

지환이 여지없이 정곡을 찔렀다. 준영의 콧잔등이로 조금은 머쓱하고 또 약간은 신경질적인 잔주름이 촘촘하게 늘어선다.

"당연히 배우들 연기력에 묻어 가야죠. 나도 날로 좀 먹자

---

*트리트먼트(Treatment):대본 작업에 있어서 장면 별로 정리해 놓은 구체적인 줄거리.

고요."

"감독이 대본에 적힌 지문 하나만 건드려도 파르르 떠는 그 깐깐한 성격에, 퍽이나 잘도 그러겠다."

"그것은 그거고, 이것은 또 이거죠. 갑자기 짜증 나려고 하잖아요."

대놓고 부리는 준영의 신경질을 지환은 아무렇지도 않게 웃어 넘겼다.

"이미 났으면서."

"머릿속에 구체적인 그림이 그려지지 않으니까 도통 글이 안 써진다고요."

"그림이야 그리면 되지. 이 작가가 원하는 대로 구체적으로 한번 그려 보자. 시각적인 문제라는 것인데……. 상황 재현을 해 보는 것은 어때?"

"우리 둘이요?"

"당연히 우리 둘이서 해야지. 재연 배우 불러서 해?"

"여기서 해요?"

"밥 먹고 집에 가서 할까?"

지환이 넌지시 물었다. 준영은 잠시 대답을 망설였다. 아침밥이야 건너뛰면 그만이지만, 마음이 급해 작업실까지 가는 그 짧은 시간조차 참기 어려울 성싶었다.

"그냥 여기서 해요. 쇠뿔도 당김에 빼랬다고. 내가 성질이 급해서 기다리는 일에는 젬병이잖아요."

"알았어. 남주가 상담실 안으로 들어와서 여주랑 마주 보고 앉는 장면부터 시작하자."

지환은 앉았던 자리에서 일어나 의자를 멀찍이 뒤로 뺐다. 끼익 하면서 의자 다리가 콘크리트 바닥을 긁는다. 그 소리에 이끌려 준영이 시선을 들어 올렸다.

그때를 기다려 지환이 준영의 눈길을 오롯이 붙잡아 이끌고 의자에 엉덩이를 주저앉힌다.

슬로비디오처럼 느릿느릿 아주 천천히. 크고 작은 지환의 움직임뿐 아니라 잔 근육의 불끈거림, 심지어 그가 뱉어 내는 나지막한 숨소리까지 식탁 건너편 숨죽여 앉은 준영의 눈과 귀로 생생하게 전해졌다.

흔들림 없이 곧이곧대로 준영을 응시하는 지환의 날카로운 눈동자 속에 살인자의 광기는 없었다. 대신 당장에라도 그녀를 집어삼킬 것 같은 뜨거움이 가득했다.

지환이 여전히 준영에게 시선을 고정시켜 둔 채 왼쪽 엄지를 들어 살긋 벌어진 아랫입술의 안쪽을 쓰윽 문질렀다. 하얀 치아와 붉은 점막, 그 위로 덧그리듯 지나는 길고 섬세한 손가락. 이 모든 것들이 하나로 어우러진 조화가 너무도 절묘했다.

지환의 일거수일투족을 뚫어져라 지켜보는 준영의 입에서 '하야' 억눌린 신음 같은 숨소리가 가느다랗게 새어 나왔다. 바이올린 현처럼 팽팽하게 당겨져 있던 긴장감이 무의식중 맥이 풀어지는 것처럼 한순간에 툭 끊어진다.

가슴이 홧홧하게 달아오르고 심장이 미친 듯이 뛰었다.

"이제 좀 그림이 그려져?"

"……."

"이준영!"

"네에?"

"넋을 놓을 정도로 내 연기가 좋았어? 하기는 서당 개 3년
이면 풍월도 읊는다는데, 드라마 외주 제작사 대표이사 7년
에 이 정도쯤이야."

지환이 실없이 웃으면서 속없는 사람처럼 말소리를 흐드
러지게 피웠다. 매번 너무 싫고 짜증 나던 일이었는데 오늘만
큼은 지환의 주의를 다른 곳으로 돌릴 수 있어서 도리어 고
맙기까지 했다.

준영은 지환에게 들키지 않도록 호흡을 되도록 자잘하게
잘라 가만히 내쉬었다가 천천히 들이쉬기를 반복했다. 미친
듯이 뛰어 대던 심장 고동이 서서히 가라앉는다. 그럼에도
태연한 척 꾸민 목소리는 유난히 낮고 탁하게 울렸다.

"뭐가 문제인지 알 것 같아요. 남주의 눈빛이요."

"살인자의 광기 어린 눈빛?"

"네. 실제 드라마에서 남주는 살인자가 아니라, 장기 밀매
조직 검거를 위해 정신요양병원에 위장 잠입한 특수부 검사
잖아요. 정신과 의사인 여주가 아무리 착각이라지만 남주의
눈동자에서 광기를 읽어 내려면 엇비슷한 뭐라도 있어야 했
거든요."

"광기로 착각할 만한 뭔가가 필요했다는 말이지? 고민 끝

에 이 작가가 찾아낸 것은 뭔데?"

"뜨거움, 열정, 그리고……."

준영은 미간에 주름을 새기며 눈을 감았다. 머릿속에 막연한 이미지가 둥둥 떠다닌다. 그것을 표현할 마땅한 단어가 떠오르지 않자 저절로 몸부림이 쳐졌다.

"그것 있잖아요, 그것. 아, 미치겠다! 뭐라고 표현해야지?"

"찬찬히 생각해. 마음이 급하면 더 생각 안 나. 느긋하게 마음먹으라고."

"그게 생각대로 돼요? 아, 맞다! 여주를 향한 불가항력적인 끌림. 여주가 장기 밀매 조직의 일원일지도 모르는 상황에서 자꾸만 마음이 흔들리니까 남주 입장에서는 환장하는 거죠. 미치고 팔짝 뛸 노릇이고. 당연히 여주를 바라보는 눈빛이 곱게 나갈 수 없는 상황이잖아요. 이글이글 불타는 남주의 애증 어린 눈빛이 남주를 살인자로 알고 있는 여주의 눈에는 광기로 보일 수밖에요."

"제법 설득력 있어."

"그렇죠? 괜찮죠? 대표님 생각에도 억지 설정은 아니죠?"

준영은 반색까지 해 가며 몇 번을 잇달아서 물었다. 지환이 못 말린다는 표정으로 고개를 가로젓는다.

"아무튼 단순하기는. 당장 세상이 무너질 것처럼 인상 팍팍 쓰더니 금세 또 좋아서 헤헤. 변덕이 널을 뛴다. 아주 널을 뛰어."

"나만 그런가요, 뭐? 양춘희 실장 얘기로는 글쟁이들 다 이렇대요. 변덕도 심하고, 기벽은 더 심하고."

"지극히 평범하다고 박박 우기고 싶지? 맞아, 이 작가 표준이야. 변덕도 심하고 기벽은 더 심한 작가들의 표본."

"치이! 있잖아요, 대표님."

"왜 또?"

귀찮은 양 툭 하고 뱉어 내는 지환의 대답 속에 설핏 다정함이 깃들어 있다. 준영은 살포시 엿보이는 그 다정함에 기대어 염치없는 이야기를 조심스럽게 흘렸다.

"저기…… 우리 아침밥은 다음에 먹고, 작업실 가면 안 될까요? 머릿속에서 글이 막 풀리기 시작했는데……. 아무래도 그분이 오신 것 같아요."

"글발신이랑 접신하고 나니까 이제 아침밥 따위는 눈에 들어오지도 않아? 글 쓰고 싶어서 미치겠어? 손가락이 막 근질근질해?"

지환의 이어지는 물음에 준영은 연거푸 고개를 끄덕거렸다. 지환이 일장 한숨을 쉬었다.

"잠깐 있어 봐."

준영을 혼자 남겨 두고 계산대로 다가간 지환은 식당 여주인과 한참을 이야기하다 돌아왔다. 지환의 손에 몇 장의 종이와 볼펜 한 자루가 들려 있다.

"우선 여기다 적어."

지환은 가져온 필기도구를 준영에게 건네주고, 주섬주섬 식탁 위 음식들을 한쪽으로 치우기 시작했다. 얼떨결에 준영도 지환을 도와 콩나물 해장국이 담긴 뚝배기를 식탁 끝으로 밀었다.

"노트북이 필요하다니까요."

"불편해도 참아. 밥부터 먹자고 말해 보아야 이 작가 귀에 들리지도 않을 테고. 이대로 아침밥 건너뛰고 작업실로 가면 글 쓰느라 하루 종일 굶을 것 뻔하고. 작업도 하고 밥도 먹을 수 있는 방법은 이 길밖에 없어."

지환의 말투가 꽤나 강경했다. 어떤 경우라도 설득하는 일은 불가능할 성싶었다. 식탁 위 흩어진 종잇장들을 하나로 모으는 준영의 손길에서 소용없는 짜증이 묻어났다. 볼멘소리가 자동으로 새어 나왔다.

"언제는 열과 성을 다해 준비한 당근을 성심성의껏 주겠다면서요?"

"열과 성을 다해 준비한 거야. 진짜 성심성의껏 했다니까."

지환이 먹빛 눈동자를 휘리릭 굴렸다. 자못 무구한 얼굴로 시치미까지 뚝 떼는 모습이 그저 도도하다.

"얄미워라……."

고시랑고시랑 싫은 소리를 읊어 대면서도 준영은 지환이 가져다 준 종잇장에 머릿속을 꽉 채우고 있는 '마지막 비상구' 6부 엔딩 장면을 빠른 필체로 옮겨 적기 시작했다.

나직이 숙인 고개 탓인지 머리카락이 준영의 이마를 타고 아래로 흘러내렸다. 후욱 입김을 불어 위로 올리려는 찰나, 지환의 커다란 양손이 뒤에서부터 쑤욱 준영의 눈앞으로 나타났다.

이마를 덮은 머리카락을 가지런히 하나로 그러모아 잡더니 어디서 났는지 모를 노란 고무줄로 꽁꽁 묶는다. 시쳇말로 귀염 터진다는 사과 머리를 만들어 놓았다.

소스라치듯이 놀라 숨도 제대로 못 쉬고 앉은 준영과는 딴판으로, 정수리 위에서 울리는 지환의 목소리는 여느 때와 다름없이 평온하기만 하다.

"이제 됐지?"

"고마워요."

"별말씀을. 열과 성을 다해 준비한 당근을 성심성의껏 제공하는 중이야. 이 작가는 신경 쓰지 말고 즐기기나 해. 그래도 빨리 써. 나 배고파. 딱 6부 엔딩까지만 쓰고 끝내는 거야. 알았지?"

지환이 등 뒤에서 확답을 요구했다. 준영은 차마 고개를 돌려 지환을 쳐다볼 엄두가 나지 않았다. 제멋대로 가슴이 부풀고 심장이 울렁거린다. 시근거리는 숨소리에 잠겨 목소리가 탁하게 울려 나오면 어쩌나, 쓸데없는 걱정까지 들었다. 알아들었다는 말없는 고갯짓으로 간신히 대답을 대신했다.

지환은 제자리를 찾아 통나무 식탁을 돌아가며 주먹을 힘주어 움켜쥐었다. 손등 위 툭툭 불거지는 시퍼런 핏줄이 그가 얼마나 긴장하고 있는지 여실히 보여 준다. 의자에 몸을 내려앉히다 말고 슬쩍 시선을 옮겨 맞은편 준영의 기색을 살폈다.

아예 종잇장에다 코를 박은 양 머리를 푹 숙인 채 무엇인
가를 열심히 쓰고 있다. 오로지 글쓰기에 여념이 없어 보였
다.

다행이다.

가만히 내쉬고 들이쉬는 준영의 숨결 한 줌에, 들꽃 향기
처럼 은은하게 퍼지는 그녀의 체취 한 자락에, 비단결보다
곱고 보드라운 그녀의 머리카락 한 올에, 그가 얼마나 가슴
떨려 하는지……

준영이 몰라서 정말 다행이다. 흉곽을 뚫고 나올 것처럼
거세게 울리는 심장박동 소리를 준영이 눈치채지 못해서 천
만다행이다.

*((((*

준영은 글자가 빼곡히 적힌 종이 위에 볼펜을 내려놓고 기
지개를 켰다. 오랜만에 손으로 글을 쓴 탓인지 오른쪽 어깻
죽지가 뻑적지근 아팠다.

"다 썼어?"

오늘자 조간신문을 읽던 지환이 얼굴을 들어, 한창 스트레
칭 중인 준영을 쳐다보면서 미소 짓는다. 까닭 없이 멋쩍어
준영은 허공을 가르는 양팔을 후다닥 제자리로 되돌렸다.

"대충 끝났어요. 수정은 이따 작업실 가서 노트북으로 정

리하면서 보려고요."

"이제 아침밥 먹자."

"미안해요. 배고픈데 기다리게 해서."

"됐어. 하루 이틀 일도 아니고. 양춘희 실장 말마따나 작가들 변덕 부리고 기벽 심한 것에는 이제 이력이 붙어서 아무렇지도 않아."

"비꼬는 소리처럼 들려요."

"당연히 그렇게 들리겠지. 비꼬는 것 맞으니까."

지환이 짓궂게 이야기하고, 준영이 반박할 겨를도 없이 식당 여주인을 소리쳐 불렀다.

"아주머니! 여기 콩나물 해장국 두 그릇이요. 반찬은 됐고 국밥만 새로 주세요."

"우리 그냥 이것 데워서 먹어요. 음식 아깝게."

준영은 새로 주문을 넣는 지환을 타박하며 콩나물 해장국이 담긴 뚝배기를 앞으로 끌어왔다. 자박자박 끓던 국물은 오간 데 없고 퉁퉁 불어터진 밥알만 차디차게 식은 뚝배기 안에 넘쳤다. 난감한 눈으로 콩나물 해장국을 멀뚱멀뚱 들여다보고 있자니, 지환이 끌끌 혀를 찬다.

"도저히 인간이 먹을 수 있는 수준이 아니지?"

"그러네요."

"두 시간 가까이 테이블 통째로 차지하고 앉아 글 썼으면, 주인아주머니한테 콩나물 해장국 네 그릇 값은 드리고 가는 것이 도리에 맞아."

"그것도 그러네요."

"왜 이래? 꽉 막혔던 글이 뻥 뚫리니까 이제 인생마저 무상해졌어? 이 작가 이런 캐릭터 아니잖아. 순순히 동의를, 그것도 연속으로 두 번씩이나 하니까 좀 그렇다. 무서워지려고 해."

"말 잘 들어도 불만이에요? 만날 나한테 고집 그만 부리고 말 좀 들으라더니."

준영은 일부러 발끈한 척 열을 냈다. 지환이 움푹 볼우물이 파일 정도로 활짝 웃는다.

"좋아서 그런다. 너무 좋아서. 말 잘 듣는 캐릭터, 이대로 오래오래 가면 좋겠어서."

"대표님 하는 것 봐서요. 나한테 잘하면 나도 대표님 말 잘 들을게요."

"내가 어떻게 하길 바라는데? 솔직히 지금보다 어떻게 더 잘하냐?"

"듣고 보니 그런 것 같기도 해요."

"헉!"

지환이 양손으로 가슴을 부여잡고 쓰러졌다. 환하게 미소 짓는 얼굴에 보조개 두 개가 선연하다. 준영의 입술을 뚫고 기분 좋은 웃음소리가 막무가내로 쏟아지기 시작했다. 까르르까르르 청아하게 울리는 웃음소리 너머 지환의 나지막한 웃음소리가 공명하듯 하나로 덧입혀진다.

근처 식탁에서 선짓국 한 그릇과 막걸리 한 사발로 허기진 아침을 해결하던 초로의 신사가 준영과 지환이 왜 웃는지 이유도 모른 채 덩달아 웃었다. 모락모락 뜨거운 김이 오르는 콩나물 해장국 두 그릇을 새로 들고 나타난 식당 여주인도 공연히 소리를 내어 깔깔깔 웃는다.

부연 먼지 가루가 떠다니는 허름한 식당 안에 따스한 웃음 소리가 넘쳤다. 아무런 이유 없이 웃음이 터져 버린 사람들의 얼굴마다 행복이 가득했다.

푸르른 봄날, 눈이 시리도록 드맑은 햇살처럼 상쾌하고도 멋진 아침이었다.

## Chapter 6

눈물
내리는 날

커다란 회전식 원탁 사이로 형식적인 악수가 오간다. 오른손을 내밀어 악수를 청한 태규나 맞은편에서 그 손을 가볍게 마주 잡은 준영이나, 서로가 서로를 향해 반갑게 웃음 짓고 있지만 언뜻 긴장한 눈매에서 하릴없는 초조함이 묻어났다.

오로지 춘희만이 평소와 다를 바 없는 유유자적한 모습으로, 악수를 나누는 태규와 준영의 얼굴을 번갈아 가며 쳐다보았다.

"두 분이 생판 모르는 사이는 아니죠?"

"나야 우리 드라마국 오며 가며 이준영 작가 얼굴은 몇 번 봤지."

"저도 김태규 감독님 명성은 익히 들어서 알고 있어요."

준영의 칭찬이 싫지만은 않은지 태규가 제법 흡족한 표정을 지었다.

"무슨 명성씩이나. 남들은 세계 최고다 어쩌다 하는데, 겨우 몬테카를로에서 대상 하나 받은 거야. 아무튼 잘해 보자고. 잘 부탁해, 이 작가!"

대뜸 말부터 놓는 태규를 향해 준영은 그래도 예의를 갖추어 고개를 숙였다.

"저야말로 잘 부탁합니다."

"인사는 이 정도에서 끝내죠. 김 감독님! 배고프지 않으세요?"

"그러게. 좀 출출하네. 새벽까지 술 푸고는 아침이 부실했거든."

"뭐 드실래요?"

"양 실장이 사는 거지?"

"당연한 말씀을. 비싼 것 드세요. 법인 카드 들고 나왔으니까."

"오랜만에 중국집 왔는데 탕수육은 기본으로 먹어 주어야겠지?"

"두말하면 입만 아프죠. 제비집스프 어떠세요? 여기 그게 유명하다네요. 술국 삼아 속 푸는 데도 좋고."

춘희는 최고급 요리를 콕 찍어 말하는 것으로 태규의 비위를 맞추었다. 흥이 오른 태규가 거들먹거리는 표정으로 메뉴판을 펼쳤다.

"제비집스프에다 삭스핀찜하고 양장피. 또 뭐가 맛있을

까? 고추잡채 괜찮겠다. 양 실장은 라조기랑 깐풍기 중에서 어느 게 더 맛있을 것 같아?"

"차라리 코스 요리가 낫지 않을까요? 제비집스프가 포함된 봉황 코스. 저는 이게 끌리는데."

"코스 요리는 양이 적잖아. 먹다가 남기더라도 일단 푸짐하게 차려 놓고 먹어야 제 맛이지."

"감독님이 원하신다면야, 뭐. 탕수육, 제비집스프, 삭스핀찜, 양장피, 고추잡채, 라조기, 깐풍기. 이렇게 시키면 되죠?"

"깐쇼새우랑 난제완쯔도. 이런! 만두가 빠졌네. 중국집 와서 딤섬 안 먹고 가면 서운하지."

"식사는 어떻게 하시겠어요? 딤섬이 있어 식사는 따로 주문하지 않으셔도 될 것 같습니다만⋯⋯."

중식당 '타이판'의 내실 담당 여직원이 조심스럽게 묻고 이내 말소리를 흐렸다. 먹을 사람은 셋인데 열 개나 되는 요리를 주문하자 딴에는 당혹스러운 모양이다.

그러거나 말거나 종이 냅킨으로 코에 흐르는 기름기를 닦아 내던 태규가 냅다 목소리를 높였다.

"야! 만두가 어떻게 밥이야? 우리 셋 다 짜장면으로 줘. 양실장이랑 이 작가도 짜장면 먹어. 이 집 짜장면 맛있어."

"식사는 짜장면 셋으로 준비하겠습니다."

여직원이 서둘러 당황한 기색을 감추고 머리를 숙인다. 단정히 굽어드는 여직원의 등줄기로 준영의 조용한 말소리가 흘러내렸다.

"제 것은 빼 주세요. 요리가 많아서 따로 주문 안 해도 될 것 같아요."

"그럼 짜장면은 두 분 것만 준비하도록 하겠습니다."

다시 허리 숙여 인사하는 여직원을 향해 이번에는 춘희의 명랑한 목소리가 건너갔다.

"나는 짬뽕!"

"짬뽕이요, 고객님?"

"예. 저는 짬뽕으로 주시고, 여기 여자분께는 삼선볶음밥 가져다주세요. 우리 이 작가님이 생긴 것만큼이나 곱게 자라서 밀가루 음식을 잘 못 먹거든요. 밥 볶을 때 기름은 되도록 적게 써 달라고 주방에 부탁도 좀 해 주시고요. 가능하죠?"

"그럼요, 고객님. 그 외에 필요한 것은 더 없으신가요?"

여직원의 이야기가 미처 다 끝나기 전에 태규가 흠흠 군기침을 뱉으며 콧기름을 닦아 낸 종이 냅킨을 아무렇게나 회전식 원탁으로 던졌다.

춘희와 준영이 짜장면을 먹으라는 자신의 말을 무시하고 짬뽕과 볶음밥을 주문한 일이 마음에 들지 않는다는 뜻이었다.

알면서도 모르는 척 춘희는 생글생글 웃는 얼굴을 태규 쪽으로 돌렸다.

"김 감독님! 뭐 더 시키실 것 있으세요? 이왕 드시는 김에 마파두부도 시킬까요?"

"마파두부는 됐고, 우리 배갈이나 한 병 먹자고."

"낮술, 좋죠!"

선뜻 동의를 하고 여직원 쪽으로 시선을 옮기는 춘희의 얼굴에 설핏 피곤한 기색이 스쳤다. 공짜라면 기를 쓰고 달려드는 태규의 행태에 질려 버렸다는 표현이 더 맞겠다. 그런데도 지친 내색 하나 없이 여직원에게 향하는 눈빛이 생생하고 따뜻하다.

"고량주도 한 병 주세요."

"예, 고객님. 바로 준비하도록 하겠습니다."

공손히 인사하고 내실을 나서는 여직원을 춘희가 일부러 소리쳐 불렀다.

"언니! 잔은 두 개면 충분해요."

"알았습니다."

여직원이 나가고 방 안에 잠시 정적이 흐를 사이도 없이 태규가 급하게 입을 열었다.

"술잔이 왜 두 개야?"

"우리 이 작가가 술을 못해요."

춘희가 콧잔등이를 찌푸려 익살맞은 표정을 만들었다. 웃는 얼굴에 침 못 뱉는다는데, 태규는 다짜고짜 성질부터 부렸다.

"술을 못하는 게 어디 있어? 마시면 그게 다 먹는 거지."

"알코올 알레르기라서 이 작가 술이라면 입에도 못 대는데. 김 감독님 모르셨구나."

"알코올 알레르기? 그런 것도 있어?"

태규가 나란히 앉은 춘희와 준영의 얼굴을 차례대로 훑었다. 반신반의하는 눈치였다. 춘희는 제법 심각한 표정으로 태규의 물음을 받아쳤다.

"체내 알코올 농도가 높아지면 호흡 곤란이 와서 죽는대요. 전에 의사 말이 그러더라고요."

"의사가 그랬어?"

되묻는 태규의 눈동자가 등잔만 하게 커졌다. 춘희는 옳다구나 싶어 작정하고 쐐기를 박았다.

"우리 사무실 사람들은 이 작가한테 절대 술 권하지 않아요. 까딱 잘못하면 살인 미수가 된다니까요. 억지로 술 먹였다가 쇠고랑 차요."

"그러겠네. 술 마시면 호흡 곤란으로 죽는다는데, 당연히 권하면 안 되지. 어쨌든 신기하네. 알코올 알레르기가 다 있고."

"사과 알레르기, 조개 알레르기는 안 신기한가요? 땅콩 먹고 죽은 사람도 있는데. 세상에 별의별 알레르기가 다 있더라고요."

"그놈의 환경오염 때문이라니까."

태규가 주억주억 고개를 끄덕이고 나더니 말없이 앉은 준영 쪽으로 관심을 돌렸다.

"이 작가는 본래 이렇게 말이 없어? 되게 조용한 캐릭터네."

다소곳이 가라앉아 있던 준영의 눈동자에 돌연 심지가 올라섰다. 태규를 향해 달려가는 눈빛이 날 선 검처럼 뾰족하다.

"김 감독님은 본래 이렇게 말을 함부로 하세요? 되게 예의 없는 캐릭터시네요."

"뭐!"

태규가 버럭 한마디 내지르고 준영을 맵차게 쏘아봤다. 준영 역시 요만큼을 밀리지 않고 눈동자를 더욱 날카롭게 곤두세워 태규를 겨누어 보았다. 서로 주고받는 눈빛이 몹시도 살벌했다.

드라마 기획 회의를 위해 처음 만나는 감독과 작가 사이 의례 발생하는 일종의 기 싸움이었다. 감독은 어떻게든 기선을 잡으려 하고, 작가는 작가대로 감독한테 얕잡아 보이지 않으려 기를 쓰고.

사람 사는 세상에서 방송가라 불리는 이 바닥만큼이나 예외 없는 약육강식이 적용되는 무시무시한 밀림도 없을 것이다. 겉보기에는 지상 낙원이라도 되는 양 평온하고 아름답지만, 막상 그 안에 들어가 보면 적자생존만이 존재하는 살벌하기 짝이 없는 세렝게티 초원처럼.

춘희는 한쪽 다리를 꼬고 앉아 느긋하게 팔짱을 꼈다. '술' 만큼은 반드시 막아 달라는 준영의 요구 조건을 이미 충족시켜 주었으니 이제 여유롭게 싸움 구경을 할 차례였다.

거대하고 험상궂은 곰처럼 힘이 넘치는 태규와, 몸집은 작지만 날렵한 데다 앙큼하기까지 한 여우 같은 준영의 기 싸움은 옆에서 지켜보는 입장에서 꽤나 흥미진진했다.

"김 감독님이랑 저, 오늘 정식으로 처음 인사했어요. 보자마자 말씀부터 낮추시는 것, 솔직히 듣는 사람 입장에서 불쾌해요."

먼저 준영이 차분한 어조로 기선 제압의 물꼬를 텄다. 성질 급한 태규가 당장 받아서 목청을 돋우었다.

"내가 이 작가보다 열 살이나 많아."

"정확하게 여덟 살이겠죠. 저도 이제 서른이에요."

"그래서 어른 대우를 받고 싶다?"

"나이가 서른이라 어른 대접을 받고 싶다는 것 아니에요. 나이와는 상관없이 작가로서 존중받고 싶어요. 함께 드라마 작업하는 감독님한테 같은 프로페셔널로 인정받기 원한다고요."

"존중? 프로페셔널? 인정? 다 좋아. 다 좋다고. 내가 언제 이 작가 무시했어? 나는 서로 친하게 지내자는 의미에서…… 툭 까놓고, 내가 이 작가를 편하게 대하면 친근하고 좋잖아."

태규가 역정이 묻어나는 어조로 이야기했다. 도자기 인형처럼 차갑고 도도한 준영의 얼굴에는 아무런 표정 변화가 없었다. 자분자분 울리는 목소리 또한 고요히 흘러드는 물인 듯 담백하기만 했다.

"작가와 감독 사이에도 분명히 지켜야 할 선이 있다고 봐요. 이런 식으로 계속 막말하시면 김 감독님이랑 작업 못 해요."

"이것 봐, 이 작가! 막말은 지금 누가 하고 있는데?"

줄곧 거만하던 태규의 표정이 깨진 유리병처럼 한순간에 와르르 무너졌다. 조각난 낯빛이 붉으락푸르락 수시로 변했다.

"제 뜻을 명확하게 밝히는 거예요. 감독님이 결정하세요. 이번에 저랑 드라마 같이 작업할지, 말지."

"아니, 그럼 내가 여덟 살이나 어린 이 작가한테 꼬박꼬박 작가님이라고 불러야겠냐고?"

"호칭은 편하게 하세요. 말꼬리를 너무 짧게 자르지 말아 달라고 부탁드리는 거예요."

"이게 부탁이야?"

"제 나름대로는 정중하게 드리는 부탁이에요."

"돌겠네, 시팔!"

태규의 입에서 험악한 욕지거리가 튀어나왔다. 준영은 미련 없이 자리를 털고 일어섰다. 나서서 말려야 할 춘희는 아무런 소리가 없는데 오히려 태규가 허겁지겁 준영을 불러 세웠다.

"이 작가! 이준영 작가! 사람이 왜 그렇게 성질이 급해? 앉아 봐. 차분히 얘기 좀 하자. 우리 서로 문명인답게 대화로 풀자니까."

"그동안 저랑 작업했던 다른 감독님들한테 얘기 못 들으셨어요? 저 성질 엄청 급하고, 완전 까칠해요."

"한진욱 PD는 입에 침이 마르도록 칭찬하던데. 이준영 작가 일처리 꼼꼼하고 성격은 칼 같다고. '심장 소리'랑 '외상 센터' 작업하는 동안 쪽대본 보낸 일도 한 차례가 없었다면서."

"김 감독님은 어떻게 하고 싶으신데요?"

준영은 작정하고 부러 냉정하게 물었다. 태규가 곧바로 대답을 않고 시선을 회피해 버린다. 체념의 한숨을 내쉬는 태규의 초췌한 얼굴에 곤혹스러움이 넘쳤다.

"이 작가! 앉아서 얘기합시다. 이 정도면 되는 거지……요?"

준영은 눈가를 타고 번지는 웃음을 후다닥 지우고 아무렇지도 않은 얼굴로 자리를 찾아 다시 앉았다.

"보내 드린 대본은 읽어 보셨어요?"

"뭐, 대충. 미리 받은 4부까지는 나름대로 꼼꼼하게 읽었고, 엊그제 받은 5부랑 6부는 시간이 없어서 대충 훑어만 봤는데, 나쁘지는 않더라고……요. 진짜 못 해 먹겠네, 이것!"

혼잣말을 빙자한 태규의 신세 한탄을 준영은 듣고도 못 들은 척 넘겼다. 배낭 안에서 기획안과 7·8부 수정고를 꺼내는 준영의 표정이 자못 시치름하다.

ꞏꞏꞏꞏ

"우리 순둥이 이준영 작가님이 진짜로 그랬다고요?"

'프로덕션 온' 기획조정실 홍진주 대리가 도저히 믿을 수 없다는 투로 되물었다. 준영과 태규의 피 튀기는 전투 상황을

상세히 중계하던 춘희는 절로 흥이 나서 고개를 끄덕였다.

"그렇다니까. 아래턱을 이렇게 도도하게 치켜들고 얘기하는데, 목소리는 또 완전 싸늘한 거야. 김태규 PD가 손도 한번 못 써 보고 그대로 어퍼컷 한 방 먹었잖아."

"이준영 작가님 멋지다."

"멋지면 뭐하냐? 전투 마치자마자 속병 나서 뻗었는데."

혀를 차는 조광현 과장의 눈빛이 염려로 가득했다. 진주역시 걱정스러운 눈길로 굳게 닫힌 대표이사 사무실 출입문을 계속해서 힐끔거렸다.

"우리 이준영 작가님이 워낙 섬세해서 그래요. 착하기는 또 얼마나 착하다고요."

"그런 여리디여린 사람이 김태규 PD처럼 드센 남자랑 한바탕 쌈박질을 했으니 당연히 탈진을 하지."

"내 말이요. 양 실장님! 우리 이 작가님 괜찮을까요?"

진주가 급하게 춘희 쪽으로 시선을 옮기면서 물었다.

"너무 걱정하지 마. 본인도 한숨 자고 나면 괜찮아질 거라고 했잖아."

"아까 이준영 작가님 화장실에서 엄청 토하던데. 죽이라도 사 올까요? 뭐라도 먹어야 기운을 차리죠."

"그냥 둬. 토하고 나니까 오히려 속이 편하댔어."

마침 그때 투자자들과 중요한 만남으로 외부에 나갔던 지환이 돌아왔다. 옹기종기 모여 있는 세 사람을 향해 의아한 듯이 묻는다.

"무슨 일 있어?"

"이준영 작가님이 아파요. 김태규 PD 만나고 돌아와서 점심 먹은 것 다 토하고 난리도 아니었어요."

진주의 고자질을 듣자마자 얼음 막대기같이 차갑고 날카로운 지환의 눈초리가 곧장 춘희 쪽으로 날아갔다.

"어떻게 된 거야?"

"통상적인 기선 잡기 싸움이에요."

지환의 눈동자를 가득 메웠던 찬 기운이 봄눈 슬듯 사그라졌다. 춘희에게 다시 질문하는 지환의 입매 또한 유연하게 풀렸다.

"누가 이겼어? 설마 이 작가가 진 거야?"

"이준영 작가가 누구한테 지고 가만히 있을 성격이에요? 1라운드는 이 작가 완승, 2라운드는 김태규 PD가 가까스로 이겨서 체면은 살렸어요. 3라운드는 아직까지 무승부."

"1승 1무 1패면 나쁘지 않네."

"근데, 이준영 작가 부상이 심해요."

"얼마나 심한데? 전투에서 이기고도 부상 때문에 전쟁에서는 질 것 같아?"

"어쩌면요."

춘희의 표정이 꽤나 심각하다. 지환은 재빨리 주위를 둘러보았다. 대놓고 두 사람의 대화에 종긋 귀를 세운 진주와 광현의 모습이 제일 먼저 눈에 띄었다. 각자 책상을 지키고 앉은 여타 직원들 역시 업무보다는 춘희의 입에서 흘러나오는 이야기에 더 관심이 가 있을 터였다.

"양 실장! 나머지는 안에 들어가서 하자."

대표이사 사무실로 향하는 지환을 춘희가 다급히 붙잡았다.

"대표님! 이준영 작가가……."

"내 사무실에 있어?"

"네. 회사 안에 마땅히 누울 만한 곳이 없어서 대표님 사무실 소파에……."

"자?"

"그러기를 바라고 있어요. 지금 회의실 비었는데."

지환이 앞장서고 춘희가 조용히 뒤를 따랐다. 회의실 안으로 들어가는 두 남자의 뒷모습을 진주는 안타까운 눈길로 좇았다.

"조 과장님! 저기 가서 엿들으면 안 되겠죠?"

"알면 됐어. 가서 일이나 해."

털레털레 책상을 찾아 걸어가는 진주의 어깨가 축 늘어져 손끝이 사무실 바닥을 쓸 정도였다.

✦

지환이 쿡쿡 소리를 내어 웃었다. 기분 좋아서 웃는 것은 아니다. 춘희의 상황 보고가 재미있어서 웃는 것은 더더욱 아니다. 도드라진 짜증과 약간의 흥미 위에 하릴없는 황당함이 뒤섞인, 차가우면서도 메마른 웃음이었다.

"연애를 몸이 아닌 글로 배워서 이준영표 로맨스는 시시하다. 그 소리를 이 작가 면전에서 대놓고 했다고?"

"네."

"그 인간 미친 것 아니야?"

"김태규 PD 별명이 괜히 '미친Q' 겠어요?"

"이 작가 반응은?"

"얼굴색 하나 안 변하고 자기가 좀 퓨어하다면서 농담으로 받아치더라고요."

"용케도 참았네."

"이준영 작가 아무 데서나 본색 드러내지 않잖아요. 끽해야 대표님하고 저. 가끔 가다 최형석 상무님 정도. 자기 말로는 낯가림이라고 하는데, 제가 볼 때는 교활한 거예요. 매사딱 부러지게 똑똑한 데다 여우처럼 교활해서…… 우리 이작가 예뻐 죽겠다니까요."

춘희가 칭찬인지 비난인지 모를 소리를 지껄이고 혼자 좋다고 킥킥거렸다. 지환은 '우리 이 작가'라는 말에 공연한 심통이 났다. 어쩌면 '예뻐 죽겠다'는 소리가 귀에 더 거슬렸는지도 모르겠다.

"가증스러운 자식! 평소 교활함의 극치를 보여 주는 놈이 어디서 감히 누구한테 교활하대?"

"칭찬이거든요. 그것도 영혼이 듬뿍 깃들어 있는."

춘희가 정색을 한다. 지환은 얼굴을 들이밀고 달려드는 춘희의 이마를 집게손가락으로 툭 밀어 저만큼 치워 버렸다.

"나는 비난이다. 명명백백한 비난. 드라마 초반에 로맨스 보강하라는 것 말고 다른 요구 사항은 없었어? 김태규 PD가 이 작가 대본에다 빨간 펜으로 난도질까지 한 것은 아니지?"

"당근이죠. 김 PD가 인간성은 개차반이지만 대본 알아보는 눈은 제대로 박혔어요. 몇 개는 이준영 작가도 그 자리에서 바로 수긍하더라고요. 문제는 캐스팅이에요."

"캐스팅? 이 작가 지금까지 캐스팅 문제로 감독이랑 부딪친 적 없잖아. 오히려 감독한테 전권을 위임하는 스타일인데."

"그게 문제라고요, 그게! 이준영 작가한테 따로 마음에 둔 배우 없으면 캐스팅은 김 PD 본인이 알아서 하겠다고 하더니만⋯⋯. 와, 이것! 다시 생각하니까 쌍욕 튀어나오려고 하네. 그 '미친Q'가 여주인공으로 장사라를 쓰겠대요. 가수라는 애가 노래도 못해서 립싱크나 하고 앉아 있는 아이돌을 어디에 가져다 찍어 붙이냐고요."

춘희가 씩씩 거친 숨을 몰아쉬었다. 지환은 무표정한 얼굴로 서서 되도록 냉정을 유지하려고 했다. 그리고 목소리를 일부러 건조하게 만들었다.

"이 작가는 뭐래?"

"당근 팔짝 뛰었죠."

"대안은?"

곰곰 생각에 빠진 지환의 귓전에서 평소보다 3도쯤 올라간

춘희의 말소리가 윙윙거린다. 가뜩이나 수다스러운 녀석이 잔뜩 흥분해 시끄럽게 떠들어 댔다.

"그 뒤로도 아이돌 이름만 줄줄이 몇을 더 대다가 마지막에 가서야 고유진 카드를 꺼내 놓더라고요. 무조건 고유진으로 가겠다는 심보잖아요. 고유진 아니면 장사라인데, 그 상황에서 이 작가가 고유진도 안 된다고 깔 수가 없잖아요. 막말로 김태규 PD 농간에 놀아난 거죠."

"고유진이 나쁘지는 않아. 그만하면 연기력도 괜찮고. 오랫동안 섹스 심벌로 이미지가 굳어져서 부담스럽기는 한데……. 뭐, 어쨌든 드라마 초반부터 로맨스를 강하게 어필할 계획이라며? 이참에 아예 섹시 코드로 승부수를 띄우는 방법도 있어. 이준영표 섹시한 스릴러. 샤론 스톤의 '원초적본능'에 필적할 만한."

"우와! 역시 대표님은 짱짱맨이라니까요. 아이디어 대박! 비상구 빠끔히 열린 문틈으로 계단이 살짝 엿보이고, 그 위에 선홍빛 핏줄기가 뚝뚝 떨어지는 시뻘건 글씨로 '마지막 비상구' 타이틀을 박는 거예요. 밑에 자그만 글씨로 섹시한 스릴러. 이런 홍보 포스터도 으스스하니 완전 죽여주겠죠?"

춘희의 얼굴에 신바람이 넘쳤다. 아무튼 단순하기가 준영이나 춘희나 막상막하였다. 물론 최형석이라는 단순함의 최상급이 따로 존재하기는 하지만.

지환은 히쭉히쭉 좋다고 웃어 대는 춘희의 어깨를 말없이 도닥이고 이내 출입문으로 향했다.

이제 그만 준영을 보러 가야겠다. 몸은 괜찮은지 걱정도 되고, '섹시한 스릴러'라는 드라마 콘셉트를 빨리 알려 주고 싶기도 했다. 분명 준영의 기분도 단박에 좋아질 것이다.

두툼한 여닫이가 돌쩌귀 돌아가는 소리도 없이 조용히 열렸다. 미세한 소음을 듣고 준영은 소파에 누웠던 몸을 서둘러 일으켜 앉았다. 까치발을 한 채 사무실 안으로 들어서던 지환이 부스스한 준영의 움직임에 놀란 양 즉시 걸음을 멈추고 가만히 속삭인다.

"나 때문에 깼어?"

"안 잤어요."

"몸은 좀 어때?"

지환이 소파로 성큼 다가와 물었다. 준영은 일없이 기지개를 켰다. 여전히 멀미를 하는 것처럼 배 속이 메슥거리고, 두개골 왼쪽이 깨질 것처럼 편두통도 심했다. 그러나 아무렇지도 않은 척 시치미를 뗐다. 지환에게 공연한 걱정을 끼치고 싶지 않았다.

"괜찮아요. 이제 다 나았어요."

"약 안 먹어도 되겠어?"

"이깟 체한 것으로 무슨 약이에요?"

"급체로 죽는 사람도 있어."

"내가 의사거든요."

준영의 까칠한 대구에 지환이 살긋 웃는다. 조각상처럼 반듯하고 기품이 흐르는 얼굴 위로 살포시 볼우물이 파였다. 준영은 저도 모르게 지환의 두 뺨에 생겨난 보조개를 빤히 응시했다.

우묵 파인 저곳에 손가락을 대 보고 싶다.

상상만으로도 온몸이 전율하듯 저릿저릿 떨렸다. 세찬 들불처럼 일어나는 충동에 소스라쳐 후다닥 떨리는 두 손을 무릎 위에서 힘주어 마주 잡았다.

행여나 손이 제멋대로 지환을 향해 달려 나갈까 두려웠다. 깍지 낀 손가락과 손가락 사이로 묵주 반지가 잡힌다. 그제야 부지불식간 찾아든 떨림이 조금씩 잦아들었다.

"죽이라도 좀 먹을래?"

지환이 근처 창가에 놓인 원목의자를 소파 쪽으로 끌고 오면서 물었다. 준영은 고개를 가로저어 대답을 대신했다. '죽'이라는 소리에 가까스로 가라앉혀 놓은 토기가 도로 올라왔다.

"배 안 고파?"

지환이 다시 물었다. 준영은 이번에도 말없는 도리질만 쳤다. 그런 준영을 지환이 흘낏 내려다보더니 원목의자를 빙그르 돌려 등받이가 그녀 쪽으로 향하게 만들었다. 그리고 원목의자 위에 올라타듯 다리를 벌리고 앉았다.

"우리 쪽에서 김태규 PD를 까 버릴까?"

"왜요?"

"그 몹쓸 인간이 자꾸 우리 이준영 작가를 힘들게 하잖아."

지환이 원목의자 등받이에 양팔을 차례로 포개어 놓고 그 위에 턱을 괴었다. 순간적으로 준영은 숨을 멈추었다. 주위의 공기마저 흐름을 멈춘 듯했다. 고개를 한쪽으로 기울이며 빙긋이 미소 짓는 지환의 모습에 불현듯 가슴이 달았다. 심장이 뛴다. 콩, 콩, 콩.

"뭘 그렇게 빤히 쳐다봐?"

지환이 도무지 말이 없는 준영을 지그시 응시하며 한 차례 더 싱긋 웃었다. 보조개가 보이지 않는데도 미소가 넘치도록 다정해서 준영은 하마터면 눈물이 날 뻔했다.

"감동 받아서요. 한번 해 보는 말이라는 것 아는데도 엄청 기분 좋아요. 대표님이 무조건 내 편이라니까 그냥 막 좋아요."

"입에 발린 소리 아닌데. 내 진심을 증명하려면 김태규 PD를 확 까서 버리는 수밖에 없겠군."

"그러지 말아요."

준영의 손사랫짓이 바삐 오갔다. 지환의 눈매가 딱딱하게 굳으면서 동시에 눈빛 또한 날카롭게 변했다.

지환은 잠시 호흡을 가다듬었다. 되도록 언짢은 기분을 내색하지 않으려고 했는데도 말소리가 여지없이 비딱하게 나간다.

"지금 내 앞에서 김태규 PD 편드는 거야? 아직도 김태규

PD한테 잘 보이고 싶어?"

"아니요. 대표님 때문이에요."

"나?"

"대표님한테 감동 받고 새 힘이 솟았거든요. 갑자기 기운이 막 나요. 새로 솟은 이 힘으로 악의 무리를 물리치려고요."

준영은 일부러 함초롬하니 앉아 농담을 마치 진담인 듯, 어쩌면 진담을 흡사 농담인 양 이야기했다.

껄껄껄, 지환이 큰 소리로 웃는다. 돌화살촉같이 뾰족하던 먹빛 눈동자가 둥근 아몬드 모양으로 연하게 굽었다. 야트막히 흘러 속살거리듯 준영을 향해 다가서는 목소리마저도 전에 없이 달콤하고 부드러웠다.

"이 작가가 파워레인저 핑크였어?"

까르르까르르, 준영의 입술 사이로 웃음이 터졌다. 느닷없이 시작된 웃음소리가 자꾸만 들끓어 걷잡을 수 없이 쏟아진다.

저절로 몸이 소파 위를 구르며 숨이 넘어가고 눈물이 날 정도였다. 행복하다. 메슥거리던 복통도, 쪼개질 듯 아프던 두통도 거짓말처럼 말끔하게 나았다.

나른한 봄볕으로 가득 찬 사무실 안에 준영이 쏟아 내는 웃음소리가 어떤 파문처럼 넓게 동심원을 그리면서 퍼져 나갔다.

"뭐가 그렇게 웃겨?"

"좋아서요. 기분 좋아서요. 든든한 내 편이 있다는 것, 이렇게 기분 좋은 일이구나 싶어서요."

"그러니까 까 줄게. 김태규 PD 까 버리고 이번에도 한진욱 PD랑 작업하자."

"나요, 이래 봬도 프로예요. 그깟 기 싸움에서 좀 밀렸다고 함께 작업하기로 한 상대를 일방적으로 까 버리는 짓은 안 해요. 반칙이잖아요."

야무진 준영의 대답에 지환이 미소를 지었다. 상냥하면서도 깊은 눈빛이 '제법인데'라고 말하는 것 같았다. 그것까지도 준영은 좋았다.

"양춘희 실장 말로는 전혀 밀리지 않았다던데. 현재 스코어 1승 1무 1패라면서?"

"오늘 미팅 얘기 들었어요?"

"대충. 김태규 PD가 로맨스 보강하자고 했다며? 수정할 거야?"

"당연히 수정해야죠. 스릴러가 너무 강해서 지금 대본대로 가면 시청률 장담 못 한다잖아요."

"……고유진, 마음에 안 들지?"

지환이 넌지시 물었다. 준영은 대뜸 눈부터 흘겼다.

"뭐야, 대충 들은 것 아니잖아요?"

"자세히 들은 것도 없어. 고유진은 어떻게 하고 싶어? 까, 말아?"

"모르겠어요. 나쁘지는 않은데, 그렇다고 고유진 카드가 베스트는 또 아니니까. 김태규 감독이랑 한판 붙을 각오로 확까 버리는 것이 맞는지, 좋은 게 좋은 거라고 이대로 수긍하고 넘어가는 편이 나은지. 마음이 오락가락해요."

준영이 무의식중 김태규 PD를 감독으로 부르고 있었다. 이미 태규와 한배를 타기로 뜻을 굳혔다는 의미였다.

"김 PD랑 작업하려고 마음먹었으면 고유진 카드는 못 이기는 척 받아들여. 그게 순리야. 고유진이 가진 섹스 심벌 이미지를 십분 활용해서 이번 드라마 콘셉트는 섹시한 스릴러로 가자. 이준영표 섹시한 스릴러."

"어머, 정말 좋다! 누구 아이디어예요? 대표님?"

준영의 얼굴빛이 금세 활짝 피었다. 역시 춘희만큼 단순하다. 지환은 등허리를 곧추세우고 짐짓 거들먹거렸다.

"당연히 내 머릿속에서 나왔지. 나 말고 또 누가 이런 끝내주는 아이디어를 낼 수 있겠어?"

"대표님 정말 멋있어요. 완전 짱!"

준영이 엄지 두 개를 동시에 세웠다. 한껏 밝아진 준영의 기분을 지환은 최대치까지 끌어 올려 주고 싶었다.

"남자 주인공으로 생각해 둔 배우 있어?"

"있으면, 캐스팅해 줄 거예요?"

"까짓 해 주지, 뭐."

"몸값 엄청 비싼 배우라도 괜찮아요?"

"그것은 좀 곤란한데……."

지환은 마지막 음절을 기다랗게 늘여서 발음하며 놀렸다. 준영이 샐쭉 토라져 눈초리를 비쭉 빗뜬다.

"뭐예요? 좋다 말았잖아요."

"누구인데?"

"캐스팅해 줄 것도 아니면서."

"얘기나 해 봐. 혹시 모르잖아."

"됐거든요."

등을 돌리고 앉은 준영의 귓가로 듣기 좋은 중저음이 느릿느릿 감겨든다. 놀리듯 웃음기 밴 지환의 말소리가 언제나처럼 깊고 묵직했다.

"남자 주인공 캐스팅, 쉽지 않을 거야. 광기로 착각할 만큼 이글이글 불타는 눈동자에 머리부터 발끝까지 섹시함이 줄줄 흘러야 한다면서? 그 정도 비주얼을 갖춘 남자가 어디 흔해야 말이지."

대표님 있잖아요. 패션모델을 능가하는 탄탄한 몸매와 대한민국 최고 조각 미남 강빈과 견주어도 손색없을 만큼 완벽한 얼굴. 냉철함 속에 깃든 다정함, 차가운 불꽃인 듯 날카로우면서도 뜨거운 눈빛, 손가락 움직임 하나까지도 관능적인 남자. 바로 당신!

차마 소리가 되지 못한 준영의 본심이 욱신욱신 옥죄는 가슴 언저리를 맴돌며 시끄럽게 와글거렸다.

"비느님이요."

"갑자기 웬 외계어야?"

"대한민국 4대 느님을 모른단 말이에요? 유느님, 연느님, 비느님, 치느님. 이래서 신문만 보면 사람이 바보가 된다니까. 네이트 판을 하라고요, 판을."

준영은 속절없는 본심을 들키지 않으려 흐드러진 수다로 연막을 쳤다. 지환이 마주 물린 잇새로 헛숨을 크게 들이마신다. 까불지 말라는 경고였다.

"쓰으! 비느님인지 비누님인지, 그게 누구야? 강빈?"

"알고 있으면서……."

"굳이 네이트 게시판 안 해도 그 정도쯤은 눈치로 알겠다. 유재석, 김연아, 강빈, 치킨."

"대표님 정말 얄미워요. 최형석 상무님 말대로 너무 잘나서 싫다고요."

준영은 심통 난 아이처럼 양쪽 볼을 동그랗게 부풀렸다.

지환이 고개를 뒤로 젖히고 껄껄껄 웃었다. 기분 좋아서, 진짜 즐거워서 웃는다는 것이 확연하게 느껴졌다. 두 눈을 가리듯 오른손으로 이마를 짚는 지환의 얼굴에 선명한 볼우물이 새삼스러웠다.

"강빈 지난 5년 동안 영화만 찍은 것 알지?"

"알죠. 퍽 하면 날밤 까는 빡빡한 촬영 스케줄 때문에 드라마라면 학을 뗀다는 것도 잘 알죠."

"캐스팅 성공하면 이 작가 나한테 뭐 해 줄래?"

"진짜로 강빈 캐스팅해 줄 거예요? 뭐 받고 싶은데요? 당장 종신 계약서에 도장 찍을까요? 노예 계약이라도 상관없어요."

준영은 손뼉까지 치며 좋아했다. 기뻐 어쩔 줄 모르는 그녀를, 지환이 깊이를 알 수 없는 우물 같은 눈으로 물끄러미 바라봤다. 준영의 진심을 알고 싶다는 듯이, 한참이나.

"강빈이 그렇게 좋아?"

"나도 여자라고요. 7세 이상 70세 미만 대한민국 여성 아무나 붙잡고 물어 봐요. 강빈이라면 하나같이 꺅꺅 숨넘어갈 테니까."

"김태규 감독이 오케이 할까?"

"당연히 오케이 하죠. 김태규 감독이 미치지 않고서야."

"김태규 감독, 별명이, 뭔지 알아?"

지환이 의미심장하게 속삭였다. 준영은 돌연 등골이 섬뜩해짐을 느꼈다. 소리 없이 고개만 가만가만 내저었다. 지환이 대단한 비밀이라도 알려 주는 사람처럼 사뭇 은밀하게 목소리를 낮춘다.

"미친, 큐."

'Q' 라는 소리에 촬영 현장 큐 사인을 받은 배우처럼 준영의 입에서 숨죽인 한숨이 터졌다. 그깟 날숨 한 자락이 무겁고 길게 흘렀다.

"아무리 설마…… 강빈인데? 흥행 보증 수표, 충무로 최고 몸값을 자랑하는 강빈이라고요. 대한민국 모든 여자들의 로망."

"7세 미만 70세 이상 대한민국 여성은 제외해야지."

"농담할 기분 아니에요. 진짜로 김태규 감독이 강빈을 깔까요?"

"그거야 나도 모르지. 김태규 감독 마음이니까."

"강빈 캐스팅해 줘요. 꼭! 꼭! 꼭!"

준영은 '꼭'이라는 소리에 맞추어 기도하듯 하나로 모은 두 손을 지환의 눈앞에서 흔들었다. 지환이 조금은 어이없다는 양 쿡쿡 어깨를 흔들면서 웃었다.

"이 작가가 이렇게까지 부탁하는데, 한번 시도나 해 볼까?"

"캐스팅 성공하면 대표님이 하라는 대로 다 할게요. 약속해요."

"나중에 딴말이나 하지 마."

"각서 써요?"

"각서 말고 보조 작가는 어때?"

"전에 분명 싫다고……."

잠긴 듯 억눌린 채 흘러나오는 준영의 말소리를 지환이 부드럽지만 단호한 태도로 무질렀다.

"그러지 말고 이번 기회에 이 작가 작업실에도 보조 작가 한 명 들이자. 자료 조사도 시키고, 원고 정리도 시키고, 글 쓰다가 막히면 둘이서 상황 재현으로 풀기도 하고."

준영은 고개를 돌려 시선부터 피했다. 조가비처럼 앙다문 입매는 점점 굳어 가고 가느스름하게 말아 뜬 눈매는 서늘히 식었다. 몇 년째 보조 작가를 들이는 문제로 지환과 낯을 붉히는 상황이 반복되고 있다.

"낯선 사람이랑 한공간에서 숨쉬고, 밥 먹고, 잠자고. 나

못 해요. 낯가림이 심해서 친하지 않은 사람과는 말 섞는 일조차 힘겹고 싫다고요."

"이번에 새로 계약한 김서우 작가는 몇 번 얼굴 봤잖아."

"몇 번 얼굴 봤어도 나한테는 낯선 사람이나 마찬가지예요."

"기획조정실 홍진주 대리는 어때? 작가 지망생은 아니지만, 자료 조사랑 원고 정리쯤은 충분히 해낼 거야. 이 작가 홍 대리랑은 곧잘 어울려서 얘기도 하고 전에 한두 번 밥도 같이 먹었잖아."

준영은 대답을 회피한 채 소파에서 몸을 일으켰다. 말없이 지환을 지나쳐 그대로 출입문 쪽으로 향했다. 지환이 낚아채 듯 준영의 손목을 붙잡았다. 이름을 부르는 목소리가 몹시 낮으면서도 매끄러워 도리어 강단지게 들렸다.

"이준영! 낯가린다는 핑계로 언제까지 세상이랑 담 쌓고 살래?"

"싫은 것은 싫은 거예요. 나는 사람이 싫다고요. 낯가림이 핑계같이 느껴지면 일종의 대인기피증이라고 생각해요. 그래요, 나 대인기피증 환자예요. 이제 됐죠?"

"무조건 피하려고만 들지 말고 사람들이랑 좀 어울려. 자주 만나서 자꾸 부딪쳐야 친구도 생기지. 친구 하나 없이 이렇게 살고 싶어?"

"친구 필요 없어요. 필요 없다고요!"

준영이 신경질적으로 소리를 질렀다. 지환은 바르작거리

는 준영의 손목을 더욱 힘주어 움켜잡았다. 단단한 고리처럼 감기는 손가락 아래 약동하는 맥박이 미친 듯 뛰어오른다.

저도 모르게, 본능이 시키는 대로, 보드라운 손목 안쪽 빠르게 맥이 뛰는 살갗을 엄지로 쓸었다.

준영이 움찔 놀라 숨을 크게 들이마셨다가 길게 뱉었다.

"하아."

"준영아, 제발……."

목멘 한숨처럼, 어쩌면 달뜬 신음처럼, 준영의 이름이 사리문 지환의 입술을 비집고 새어 나왔다.

"그렇게…… 부르지 말아요."

준영이 금방이라도 울 것 같은 얼굴로 눈을 감아 버린다. 아파서, 그 표정이 너무 아파서, 지환은 숨을 쉴 수가 없었다. 준영의 손목을 붙잡고 있던 손가락에서 스르르 힘이 풀렸다.

이내 준영이 사무실 밖으로 달려 나갔다. 억눌린 흐느낌 같은 소리가 굳게 닫히는 출입문 틈으로 스며들었다. 홀로 남겨진 지환의 가슴을 타고 잔향처럼 아스라이 번졌다.

지환은 멍하니 천장을 올려다보았다. 얼마나 오랜 시간 천장 한가운데 매달린 샹들리에의 화려한 불빛을 바라보고 앉아 있었을까. 갑자기 무엇인가가 왈칵 하며 가슴을 치고 올라 목구멍을 싸하게 메웠다.

삐꺼덕삐꺼덕 이상하고 끔찍한 소리가 목울대 안에서 울렸다. 멈추고 싶은데, 어떻게든 삐꺼덕거리는 소리를 멈추고 싶은데, 도무지 멈출 수가 없다. 소리를 그치려 어찌나 안간힘을 썼는지 몸이 떨리고 이가 시큰거렸다.

마침내 지환은 참았던 숨을 헉 하고 들이마시며 부서진 유리 조각처럼 날카롭게 일그러지는 얼굴을 양손바닥에 깊이 파묻었다.

"젠장! 이준영, 너……."

## Chapter 7

어느 시리도록
멋진 봄날

　사무실 안으로 들어서던 '조강 엔터테인먼트' 조한성 사장
은 소파 위 길게 누운 강빈을 발견하고 의아한 눈길을 보냈
다.

　"여기서 뭐해? 광고 촬영은 어쩌고?"

　"비 때문에 취소됐어. 이래서 날씨에 좌지우지되는 야외
촬영은 싫다니까. 짜증 나."

　강빈이 말꼬리를 끌면서 소파에 누웠던 몸을 천천히 일으
켜 세웠다. 타고난 천성이 좋게 말해 유유자적, 나쁘게 말하
면 게으른 탓에 평소 말과 행동이 지나치게 느긋했다.

　한성은 깨나른한 기지개를 켜는 강빈의 맞은편에 자리를
잡고 앉았다.

　"촬영 스케줄 취소됐으면 집에 가서 쉬지 않고?"

"집에 가면 뭐하우? 잠밖에 더 자겠어? 이제 슬슬 일 좀 합시다. 괜찮은 시나리오 들어온 것 없우?"

"쉴 수 있을 때 푹 쉬어. 얼른 집에 가라. 백수처럼 사무실에 늘어져 있는 꼴 보기 싫으니까."

"아무도 없는 빈집에는 왜 자꾸 들어가래? 내가 형처럼 같이 놀 와이프가 있기를 하우, 재롱떠는 자식새끼가 있기를 하우?"

"쓸데없이 신세 한탄하는 꼴이 또 심심병 도졌구먼. 결혼이 그렇게 하고 싶냐?"

"두말하면 입 아프지. 서른다섯 신체 건강한 사내새끼가 결혼하기 싫으면 그게 더 이상하지."

"그럼 하든가?"

"결혼을 나 혼자 해? 정작 중요한 여자가 없잖우, 여자가!"

강빈이 씁쓸한 표정으로 앉아 껄렁하니 이야기했다. 한성의 입에서 어이없는 웃음이 터졌다.

"천하의 강빈한테 여자가 없다면, 누가 믿겠어?"

"내 말이 그 말이우. 일간지 연예란에 스캔들 기사라도 한번 나 봤으면 소원이 없겠다니까. 오죽하면 디스패치*에서조차 포기한 남자라는 소리를 듣겠냐고."

"미친놈! 너 인마, 지금 이 자리까지 어떻게 올라왔는지 벌써 잊었어? 스캔들 없는 건강한 이미지, 그것 하나로 여기까

---

*디스패치:유명인 열애 특종을 주로 다루는 인터넷 신문.

지 힘들게 온 거잖아. 얼굴 잘생긴 것? 오래 못 간다. 물론 못생긴 놈들은 아예 처음부터 가지도 못하지만. 너한테 여자 생겼다고 기사 떠 봐, 당장 네 팬들 중에 절반은 손들고 나가 떨어질 테니까."

"아직은 일이 좋습니다. 결혼은 생각해 본 적도 없습니다. 이딴 가식적인 인터뷰나 하면서 혼자 쓸쓸히 늙어 갈까? 형은 진짜로 내가 독거노인으로 늙어 죽었으면 좋겠우?"

강빈이 어지간해서 풀어 놓지 않는 독설을 작정하고 쏟았다. 한성은 손에 들고 온 대본을 시큰둥하게 앉은 강빈의 무릎 위로 던졌다.

"마흔. 딱 40까지만 여자는 잊고 미친 듯이 일해. 팬들이 만날 너한테 하는 소리 있잖아. 제발 소처럼 열심히 일해 달라고."

"아주 그냥 내 몸에서 사리를 캐내지? 웬만한 소쿠리 하나는 족히 채우고도 남을 텐데. 이것은 또 뭐래?"

강빈이 쳇, 하고 혀를 차다 말고 금세 반가운 표정으로 대본을 집어 들었다.

누가 보아도 강빈은 천생 배우였다. 몸이 아파 열이 40도까지 치솟고도 감독의 큐 사인 하나에 얼음을 깨고 들어가 30분을 찬물 속에 버티고 앉았던 지독한 녀석.

스무 살짜리 햇병아리의 열정에 반해 한성은 가진 재산을 탈탈 털어 강빈이라는 배우 한 사람을 위한 매니지먼트 회사를 차렸다. 그렇게 15년을 친형제처럼 동고동락해 왔다.

"일하고 싶어서 좀이 쑤신다며? 이준영 작가 이번 여름에 새 작품 들어간다더라."

"드디어 이준영 작가가 충무로 영화판으로 나오는 거야?"

"영화 아니고 드라마. SBC 7월 중순 편성이래."

"좋다가 말았네. 군대 갔다 온 이후로 나 절대 드라마 안 하잖우. 형도 알면서."

"이준영 작가 영화 찍으면 주인공 아니라도 괜찮으니까 함께 작업하고 싶다고, 너 허구한 날 노래 불렀잖아."

"그러니까 영화. 드라마 말고."

강빈이 어림없다는 식으로 짧은 손사랫짓을 휙 내저었다. 그럼에도 미련은 남는지 '마지막 비상구' 대본을 손에서 내려놓지 못했다.

한성의 입가로 보일락 말락 회심의 미소가 걸렸다. 강빈이 마음먹기에 따라 소속사 신인 여배우 마해나의 드라마 동반 출연도 가능해진다. 게다가 투자 지분의 일부를 나누어 주겠다는 지환의 언질까지 받아 놓은 상태였다.

"이준영 작가가 이번 드라마 주인공은 너를 염두에 두고 썼다더라. 네 팬이래."

"참말?"

"그래, 참말. 좋으냐? 헤벌쭉, 입이 아주 귀까지 찢어지네. 서울중앙지검 특수부 열혈 검사 역할이야. 캐릭터가 입체적이면서 매력이 철철 넘쳐. 너도 대본 읽어 보면 훅 반할걸."

"드라마는 촬영 스케줄이 너무 빡빡해서 싫은데……."

강빈이 기다랗게 숨을 내쉬었다. 탄식보다는 체념의 한숨에 더 가까웠다. 강빈의 마음이 어느 정도 돌아섰다 여겨도 무방했다.

"이준영 작가 데뷔하고 지금까지 쪽대본 내보낸 적 한 번도 없었대."

"우와! 글발만 죽여주는 게 아니었구나. 역시 진정한 프로는 뭐가 달라도 다르다니까."

"4월 마지막 주 전후로 출연 배우들 모여서 대본 리딩 하고, 5월 중순부터는 촬영 들어갈 거랬어. 반은 사전 제작이라고 봐도 무방해. 쪽대본 사태만 일어나지 않으면 촬영 스케줄 그렇게 빡빡하지 않을 거야."

"엄청 고민되네. 영화면 무조건 하겠고만. 이준영 작가, 영화 시나리오는 쓸 생각이 없대?"

"소속사 송지환 대표도 모르는 일을 내가 어떻게 알아? 일단 대본이나 읽어 봐. 그리고 다시 얘기하자."

"읽고 말고 할 것도 없어. 이준영 작가 대본이잖아. 드라마 줄거리야 딱 내 취향일 테고, 캐릭터 싱크로율까지 백 퍼센트 나올 것 뻔해. 그동안 이준영 작가가 쓴 드라마 보면서 내가 얼마나 열광했는지 형도 잘 알잖우?"

"그럼 하자. 고민하고 자시고 할 것도 없네. 오랜만에 드라마 출연도 나쁘지 않아. 오히려 좋지. 팬들이랑 좀 더 긴 시간 가깝게 교감하는 일도 가끔은 필요한 법이야. 드라마는 그런 장점이 있잖아."

"형 생각이 정 그렇다면 얼굴이나 한번 봅시다. 이참에 이준영 작가랑 밥 한 끼 먹지, 뭐."

"잘 생각했다. 다음 주로 미팅 잡는다?"

"아직 드라마 하겠다고 말한 것 아니우. 만나서 밥이나 한번 먹자는 뜻이지."

"하여간 끝까지 튕기기는……. 알았어, 인마!"

잔디 위에 찬이슬이 두텁게 내려앉아 있다. 한낮의 태양이 구름을 뚫고 나와 말간 햇발을 쏟아 내자 조롱조롱 맺힌 이슬방울들이 제각각 영롱한 빛깔로 반짝거린다.

사금파리를 흩뿌려 놓은 것 같은 그 빛무리에 이끌리기라도 한 듯, 어디선가 날아든 굴뚝새 한 마리가 여린 날개깃을 접고 먹이를 찾아 종종걸음 쳤다.

지환은 숨죽여 가만가만 찬이슬로 덮인 뒷마당을 가로질렀다. 어깨에 짊어진 새둥지 모양의 등나무 그네가 제법 무거운 터라 발걸음을 내딛을 때마다 저절로 숨이 차올랐다. 그럼에도 한 자락의 숨소리조차 허투루 입 밖으로 흘려보내지 않으려 노력했다. 되도록 준영을 방해하고 싶지 않아서였다.

몇 날 며칠 불야성을 이루던 준영의 작업실 전등 불빛이 오늘 새벽에야 겨우 사그라지는 것을 확인했다. 그때껏 밤낮을 잊은 채 글쓰기에 몰두하다 끝내 기진해져서 잠자리에 들 었음이 틀림없었다.

지환은 커다란 새둥지 그네를 아름드리 떡갈나무 아래 조심스럽게 내려놓았다. 타운하우스가 조성되기 훨씬 전부터 이곳에 자리 잡고 군락을 이루던 나무였다.

지금은 개발 붐으로 군락지가 파괴되어 몇몇 그루만이 정원수로 남은 형국이지만, 50년 수령을 자랑하는 떡갈나무의 위용은 여전히 크고도 대단했다.

흐트러진 숨결을 가다듬으며 떡갈나무 줄기 중 가장 튼튼한 나뭇가지를 눈으로 가늠해 찾았다. 우람한 나무줄기 한가운데 삼을 꼬아 엮은 동아줄을 걸고 쇠고리로 새둥지 모양의 본체와 연결해 주면 야외용 해먹을 대신할 멋들어진 외줄 그네가 완성될 것이다.

미리 준비해 놓은 접이식 사다리를 타고 올라 연결 작업을 서둘렀다. 뚝딱 해낼 것 같았던 마음과 달리 막상 모든 과정이 쉽지만은 않았다.

동아줄과 쇠고리는 매번 꼬이고, 목장갑을 낀 양손은 이래저래 어긋나가기 일쑤였으며, 사다리 하나에 의지해 공중에서 몸의 균형을 잡는 것은 불가능에 가까웠다.

우여곡절 끝에 가까스로 동아줄을 떡갈나무 줄기에 걸고 나자 뻣뻣하게 굳어 버린 등골로 때 아닌 식은땀이 흘렀다.

"도와줄까요?"

어디인가 잠긴 듯한, 그래서 더 달콤하게 들리는 목소리가 사다리 상단에 놓인 지환의 발뒤꿈치를 휘감았다. 놀라 후다닥 아래를 내려다보자 준영이 또랑또랑한 눈망울로 올려다본다.

"도와줘요?"

"안 잤어?"

"퉁탕거려서 깼어요."

"많이 시끄러웠어?"

지환은 사다리 계단을 단번에 두 개씩 밟아 황급히 마당으로 내려섰다. 소리를 내지 않으려 사뭇 조심했는데도 끝내 준영의 단잠을 깨우고 말았나 보다. 미안하기도 하고 신경 쓰이기도 했다.

멋쩍어 어설피 미소 짓는 지환의 시선을 곧이곧대로 받아내지 못하고 준영은 슬그머니 눈길을 피했다.

"어느 정도 잠에서 깬 상태였어요. 일어나기 싫어 뒤척이는데 뒷마당 쪽에서 덜거덕덜거덕 소리가 나잖아요. 무슨 일인가 싶어서 나왔어요."

"이 작가 자는 동안 후딱 해치우고, 일어났을 때 깜짝 놀라게 만들려고 했는데……."

아쉬워하는 지환의 목소리가 다정히 흘러, 여전히 시선을 마주 대하지 못하는 준영의 귓가로 가만히 스몄다. 준영은 어깨를 잇대듯이 한 걸음 더 가까이 다가와 서는 지환의 얼굴을 살짝 곁눈으로 올려다보았다. 화사한 봄날 투명한 햇발에 비낀 모습이 문득 아스라했다.

그날 사무실에서 뛰쳐나온 이후 지환을 대하기가 거북살스러운 준영과 달리 그는 아무렇지도 않은 양 평소와 다를 바가 없었다. 그녀 혼자만 좌불안석 끙끙 앓았던 꼴이 못내 헛되고 우습게 느껴졌다. 이럴 줄 알았으면 30분 넘게 창가 블라인드 뒤에 숨어 마당으로 나갈까 말까 고민하지도 않았을 것이다.

준영은 얼굴빛도 말소리도 자못 심상하게 꾸몄다.

"서프라이즈 선물이에요?"

"응. 일종의 뇌물."

"선물이라 쓰고 뇌물이라 읽는다. 왜요?"

"어?"

지환이 구레나룻을 타고 흐르는 땀을 닦아 내다 말고 어리둥절한 표정을 지었다. 휘둥그렇게 뜬 눈동자, 가맣게 먼지가루가 묻은 콧방울, 샐긋하게 벌어진 입술. 그 모습이 묘하게 우스워서 준영은 웃음이 났다.

처음에는 그저 쿡쿡 자그마하던 웃음소리가 한 번씩 어깨가 들썩거릴 때마다 제멋대로 커져만 갔다. 마치 눈덩이가 눈밭을 구를 때마다 눈에 띄게 부피를 늘려 나가는 것처럼.

까르르까르르 통제 불능에 가까운 웃음소리가 막무가내로 쏟아진다. 불과 10분 전만 해도 자신이 이렇듯 지환과 나란히 서서 포복절도할 줄은 상상도 못 했다. 난데없이 터져 버린 웃음소리에 떠밀려 케케묵은 체증이 아래로 쑤욱 내려가는 느낌이었다. 몸도 마음도 한결 가벼웠다.

"뭐야? 뜬금없는 말에 갑작스러운 웃음. 이 작가 왜 이래? 사람 민망하게. 진짜 이럴 거야?"

따지듯 몰아붙이는 지환의 미간 위로 못마땅해하는 주름이 잡혔다. 기분이 나빠서라기보다 이유 없는 장난, 어떤 놀림에 더 가까웠다.

"미안……해요. 그냥, 웃음이…… 나와서요. 나도, 내가…… 왜 이러는지 모르겠어요."

간헐적인 말소리와 억지로 끅끅 웃음을 삼키는 소리가 어지럽게 뒤섞였다. 이야기하는 당사자인 준영조차 스스로가 지금 웃는지 우는지 분간하기 어려울 지경이다. 너무 웃느라 눈물이 다 났다.

준영은 오른손으로 아랫배를 움켜잡은 채 남은 왼손으로 눈가에 맺힌 물기를 닦아 냈다. 지환이 알다가도 모르겠다는 식으로 고개를 설레설레 저었다.

"조증이야?"

"그런가 봐요."

"울증보다 낫네. 이유야 어쨌든 웃으니까 보기는 좋다."

지환이 싱긋 미소를 짓더니 커다란 새둥지처럼 생긴 등나무 그네를 볼끈 안아 들었다. 준영은 재빨리 접이식 사다리 발판 위로 오른발을 내딛었다.

"도와줄게요. 여기 나무줄기에 매달아 놓은 밧줄이랑 저기 새둥지 꼭대기에 달린 갈고리를 서로 연결하면 되는 거죠?"

"이 작가는 옆에서 지켜보기만 해. 이것 뇌물이라고 했잖

아. 이 작가가 도와주면 뇌물로서 가치가 그만큼 떨어지니까."

"그러지 말고 나랑 같이해요. 밧줄이 움직여서 갈고리 걸기가 쉽지 않을 거예요."

"싫어. 혼자 할 거야."

"고집불통!"

"누가 할 소리?"

지환은 티격태격 준영과 말씨름하는 와중에도 그네 본체와 외줄을 하나로 연결하려는 시도를 계속했다. 역시나 동아줄이 요리조리 흔들리고 출렁거려 매번 쇠고리가 다른 방향으로 어긋나갔다.

"그것 봐요. 내가 뭐랬어요? 우리 둘이서 하면 한 번에 걸 텐데."

"됐습니다요."

"아무튼 고생을 사서 한다니까. 그네 빨리 타고 싶다고요."

"조금만 참아. 금방 연결해 줄게."

"치이! 어느 세월에……. 또 엇나갔잖아요."

"이봐! 좀 조용히 해 주지 않을래? 도무지 작업에 집중할 수가 없잖아."

"본래 일 못하는 사람이 애꿎은 연장만 탓하는 법이에요."

준영은 부러 목소리를 뾰로통하니 쏘았다. 곧장 되받아치는 지환의 얼굴 가득 장난기가 넘친다. 뻔뻔하고 짓궂게도 지환은 말도 안 되는 핑계를 가져다 붙였다.

"어쩐지 아까부터 쇠고리가 삐뚤어진 것 같더라니. 내가 못 거는 것 아니야. 쇠고리가 빼딱하게 틀어진 거지."

"완전 엉터리!"

타박 아닌 타박을 보태는 준영의 입술을 뚫고 기분 좋은 웃음소리가 터졌다. 그 위로 유쾌하게 울려 퍼지는 지환의 웃음소리가 촘촘히 덧입혀진다. 한참을 껄껄껄 웃다가 어느 순간 지환이 짧게 환호했다.

"예스! 걸렸다. 어디 얼마나 높이 올라가는지 볼까?"

지환이 대롱대롱 외줄에 매달린 등나무 그네를 힘껏 공중으로 밀었다. 커다란 새둥지가 통째로 먼 하늘을 향해 날아올랐다가 거스를 수 없는 중력에 이끌려 사뿐히 땅으로 내려앉았다. 준영은 푸코의 진자처럼 쉼 없이 흔들리는 외줄 그네 쪽으로 달려갔다.

"타 볼래요."

"잠깐만. 시승식 거행하기 전에 예쁘게 장식부터 하고."

지환이 골판지 상자에서 무엇인가를 주섬주섬 꺼내 새둥지 안으로 차곡차곡 옮겨 놓았다. 타원형의 새하얀 쿠션 다섯 개가 외줄 그네 바닥과 아래쪽 벽면을 빈틈없이 채웠다. 아늑한 등나무 둥지 속에 다섯 개의 알이 옹기종기 모여 있는 양 자못 앙증맞다.

"이게 뭐예요?"

"새알 쿠션."

"비 맞으면 어쩌려고요?"

"천연 물소 가죽에 방수 효과 백 퍼센트. 안 예뻐?"

"예뻐요. 무진장 예뻐서 감히 깔고 앉을 수가 없잖아요."

"괜찮아. 깨지는 것 아니니까."

"그래도 새알이잖아요."

"뭐 어때, 엉덩이로 품어 준다 생각하면 되지."

지환이 풋 하고 웃었다. 깨지지도 않을 알들이 깨질까 무서워 차마 그네에 주저앉지 못하고 망설이는 준영의 어깨를 두 손으로 꾹 눌렀다.

봄바람에 실려, 때로는 중력에 이끌려 이리저리 흔들리는 외줄 그네 안이 진짜 둥지라도 되는 것처럼 포근하고 안락하다.

"이 그네, 나한테 주는 것 맞아요?"

"응. 이준영 전용. 마음에 들어?"

"엄청 많이."

"밀어 줄까?"

"너무 높이는 싫어요."

"살살 밀게."

새둥지 뒤쪽으로 돌아갈 줄 알았던 지환이 준영을 마주 대한 상태 그대로 허리를 숙여 등나무 그네를 밀었다. 가볍게 잠깐 공중으로 떠올랐던 새둥지가 금세 지환을 향해 되돌아갔다. 그러면 지환은 빙그레 미소 지으며 준영을 태운 외줄 그네를 다시금 하늘로 띄웠다.

까르르, 준영이 쏟아 내는 해맑은 웃음소리가 반짝이는 햇발 사이로 눈부시게 부서졌다.

"아까 이것 뇌물이라고 했잖아요?"

등나무 그네가 지환 쪽으로 다가갔다.

"그랬지."

다시 멀어지고 또 그를 향해 날아간다. 준영은 가만히 지환을 불렀다.

"대표님!"

"응?"

"내가 뭘 해야 돼요?"

"뭘 해 줄 수 있는데?"

지환이 외줄 그네를 억지로 붙잡아 멈추어 세웠다. 무릎을 굽히고 앉아 준영과 시선을 마주 대했다. 말끄러미 응시하는 눈길이 새삼 깊고도 짙어 준영은 하릴없이 가슴만 울렁거렸다. 콩콩 뛰는 심장 박동을 지환에게 들킬세라 서둘러 아무렇지도 않은 척 헤 하고 웃어 버렸다.

"뭐든지 다 해 주겠다고 대답하고 싶은데, 그러면 대표님이 보조 작가 들이라고 말할 것 같아요. 그래서 안 할래요."

"뇌물만 받아먹고 입 싹 씻겠다고? 얌체네."

"얌체라고 해도 어쩔 수 없어요."

"그럼, 보조 작가 들이는 일만 아니면 뭐라도 다 해 줄 거야?"

"네."

"겁도 없이. 내가 뭘 해 달라고 할 줄 알고?"

"뭐든지요. 대표님이 원하면."

"말만 들어도 왜 이렇게 가슴이 설레지?"

"막상 하라고 하면 안 한다고 떼쓸지도 몰라요. 나 못된 변덕쟁이잖아요."

지환이 고개를 뒤로 젖히고 껄껄껄 웃었다. 나른하게 풀린 눈가를 따라 흐르는 잔주름과 우묵 파인 볼우물 탓인지 못내 행복해 보였다. 준영까지 그만 덩달아 행복해졌다.

"이 작가한테 뭘 해 달라고 할까? 으음……."

지환이 말소리를 흐리며 뜸을 들였다. 호기심을 감추고 앉은 준영의 신발을 한 짝씩 차례로 벗겨 내는 손길이 나긋나긋 몹시도 다정하다.

"강빈이랑 저녁 먹는 것은 어때? 다음 주로 미팅 잡혔거든. 강빈이 이 작가랑 밥 한 끼 먹고 싶다는데."

"좋아요. 먹죠, 뭐. 그깟 밥. 나도 마음만 먹으면 얼마든지 사교적인 사람이 될 수 있다고요."

"가슴 떨리도록 멋진 비느님이라서?"

"사심이 아주 없다면 거짓말이고요. 으음, 사실은……."

이번에는 준영이 공연한 뜸을 들였다. 고새를 못 참고 지환이 두꺼운 수면양말을 신은 준영의 발목을 힘주어 잡으며 다음 이야기를 재촉한다.

"사실은, 뭐?"

"그날 대표님도 함께 갈 거잖아요."

"당연하지. 이번 드라마 출연 때문에 일부러 잡은 미팅인데."

"제아무리 가슴 떨리도록 멋진 비느님이라도 나한테는 그냥 낯선 사람일 뿐이에요. 모르는 사람이랑 단둘이 앉아서 밥 먹는 것, 싫어요. 대표님 없이 나 혼자서는 절대 안 갈 거예요."

"절대로?"

잠긴 듯 낮은, 그래서 더 열띤 듯 들리는 목소리로 지환이 되물었다. 일순 지환의 얼굴이 진중하게 다가온다. 똑바로 시선을 마주한 준영은 속절없이 달아오르는 가슴을 겨우 외면하고, 그저 부질없는 고갯짓으로 대답을 대신했다.

지환이 두 손으로 준영의 양쪽 발목을 하나씩 붙잡은 채 두 다리를 가지런히 모아 새둥지 안으로 조심스럽게 옮겼다. 준영은 등나무 그네 둥그스름한 벽면에 등줄기를 기대어 앉아 다리를 바닥으로 뻗었다. 해먹에 누운 것처럼 편안하다. 사르르 눈이 감겼다.

"좋아?"

"네. 이대로 잠들 것 같아요."

"봄이라도 아직 날이 추워. 감기 걸린다."

"알아요."

외줄 그네가 한차례 출렁이더니 무지근한 무게감이 새둥지 입구 쪽에서 느껴진다. 준영은 눈부신 태양을 쳐다보기라도 하는 양 눈꺼풀을 가느다랗게 말아 실눈을 떴다. 그네 끝에 걸터앉은 지환이 반쯤 고개를 돌려 그런 준영을 지그시 바라보았다.

"무릎담요라도 가져다줄까?"

"아니요. 그러면 진짜로 잘 것 같아요."

"잠들면 내가 안으로 옮길게."

"보기보다 나 무거워요."

"행여나?"

지환이 어이없다며 헛웃음을 쳤다. 준영이 샐쭉 눈을 흘기자 오히려 지환은 활짝 웃으면서 한쪽 눈을 찡긋 감았다. 아예 허리까지 틀고 앉아 준영의 헝클어진 머리카락을 고르게 쓸어 준다. 천천히 이마를 지나 느릿느릿 귓바퀴를 스치는 지환의 길쭉한 손가락이 더없이 따뜻했다. 어쩌면 뜨거웠는지도 모르겠다.

준영은 숨을 삼켰다. 어쩌면 울음을 삼켰는지도 모르겠다.

"잠깐 있어. 담요 가져올게."

"괜찮아요. 하나도 안 추워요."

준영은 몸을 일으켜 세우는 지환의 옷자락을 재빨리 움켜잡았다. 마냥 이대로 있고 싶었다.

지금 이렇게 같은 공간 안에서 오래오래…….

도로 제자리를 찾아 앉은 지환은 말없이 발을 굴러 그네를 밀었다. 등나무로 만든 커다란 새둥지가 땅을 박차고 하늘로 날아올랐다. 떡갈나무에 매달린 외줄에서 삐걱삐걱 소리가 났다.

그 소리에 장단을 맞추듯 등 뒤에서 준영이 후후 웃는다. 지환은 자그맣게 울리는 준영의 웃음소리에 귀 기울이며 살 곳이 미소 지었다.

가슴 시리도록 멋진 봄날이다. 태양은 하늘 높이 떠 있고, 바람은 산들산들 지나며, 새들은 이따금씩 날아와 떡갈나무 마른가지 위에 앉아 지저귄다.

이런 날은 마당에 나와 앉아 있는 것만으로도 행복을 느끼기 마련이다. 더욱이 소중한 사람과 오롯이 함께하는 시간이라면 말해서 무엇하리요.

지환의 옷자락을 움켜쥐고 있던 준영의 손가락 힘이 어느 결에 스르르 풀렸다. 쌕쌕 들이쉬고 내쉬는 숨소리 역시 한 결 깊어졌다. 그제야 지환은 운동화를 벗고 새둥지 안으로 가만가만 두 다리를 들여 놓았다.

웃옷을 벗어 잠이 든 준영에게 덮어 준 다음 살그머니 다가가 곁에 나란히 앉았다. 한쪽으로 기운 고개를 조심스럽게 가져와 왼쪽 어깨로 받쳐 누이자, 준영이 잠결에도 온기를 찾아서 지환의 옆구리로 파고들었다.

이대로 준영을 품속에 안아 따뜻한 체온을 나누고 싶다는 생각이 불쑥 솟았다. 감히 그럴 수는 없었다. 품에 안으면 입 맞추고 싶어질 터이니까. 입을 맞추고 나면 그보다 더한 것까지 욕심내고 말 터이니까.

그저 이렇게 서로의 어깨를 잇대어 서로에게 몸을 의지한 채 딱 5분만 함께할 수 있기를……. 아니, 10분만. 아니다, 30분이면 좋겠다. 그래, 30분이면 족하다.

여기서 더는 욕심내지 않겠노라고 지환은 몇 번을 되뇌며 다짐했다.

_444_

서울 도심을 가로질러 자동차로 한참을 달려 찾아간 일식당 '쇼군(將軍)'은 에도막부(江戸幕府) 시절 니조성*에 견주어도 될 만큼 외관이 으리으리하고 실내 장식은 호화로웠다.

눈에 보이는 모든 것이 웅장한 데다 하나같이 번쩍번쩍 빛이 나 사치스럽고 화려한 분위기에 압도당하는 느낌이었다.

준영은 이유도 없이 한차례 심호흡을 하고, 지환이 열어주는 미닫이문을 지나 다다미가 깔린 내실 안으로 들어섰다. 먼저 도착해 기다리던 강빈이 자리에서 벌떡 일어나 곁으로 성큼 다가왔다. 환히 웃으면서 다짜고짜 오른손을 내민다.

"반갑습니다."

준영은 동행한 지환의 소개를 기다리지 않고 무작정 악수부터 청하는 강빈에게 하릴없는 경계심이 생겼다. 새삼 조심해서 손을 잡았다.

"안녕하세요?"

"이준영 작가님 맞으시죠? 한눈에 알아보았습니다."

---

*니조성(二條城):일본 교토에 위치한 도쿠가와 이에야스의 궁궐.

너무 가벼워 형식적이지 않게, 그렇다고 또 너무 세서 부담스럽지도 않은 딱 그만큼의 적당한 힘으로 강빈이 마주 잡은 준영의 오른손을 흔들었다.

손바닥을 통해 전해지는 체온이 의외로 따스하다. 낯설음을 핑계 삼아 조금은 불안하던 준영의 마음이 금세 안정을 되찾았다. 경계심도 어느 정도 풀렸다.

"여기서 비느님 맞으시죠, 라고 묻는다면 실례가 되겠죠? 대한민국 여성으로 태어나 이렇게 잘생긴 얼굴을 알아보지 못하는 것도 분명 죄악일 테니까요."

"글을 쓰는 분이라 그런지 위트가 남다르시네요. 소문대로 미인이기도 하시고."

"고맙습니다."

"겨우 그것뿐이에요? 참말이냐고 되묻든가, 거짓말하지 말라든가. 보통은 그런 식의 반응을 보이잖아요. 겸손한 척하는 위선일 수도 있고, 확인 사살을 하고 싶은 내숭일 수도 있고."

강빈이 씨익 웃으며 윙크를 날렸다. 유쾌·상쾌·통쾌, '삼쾌 바이러스' 춘희의 모습이 겹쳐 보인다. 준영은 그 이유만으로도 강빈이 가깝게 느껴졌다. 평소 춘희를 대하듯 직설적으로 이야기했다.

"저도 제가 예쁜 것 알거든요. 상대가 진실을 말하는데 굳이 나서서 겸손 떨 필요 없잖아요. 내숭은 본래 적성에 안 맞기도 하고요."

"그럼요. 언제든 솔직한 것이 최고죠. 사실은 제가 이준영 작가님 오랜 팬입니다. 유쾌하고 멋진 분이라는 것을 알게 되어서 기쁘네요."

"저도 강빈 씨 팬이에요. 유머러스하면서 개념까지 들어찬 배우라는 얘기는 전부터 들어서 알고 있었어요. 계란 한 판 꽉 채운 이 나이에 팬질을 해도 부끄럽지 않은 분이라, 팬의 한 사람으로서 늘 고맙고 자랑스러워요."

"혹시 'With B' 회원?"

강빈이 기대에 찬 표정으로 은근슬쩍 팬클럽 이름을 들먹였다. 준영은 열없이 미소 지었다.

"아직 거기까지는……. 제가 워낙 숨어서 몰래 지켜보는 것을 즐기는 타입이라서요. 일명 관음형 팬이라고도 하지요."

"팬클럽에 가입할 의사는 있고요?"

"저처럼 음지에 숨어 사는 이끼류 팬한테는 무리한 요구예요. 음지 식물인 이끼를 양지로 옮겨 놓으면 얼마 못 가서 말라 죽잖아요. 공식 팬클럽 회원 한 명 늘리려다 관음형 열혈 골수팬을 영영 잃을 수도 있다는 사실, 부디 잊지 말아 주세요."

언중유골, 진심을 담아 고요히 흐르는 준영의 말소리가 꽤나 음산하게 울렸다. 강빈이 박장대소하며 한바탕 웃음을 쏟는다.

"어지간한 말재간으로는 이 작가님을 못 당하겠어요. 오늘 즐거운 시간이 될 것 같아 기대가 커요. 밥 먹고 2차 어때요? 분위기 근사한 곳으로 안내할게요."

"드라마 출연 계약서에 사인해 주신다면 고려는 해 볼게요."

준영은 차분한 말투로 이야기를 받아쳤다. 강빈의 초대가 사심에서 비롯된 충동인지, 업무상 예의로 던지는 빈말인지 섣부른 판단은 자제했다. 다만 기분이 썩 좋지만은 않았다. 잠시 느슨하게 풀어졌던 경계심이 다시금 곤두섰다.

곧이곧대로 준영을 응시하는 강빈의 눈빛이 뾰족하게 변했다. 잘생긴 얼굴 가득 끊임없이 감돌던 미소 또한 순식간에 사라졌다.

"얼레! 이준영 작가님도 이런 식으로 훅 치고 들어오는 법을 알아요? 보기와 다르게 상당히 정치적이네요. 고려해 보겠다는 말, 완곡한 거절의 표현인데. 정치하는 사람들, 입장 난처해지면 만날 그러잖아요. 고려해 보겠다고."

"차라리 대놓고 싫다고 얘기할 것을 그랬나요? 굳이 원하신다면 기쁜 마음으로 말해 드릴게요. 싫다고. 아주 기꺼이."

준영은 낯선 사람을 대할 때면 으레 나타나는 차갑고 도도한 표정을 작정하고 또렷이 드러냈다. 서늘하게 식은 준영의 이야기 소리를 듣고 강빈이 느닷없이 푸하하하 호탕한 웃음을 터트렸다.

"역시! 내가 사람 보는 눈은 있다니까. 어설픈 변명보다야 툭 까발리는 정공법이 백 번 천 번 낫죠. 이 작가님 볼수록 매력적이시다. 마음에 들었어요. 이대로 넋 놓고 있다가 저녁 먹는 동안 나도 모르게 계약서에 사인해 버리면 어쩌죠?"

준영은 어떤 식으로 맞대응을 보여야 할지 몰라 잠시 대답을 망설였다. 그 틈을 뚫고 강빈의 소속사 대표인 한성이 조금은 다급해진 어조로 끼어들었다.

"여기 서서 이럴 것이 아니라, 우리 배고픈데 밥부터 먹읍시다. 이런저런 이야기야 저녁 먹으면서 찬찬히 나누면 되는 것이고. 드라마 출연 관련된 일은 나랑 송지환 대표가 알아서 잘 조율할 테니 믿고 맡기면 되는 것이고. 안 그렇습니까, 송 대표님?"

"예."

줄곧 침묵을 고수하던 지환이 무겁게 입을 열었다. 단음절에 불과한 대답을 한성에게 내어 주는 그 짧은 순간조차도 날이 선 지환의 시선은 오로지 강빈에게 고정되어 있었다.

준영을 대하는 강빈의 곰살궂은 태도가 마음에 들지 않는다. 준영을 향한 지나친 관심 역시 불쾌하기만 하다.

지환은 짐짓 느긋하게 걸음을 옮겨 준영의 등 뒤쪽으로 바짝 다가가 섰다. 여봐란듯이 양손을 준영의 어깨에 하나씩 얹고 비스듬히 얼굴을 앞으로 기울여 귓전에 대고 물었다.

"재킷 벗어야지?"

"네에?"

준영이 설핏 상기된 표정으로, 살가운 미소를 보내는 지환을 멍하니 올려다본다. 지환은 보조개가 옴폭 파이도록 미소

를 더욱 짙게 만들었다. 동시에 도톰한 옷깃과 뽀얗게 드러
나는 준영의 목덜미 사이로 손가락을 밀어 넣었다.

"재킷 말이야. 실내라 덥지 않아? 밥 먹으려면 움직임이
불편할지도 모르고."

"네, 벗을래요."

준영이 해시시 웃으며 지환이 재킷을 쉽게 벗길 수 있도록
양팔을 뒤로 살짝 들어 올렸다. 지환은 준영의 니트 재킷과
자신의 모직 재킷을 하나로 겹쳐 다다미방 한쪽 구석에 놓인
옷걸이에 걸었다.

강빈이 턱을 괴고 앉아 규정하기 어려운 묘한 시선으로,
제자리를 찾아 돌아가는 지환을 뚫어져라 응시했다. 지환은
무감한 시선을 강빈에게로 되돌렸다. 다소곳이 양손을 무릎
위에 모은 준영 곁에 좌식 의자를 가까이 붙이고 앉았다.

"우리 뭐 먹을까?"

"초밥도 먹고 싶고, 꼬치구이도 먹고 싶어요. 덮밥이랑 전
골도 먹고 싶고요. 튀김도 맛있을 것 같아요."

저녁 메뉴를 두고 고민에 빠진 준영의 콧잔등이 위로 깜
찍한 주름이 잡혔다. 새삼스러운 듯 지그시 준영을 바라보는
지환의 눈자위에 여유롭고 나른한 미소가 흘렀다.

"다 먹지, 뭐. 이 작가는 초밥이랑 꼬치구이. 나는 덮밥이
랑 전골. 튀김은 디저트."

"너무 많아요."

"남으면 싸 가서 내일 먹으면 돼."

"아! 그 방법이 있었구나."

준영이 함박 웃는다. 아침 햇살처럼 드맑은 준영의 정수리 위로 슬며시 오른손을 가져다 얹으며, 지환은 그제야 식탁 맞은편 강빈과 한성에게 주의를 기울였다. 점잖게 울리는 중후한 목소리가 지극히 사무적이다.

"두 분은 뭐로 드시겠습니까?"

Chapter | 8

## 소리없이 찾아드는

느릅나무찻상 건너편에 화연이 단아한 한복 차림으로 앉아, 찻물을 붓고 남은 무쇠 탕관 안 뜨거운 물을 보이차가 잘 우러나도록 청화백자 차관 위로 천천히 쏟아 냈다.

"이번에 들어온 아이는 발효가 잘된 모양이야. 차관에 물만 부어도 차향이 짙게 풍기는구나. 아직 찻물을 다 우리지 않았는데 향이 꽤나 깊지?"

"예, 그러네요."

지환은 공기 중 떠다니는 차향을 맛보듯 일부러 헛숨을 크게 들이켰다. 그런 아들의 모습에 화연이 다습게 웃으면서 차탕이 남지 않도록 차관을 깊숙이 기울여 공도배에 찻물을 따랐다.

쌉싸래한 차향이 고풍스러운 다실 안을 빼곡히 메운다. 차향이 짙어서 오히려 갑갑했다. 너무 갑갑해서 보이지 않는 손이 가슴을 억누르는 듯한 기분이다.

지환은 무의식중 넥타이 매듭으로 향하는 오른손을 황급히 제자리로 되돌렸다. 불필요한 움직임을 숨기려 심상한 눈길로 차향 가득한 방 안을 무심히 둘러보았다.

집이면서 집이 아닌 곳, 7년째 부모의 거처가 되고 있는 이곳 혜화동 서울시장 공관은 지환에게 편안함보다는 거북살스러움 혹은 낯설음으로 먼저 다가왔다.

다실을 둘러싼 사위가 죽은 듯이 고요해도 십장생 장지문 너머로 언제나 지켜보는 눈이 있음을 안다. 현 서울시장인 아버지 송재용의 수행원들과 측근을 자처하는 여러 인사들이 상시로 들고나는 장소이기 때문이다.

차향이 짙어서 갑갑한 것이 아니었다. 집이라 부르는 곳에서조차 다른 이들의 시선을 의식해야 하는 이 무시무시한 분위기에 그만 짓눌려 버린 것이다.

깊은 숨자락이 지환의 입술을 꿰뚫었다.

"사람 손을 덜 탄 산차라 맛도 한결 깊더구나."

화연이 와인 빛깔 찻물이 담긴 찻잔을 말없이 앉은 아들 앞에 내려놓았다. 지환은 잔잔한 물처럼 흘러드는 어머니의 말소리가 어서 맛을 보라는 재촉인 양 느껴졌다. 뜨거운 찻잔을 서둘러 집어 들었다.

"빛깔이 곱네요."

"무뚝뚝한 우리 아들이 웬일로 칭찬을 다 할까? 팽주에게 우려낸 찻물 빛깔이 곱다는 소리만큼 기분 좋은 칭찬도 없는 법이지."

"이번 보이차도 중국에서 들여오셨어요?"

"한라산에서 재배한 우리 찻잎으로 만든 거라더라. 엊그제 제주에서 비행기 타고 올라온 귀한 아이야. 20년을 옹기 항아리에 담아 묵히며 정성껏 숙성시켰다면서 '설다원' 강창주 대표가 일부러 인편으로 보냈더구나. 지환이 너도 강 대표 알지?"

"어머니와 이화여대 동문으로 알고 있어요."

제주 '설다원'은 20여 년 전 대수그룹이 한라산 자락에 조성한 대규모 차밭이다. 그곳 강창주 대표는 대수화학공업 창업주인 고 강대수 회장의 고명딸로 현 대수그룹 강창성 회장의 여동생이기도 하다. 또한 창주의 작은오빠가 여권 실세이자 킹메이커라 불리는 강창익 국회의장이다.

"강창주 대표랑 대학 시절부터 40년을 알고 지냈어. 차도 사람도 오래 묵히면 묵힐수록 향과 맛이 깊어지더구나. 정치라는 것이 어찌 보면 사람 장사야. 돈이 아니라 사람이 밑천이거든. 차도 사람도 일기일회(一期一會)라고 했다. 크든 작든 사람 사이 맺은 인연은 하나같이 소중한 법이란다."

"명심할게요."

"지난번 봤을 때보다 얼굴이 야윈 듯하구나. 제때 밥은 먹고 다니니?"

"그럼요."

"제대로 먹고 다닌다는 녀석 얼굴이 왜 그 모양이야?"

화연이 조용히 혀를 찼다. 지환은 흡사 죄의식을 느끼는 아이처럼 저도 모르게 손바닥으로 야윈 뺨을 쓸었다.

요즘 들어 잠 못 이루는 밤이 부쩍 많아졌다. 불 꺼진 침대 위에 홀로 덩그러니 누워, 가까이 있으나 차마 가질 수 없는 이를 하염없이 그리워하고는 한다. 때로는 감히 꿈조차 꾸어서는 안 되는 황홀한 꿈을 남몰래 꾸기도 한다.

한때는 지금처럼 준영의 곁을 맴돌면서 있는 듯이 없는 듯이 오래오래 지켜보는 것만으로도 족할 줄로 알았다. 그런데 아니더라. 가지고 싶어서 미치겠다. 품에 안고 싶어서 하루하루 심장이 타들어 간다.

"봄 타나 봐요."

"아무래도 너를 너무 오래 혼자 두었나 보다."

찻잔을 들어 올리는 화연의 입가를 따라 고아한 미소가 깃들었다. 어머니가 저런 식으로 눈은 웃지 않고 입만 유연히 늘여 웃을 때는 심중에 어떠한 계획을 숨겨 두었다는 뜻이다. 지환은 단정하게 꿇은 무릎 위로 곧장 양손을 옮겨 가지런히 포개 놓았다.

"지금 저더러 이곳 공관으로 들어와 살라고 말씀하시는 거예요?"

"나이가 서른여섯이나 되는 아들을 옆에 끼고 살 생각은 없다."

화연이 다시 미소를 지었다. 둥글게 말려 올라가는, 선이 고운 입매가 붓으로 그려 놓은 양 선연하다. 화연의 인위적인 웃음을 받아 지환도 똑같이 만들어진 미소로 응했다. 아무런 대꾸도 하지 않은 채 그저 잠잠히 미소 짓고 앉아 화연의 다음 이야기를 기다렸다.

"요즘 할머니 건강이 많이 안 좋으셔. 당신 살아생전에 증손자는 어려워도 손자며느리는 보았으면 좋겠다고 말씀하시더라."

"엊그제 가회동 본가로 찾아뵈었을 때 아무 말씀 없으셨는데요? 건강도 크게 문제 있어 보이지 않으셨고요."

"노인네 건강은 누구도 장담 못 하는 법이야. 어제 다르고, 오늘 다르고, 내일은 또 다르고."

"앞으로 10년은 끄떡없으실 것 같았어요. 백세는 충분히 누리실 테니 할머니 건강에 대해서는 너무 염려 마세요."

화연의 입가에 머물던 그림처럼 우아한 미소가 흔적도 없이 사라졌다. 모락모락 더운 김이 오르는 찻잔 너머로 지환을 응시하는 눈초리 또한 맵차게 휘었다. 더 이상의 말대꾸는 허용하지 않겠다는 무언의 경고였다.

"영국에서 공부하던 강창익 국회의장 막내딸이 지난겨울 귀국했다더라. 다음 주말에 그 댁 사람들이랑 같이 저녁 먹기로 했다. 시간 비워 두렴."

"예."

"할머니께서도 참석하실 거야."

"예."

지환은 기계적인 대답을 이어 나갔다. 육군 법무관 전역 이후 독립해 일산 타운하우스로 나와 살기 시작하면서 화연의 관리와 간섭이 눈에 띄게 없어졌다. 그렇다고 어머니의 뜻을 섣불리 거역해도 된다는 의미는 아니었다.

또한 할머니 박래순 여사가 두 집안의 모임에 참석한다는 것은 어른들 사이에서 이미 혼사 이야기가 일정 부분 오갔음을 암시했다. 지금 이 자리에서 '강창익 국회의장의 막내딸은 물론이고 어느 누구와도 결혼할 생각이 없다'고 말하는 것은 오히려 긁어 부스럼이 될 수 있었다.

지환도, 화연도 더 이상 입을 열지 않았다. 말없이 마주 앉은 두 모자 사이에 짙게 남은 차향만이 적요한 방 안 공기를 휘감으며 어지러이 헛돌았다.

♪♪♪♪

현관 벨소리가 날카롭게 울렸다. 한창 작업에 열중해 있던 준영의 손가락들이 화들짝 놀라 노트북 자판 위에서 몇 번을 주춤거리다 끝내 멈추고 말았다.

준영은 노트북 스크린 한글 파일 안에서 도무지 움직일 줄 모르고 매번 깜빡이기만 하는 커서를 한참이나 노려보았다. 순간적으로 짜증이 솟는다.

글을 쓰는 일은 무엇보다 연속성이 중요하다. 한 번 흐름이 깨져 버리면 다시 작업에 집중하기까지 꽤 오랜 시간이 소요되었다. 적게는 한두 시간에서 많게는 며칠을 글의 흐름을 되잡는 일로 허비하기도 한다.

달갑지 않은 벨소리가 재차 이어졌다. 아까보다 훨씬 길고 조금 신경질적으로 들렸다. 밤 9시에 가까운 시각, 연락도 없이 불쑥 찾아올 사람은 어머니 정선밖에 없었다. 언론 매체 기자들과 방송사 드라마국 등 외부는 물론이고, '프로덕션 온' 직원들에게조차 작업실 주소는 철저히 비밀에 부쳐져 있었다.

회사 내에서 작업실 위치를 아는 사람은 옆집에 사는 지환을 제외하면 형석과 춘희 둘뿐이다. 형석은 생전 가야 작업실에 출입하는 법이 없었고, 지환과 춘희는 반드시 전화를 걸어 허락부터 구하고 방문했다. 작업 중이든 작업 중이 아니든 사전 연락 없이 찾아드는 방문객에게는 현관문을 열어주지 않는 준영의 철칙을 잘 알기 때문이다.

벨소리가 지겹도록 울렸다. 까칠한 얼굴에 마른세수를 더하는 준영의 입에서 장탄식이 터졌다. 닷새째 잠 한숨 이루지 못했다. 몸은 지치고 정신마저 맑지 않은 상태에서 정선을 마주할 자신이 없었다. 연기처럼 사라지고 싶은 불가능을 꿈꾸며 마지못해 자리를 털고 일어섰다.

"김태규 감독? 여기를 어떻게 알고……."

인터폰으로 방문객의 얼굴을 확인한 준영은 혼잣말을 다 잇지도 못한 채 경악했다. 최악이라 여겼던 정선의 방문보다 열 배는 더 끔찍하고 지독한 상황이다.

"이준영 작가님! 이보세요, 이 작가님! 안에 있지? 거기 있는 것 다 알아. 어서 문 좀 열어 봐요. 얘기 좀 합시다. 우리 드라마 얘기."

목청껏 내지르는 태규의 말소리가 현관문을 뚫고 작업실 안까지 들이쳤다.

준영은 당장 꺼져 버리라고 소리치고 싶은 것을 가까스로 눌러 참았다. 도리 없이 잠금장치를 풀었다. '미친Q' 김태규 PD와 이번 '마지막 비상구' 드라마 작업을 같이 하겠다고 한 스스로가 못 견디도록 미웠다. 이제는 태규를 까고 싶어도 깔 수가 없었다. 어제 정식 계약서에 도장을 찍고 작가료까지 선불로 받았으니 말이다.

주상복합 아파트 널따란 통유리창 너머로 불야성을 이룬 서울의 야경이 화려하다. 휘황한 별빛인 듯 어두움을 밝히며 돋아난 아름다운 불빛에는 관심도 없이 유진은 초조하게 거실 창가를 서성였다.

째깍째깍 문자반 위를 돌아가는 시곗바늘 소리가 오늘따라 귀에 거슬린다. 밤 10시, 퇴근 후 곧장 만나러 가겠다고 했으니 전화가 오고도 남을 시각이었다.

"김태규 PD한테서 아직 연락 없어?"

유진은 일없이 오락가락 거닐던 발걸음을 멈추고 뒤를 돌아다보았다. 소파에 앉아 철 지난 패션 잡지를 뒤적이던 '스타 기획' 박정배 실장이 심드렁하게 대꾸를 한다.

"없다고. 똑같은 말 5분 전에도 물었거든."

"김 PD한테 전화 넣어 봐."

"이미 일곱 통이나 했잖아. 음성 메시지도 여러 번 남겼고."

"그런데 왜 여태 연락이 없어?"

유진의 성마른 목소리가 앙칼지게 울렸다. 폭발 직전이라는 뜻이다. 안하무인에 무엇이든 제 고집대로 해야 직성이 풀리는 유진이 폭발하면 담당 매니저인 정배만 피곤해졌다. 그는 읽던 패션 잡지를 서둘러 탁자 위에 내려놓았다.

"느긋하게 기다려. 때 되면 전화 올 테니까."

"벌써 10시가 넘었어. 여기서 얼마를 더 기다려?"

"이준영 작가랑 아직 얘기가 안 끝났나 보지."

"그깟 캐스팅 결정하는 데, 무슨 몇 시간씩 얘기를 해? 어제 제대로 한 것 맞아?"

바락 소리를 쏘아 지르는 유진의 얼굴이 신경질적으로 일그러졌다. 정배는 맞고함은 치지 못하고 의뭉스럽게 고개만 내저었다.

"화기애애한 분위기에서 김태규 PD랑 새벽까지 술 푸고 헤어졌다니까. 몇 번을 말하느냐고, 진짜!"

"돈은?"

"정숙한 신사임당 언니들로 사과 한 박스 예쁘게 챙겨서 내가 직접 김태규 PD 자동차 트렁크에 넣어 줬어. 이것 지금

세 번째 얘기하는 거거든."

차마 뱉어 내지 못한 욕지거리가 한숨을 토하는 정배의 목구멍을 깔짝깔짝 건드렸다. 소속사 메인 여배우고 지랄이고 확 엎어 버리고 싶은 마음이 굴뚝같았다.

유진의 표독스러운 눈초리가 인내심의 한계에 다다른 정배를 향해 사납게 달려들었다.

"김태규 PD한테 전화가 오지 않으니까 이러는 것 아니야!"

"이준영 작가랑 얘기가 길어지나 보지. 드라마 같이할 감독하고 작가가 만났는데 오죽 할 말이 많겠냐? 작품 방향도 잡고, 캐스팅 얘기도 하다 보면 시간 훌쩍 가지. 이준영 작가랑 꿍짝이 맞아서 한잔 걸치러 나갔을 수도 있고. 유진이 너도 알잖아. 김태규 PD 술 좋아하고, 돈은 더 좋아하고, 여자는 완전 좋아한다는 것."

"김태규 PD한테 확답 받은 것 맞지? 이번 드라마 여주인공 나 준다고."

"그래, 맞다고. 그러니까 나 좀 그만 괴롭혀라. 부탁이다."

정배의 간청에도 불구하고 유진이 한 소리 보태려는 것처럼 입술을 벙싯 열었다. 정배는 재빨리 그만하자는 뜻으로 오른손을 홰홰 저었다. 유진이 맞은편 암체어에 엉덩이를 주저앉히다 말고 못마땅하다는 양 인상을 찌푸린다.

"이번 배역이 내 연기 인생의 터닝 포인트가 될 거야. 나도 벌써 서른셋이라고. 섹시한 이미지로 몇 년을 더 버틸 수 있을 것 같아?"

"마흔까지는 버티겠지."

"여자 나이 마흔이면 퇴물 소리 들어. 여배우는 더하고. 40, 50, 60까지 연기로 먹고 살려면 섹시함 말고 다른 게 필요해. 이제 와서 정숙한 이미지로 변신한다는 것은 내가 생각해도 웃기고. 이지적인 도시 여자라면 섹시한 이미지에 덧입혀도 크게 무리는 없을 거야. 그래서 정신과 의사라는 이번 여주인공 역할이 필요한 거라고."

"알아. 나도 그 정도는 알거든."

"아는 사람이 어떻게 이래? 강 건너 불구경하듯이?"

유진이 성마른 투로 따져 물었다. 정배는 시선을 모로 비켜 비뚜름히 유진을 쳐다보았다. 우유를 뿌려 놓은 것처럼 탁하고 흐릿한 눈동자에 음흉한 미소가 번질거린다.

"유진이 너 모바일 화보 안 찍을래? '누들 프로덕션' 변강신 사장이 30억 주겠대. 한창 몸에 물올랐을 때 누드 한 방으로 목돈 챙기고, 괜찮은 스폰서 하나 잡아서 조용히 은퇴하는 것도 나쁘지 않아."

"미친 새끼!"

광분한 유진이 아까 정배가 내려놓은 패션 잡지를 집어 던졌다. 뾰족한 책 모서리 부분이 낄낄낄 좋다고 웃어 대는 정배의 광대뼈로 날아와 정통으로 부딪혔다.

희뿌연 빛다발처럼 앞으로 길게 쭉 뻗어나가는 헤드라이트 불빛 저 끝에 새빨간 스포츠카가 한 대 서 있다. 지환은 자동차 시동을 끄려던 움직임을 멈추고 준영의 작업실 앞에 주차되어 있는 컨버터블 재규어를 노려보았다.

밤 9시 47분, 이 늦은 시각에 준영을 찾아온 방문객이 있다. 매우 이례적인 경우였다. 준영이 의대를 졸업한 이후 서로 이웃으로 살아온 지난 5년 동안 한 번도 겪어 보지 못한 일이기도 했다.

방문객의 정체가 궁금하다. 낡은 중고차를 끌고 다니는 춘희는 절대 아니고, 준영의 부모이거나 해진일 가능성이 제일 높았다.

하지만 평소 준영의 부모가 타고 다니는 자동차는 아니다. 준영은 첫 미니시리즈 드라마 '사이코 패스'의 작가료를 받아 부모에게 메르세데스 벤츠를 선물했다. 해진의 자동차도 아닌 것 같다. 점잖은 해진이 굉음을 내뿜는 8기통 스포츠카를 몰고 다닐 리가 없었다.

휴대전화기를 꺼내 단축 버튼 5번을 눌렀다. 지환의 미간 위 촘촘하게 늘어선 주름들이 자못 깊다.

─고새를 못 참고 전화하셨어요? 갑니다. 가요. 그렇지 않아도 지금 일산으로 가는 중이에요. 거의 다 와 가요. 10분 안에 도착합니다. 대표님은 지금 어디세요?

'여보세요'라는 인사도, '누구세요'라는 물음도 없이 다짜고짜 춘희의 수다스러운 말소리가 수화기를 타고 넘어왔다.

지환은 지끈거리는 관자놀이를 손가락으로 힘주어 눌렀다.

"여기는 왜 오는데?"

─이준영 작가한테 연락 받고 저에게 전화한 것 아니었어요? 이 작가가 대표님한테는 연락 안 했어요?

춘희가 의아한 양 되물었다. 누구와 이야기를 나누는지 수화기 저편에서 와글거리는 소음이 불분명하게 울린다.

"무슨 일 있어?"

─최형석 상무님 차로 같이 가고 있어요. 이준영 작가가 전화했을 때, 마침 형석 형님이랑 저녁 먹고 일 잔 걸치려던 참이었거든요. 대표님! 잊지 말고 야근 수당 챙겨 주세요. 이 밤에 서울에서 일산으로 업무상 출장까지 가잖아요. 이러다 양춘희 일에 파묻혀 과로사 하겠어요.

"이 작가한테 무슨 일 있냐니까!"

지환은 춘희가 쏟아 내는 수다를 참지 못하고 버럭 소리를 지르고 말았다. 아찔한 고함 소리가 비좁은 자동차 안 내벽을 쿵쿵 치듯이 되울렸다.

젠장!

아랫입술을 사리문 채 질끈 눈을 감았다. 서른여섯 해를 살아오며 이성을 잃고 소리를 지른 것은 처음이다. 화가 나면 감정이 들끓기보다 오히려 싸늘하게 식는 편이었다.

─아니, 그러니까요…….

어지간한 일에는 눈도 끔쩍 안 하는 춘희 역시 제법 놀란 모양이었다. 청산유수, 세계 최강의 말발을 자랑하는 녀석이 당황해서 말을 다 더듬었다.

지환은 기다란 날숨을 뱉어 내며 피곤한 눈자위를 손바닥으로 문질렀다. 다행히 가파르게 차올랐던 화기가 조금씩 잦아들자 머릿속 이성도 금방 제자리를 찾았다. 수화기 너머 춘희에게 흘려보내는 말소리를 최대한 부드럽게 풀었다.

"야, 인마! 무슨 일이냐고 형이 물었잖아. 같은 말 두 번씩 하게 만들지 마라, 좀."

—예, 형님!

"이준영 작가한테 무슨 일 생겼어? 혜화동에 다녀오느라 전화기를 꺼 놓고 있었거든. 아마 그때 이 작가가 전화했나 보다."

—아까 9시쯤 김태규 감독이 작업실로 찾아왔대요.

수다스러운 춘희의 대답치고는 지나쳐도 너무 지나치게 간결했다. 고함 소리 한 방의 유력이 대단하구나, 실없는 생각이 재차 숨을 고르는 지환의 머리를 스쳤다.

"김 감독이 왜?"

—이번 드라마 작업 관련해서 상의할 것이 있다고 연락도 없이 불쑥 들이닥쳤나 봐요. 작품 때문에 할 얘기가 있다는데, 현관문을 안 열어 줄 수가 없었대요.

"작업실 주소는 어떻게 알고?"

—저도 모르죠. 이준영 작가 한창 작업 중에 김태규 감독이 방해한 것 같던데.

"이 작가는 뭐래?"

—당근 질색팔색 난리가 났죠. 글 쓸 때 방해받는 것 제일 싫어하잖아요. 저한테 전화해서 첫마디가 뭐였는지 아세요? 김태규 감독 목숨을 구하고 싶으면 빨리 작업실로 뛰어 오래요. 메스로 김 감독 경동맥을 끊어 버리고 싶은 충동이 순간순간 치솟는다면서. 이 작가 화장실에 숨어서 몰래 전화하는 것 같더라고요.

춘희가 키득키득 웃는다. 이제 좀 충격에서 벗어난 듯싶었다. 지환의 미간 위 끔쩍 않고 자리를 지키던 주름들도 어느덧 지워졌다.

"김태규 감독 구하려고 미친 듯이 밟고 오는 중이야?"

—설마 그럴 리가요. 형석 형님도, 저도 김태규 감독 목숨 따위 관심 없어요. 이준영 작가 구하러 가는 거죠. 우리 예쁜 이 작가 손에 더러운 피를 묻힐 수는 없잖아요. 파묻어도 제가 직접 파묻어 버려야죠. 느낌 아니까.

"올 것 없어. 나 지금 작업실 앞이야. 김태규 감독은 내가 알아서 처리할게."

—우리 거의 다 와 가는데요. 벌써 일산 들어서서 풍동 초입이에요.

"그럼 오든가. 와서 한 삽 거들어."

—옛썰! 한 삽 아니라 백 삽이라도 뜹니다. 지환 형님! 옆에서 형석 형님이 김태규 감독 쥐도 새도 모르게 파묻어 버리고, 우리 셋이서 간만에 뭉쳐 한잔 어떠냐고?

춘희가 '간만에'의 '간'에 지독한 강세를 주어 발음했다.

지환의 입가에 살긋 미소가 감돌았다.

"술은 다음에 하자. 김 감독 처리하고, 이 작가랑 할 말 있어."

—무슨 얘기인데요? 이준영 작가도 끼워서 넷이 마셔요, 그럼. 우리는 서른 살짜리 농염한 발렌타인 빨고. 이 작가는 죽고 못 사는 천연 백 퍼센트 자몽 주스 빨고.

"김태규 감독 오기 전까지 이준영 작가 한창 작업 중이었다면서? 같이 술 마시자고 해 봐라, 우리 셋 다 이 작가 손에 죽고 말지."

—아! 그렇겠네요.

춘희가 깨달음의 감탄사에 이어 아쉬움으로 가득 찬 한숨을 내쉬었다.

"양 양! 너 내일부터 이 작가 작업실로 출근해. 아침 일찍 짐 꾸려서 내 집으로 먼저 오고."

—짐은 왜 꾸려요?

"방 하나 빼 줄 테니까 내 집에서 먹고 자라고. 내일부터 '마지막 비상구' 종방하는 날까지 이준영 작가 보조 작가 한다, 양 실장 네가."

—대표님! 양춘희 쩜밥이 얼마인데 새끼 작가라뇨?

"하라면 해, 인마! 까라면 까는 거지. 뭔 말이 이렇게 많아?"

— '미친Q' 그 인간이 앞으로 시도 때도 없이 이준영 작가 작업실에 드나들 것 같아서, 양춘희를 보디가드로 세우려는

대표님 마음은 충분히 이해하는데요. 아무리 그래도 제가 기획조정실 실장이거든요. 새끼 작가는 진짜, 좀⋯⋯. 아니라고요!

"시끄러워. 전화 끊어."

—대표님! 지환 형님! 아, 형!

춘희가 애타게 부르는데도 지환은 깨끗이 무시하고 통화 종료 버튼을 눌렀다. 아우디 시동을 끄고 헤드라이트마저 꺼버리는 손길이 어느 때보다 단호했다.

"김태규, 당신 오늘 죽었어."

## Chapter 9

## 그날, 너 하나만으로도 눈이 부시던

하나둘 바람처럼 작업실로 들이닥쳤던 남자들은 저마다 왁자지껄한 작별 인사를 남기고 돌아갔다.

형석은 도저히 눈뜨고 볼 수 없을 정도로 몰골이 흉악망측하다면서 준영에게 잠 좀 자라는 걱정인지 악담인지 모를 소리를 했다. 춘희는 어디인지 풀 죽은 얼굴로 내일 술 냄새 폴폴 풍기는 모습으로 자신이 나타나도 놀라지 말라는 알쏭달쏭한 인사말을 건네었다.

특히 태규가 압권이었다. 앞마당을 가로질러 나가는 그 짧은 순간에도 몇 번씩 뒤를 돌아다보며, 현관 앞 나란히 서 있는 준영과 지환을 향해 열심히 손을 흔들었다.

심지어 '송 대표, 격하게 애정하오'라는 낯 뜨거운 고백과 더불어 손가락으로 하트를 만들어서 날리는 추태까지 보여

지환을 경악시키기도 했다.

준영이 '마지막 비상구' 여자 주인공으로 고유진을 선선히 받아들인 데다, 강빈 쪽에서 긍정적으로 출연을 검토 중이라는 지환의 언질까지 보태져 태규의 기분이 한껏 고무된 탓이다.

"춘희가 뭐래?"

중저음의 듣기 좋은 목소리가 준영의 귓전으로 다정히 감겼다. 준영은 어깨를 잇대고 선 지환의 얼굴을 수줍은 곁눈으로 올려다보았다. 해끄무레한 현관 외등에 비낀 모습이 불현듯 아련했다.

"뭐 말이에요?"

"양 실장이 가기 전에 이 작가한테 뭐라고 귓속말하는 것 같던데?"

지환은 두 눈을 가느스름하게 말아 뜨고 키 낮은 준영을 물끄러미 내려다보았다. 준영의 붉고 선연한 입가에 피식 웃음이 솟는다. 춘희 녀석이 꽤나 재미난 이야기를 던져 놓고 간 모양이었다.

"오늘 밤 김태규 감독 술독에 빠트려서 쥐도 새도 모르게 야산에 파묻을 거랬어요. 아니면 베링해협으로 떠나는 대게잡이 선박에다 팔아 버린다고."

"그래서 기분은 좀 나아졌어?"

"무슨 기분이요?"

"김태규 감독이 연락도 없이 작업실로 찾아와서 엄청 화났다며?"

"신문에 김 감독 실종 기사 뜨기 전에는 안 풀릴 기분이에요. 현관 인터폰에 김태규 감독 얼굴이 떡 하니 보이는데……. 진짜 미치고 팔짝 뛸 뻔했다니까요."

준영은 부러 뾰로통하니 대답했다. 상식을 벗어나는 태규의 행동은 몇 번을 되짚어 생각해도 좋게 보아 줄 수가 없었다. 지환이 풋 하고 웃는다.

"오매불망 기대하고 고대하던 강빈 캐스팅 소식에도 기분 변화가 전혀 없어?"

"아직 계약서에 도장 안 찍었잖아요."

"내일 찍을 거야."

지환이 허리를 굽혀 준영의 귓가에 대고 속삭였다. 강빈의 소식보다 귓등으로 떨어져 귓바퀴로 흘러드는 지환의 목소리에 가슴이 설레었다. 두근두근, 흡사 애무라도 받는 기분이다.

준영은 오소소 일어나는 목덜미 솜털을 얼른 손바닥으로 쓸어 감추었다. 부러 놀란 척 눈동자를 휘둥그렇게 치떴다.

"정말요?"

"응."

"아까는 왜 얘기 안 했어요? 김태규 감독한테는 강빈 씨가 우리 드라마 출연을 긍정적으로 검토하고 있다고만 했잖아요."

"검토 중이라는 소리만 듣고도 격하게 애정한다는 망발을 서슴지 않고 날리는 꼴, 못 봤어? 도장 찍기로 했다고 얘기했어 봐, 김태규 감독이 나한테 무슨 짓을 저질렀을지…….”

지환이 상상만으로도 끔찍하다는 양 부르르 몸을 떨었다. 준영의 입에서 쿡쿡 절제된 웃음소리가 새어 나왔다.

“쓰으! 웃겨? 지금 이 상황에 웃음이 나와? 누구는 소름 끼치는 애정 공세에 놀라 배 속이 격하게 쏠리는 판에. 당신은 그저 우습다 이거지?”

지환이 제법 매섭게 눈동자를 부릅뜨고서, 양손으로 입을 가린 채 웃음을 참는 준영을 노려본다. 준영은 함부로 쏟아져 나오는 웃음소리를 간신히 삼키며 바쁜 손사랫짓을 만들었다.

“그런 게 아니고요, 김태규 감독, 하트까지……. 아까 봤던 모습이 다시 떠올라서…….”

“이 죽일 놈의 인기는 남녀 성별마저 초월한다니까!”

“아휴, 못 말려.”

“저녁은 먹었어?”

지환이 선뜻 물어 놓고 준영의 대답도 듣기 전에 절레절레 머리부터 흔들었다.

“밥을 먹었을 턱이 있나. 오늘 하루 종일 뭐를 먹기는 했고?”

“자몽…….”

“자몽 주스 말고 다른 건?”

지환이 미루적미루적 흘러나오는 준영의 대답을 강경한

어투로 무질렀다. 글쓰기에 미치면 밥과 물 대신 자몽 주스만 주구장창 마셔 대는 준영의 오랜 버릇을 잘 아는 탓이다.

준영은 머쓱한 얼굴빛으로 서서 애꿎은 눈꺼풀만 잇달아 끔벅거렸다. 지환이 '그럴 줄 알았다'는 표정으로 한숨을 포옥 내쉬었다. 그리고 준영의 등을 작업실 쪽으로 부드럽게 밀었다.

"들어가서 뭐라도 좀 먹자."

준영은 스툴 형태의 식탁 의자에 앉아, 분주히 싱크대 앞을 오가는 지환의 움직임을 관찰하듯 꼼꼼하게 지켜보았다. '일에 몰두한 남자가 아름답다'는 광고 카피를 이제야 제대로 이해할 것 같았다. 요리하는 남자를 두고 왜 섹시하다고 이야기하는지 알 듯도 했다.

얇은 와이셔츠를 통해 고스란히 들여다보이는 매끈한 등줄기와 매력적인 잔 근육들, 아무렇게나 돌돌 말아 올린 셔츠 소매 아래로 드러난 강인한 팔뚝을 타고 불끈대는 힘줄과 핏줄, 남자임에도 불구하고 예쁘다는 수식어가 전혀 어색하지 않은 엉덩이와 탄탄한 허벅지, 재단이 잘된 양복바지 밑단 사이로 언뜻언뜻 엿보이는 맨발.

준영은 본능적으로 마른침을 삼켰다. 입안이 버썩 타면서 숨까지 가파르게 차오른다. 남자라면 누구나 한 벌쯤 가지고

있는 새하얀 와이셔츠와 새카만 양복바지의 단순 조합이 이
토록 여자 가슴을 떨리게 만들 줄 예전에는 미처 몰랐다.

지금 이 느낌, 바로 저 모습…… 언제든 드라마에서 반드
시 한 번은 써먹어야겠다.

세세한 기록을 위해 취재 수첩과 연필을 가져오고 싶다.
손가락이 근질대고 엉덩이마저 들썩거렸다. 흡사 정서 불안
환자처럼 안절부절못하면서도 준영은 좀처럼 자리를 털고 일
어서지 못했다. 언제 다시 볼지 모르는 지환의 섹시한 뒤태
를 두 눈에나마 욕심껏 담아 두고 싶었다.

한참을 숨죽여 앉아 지환을 몰래 지켜보는데, 돌연 앙다문
입술 사이로 가쁜 신음과도 같은 숨소리가 멋대로 새어 나왔
다. 열감에 젖은 제 숨결에 소스라치듯이 놀라 후다닥 손바
닥으로 입부터 틀어막았다.

혹시라도 지환이 들었을까 염려되어 뒷모습만 뚫어져라
쳐다보았다. 전기레인지 화력을 조절하느라 약간 앞으로 기
울어진 등줄기가 미동 없이 잠잠하다. 차마 남에게 들키고
싶지 않은 부끄러운 숨소리를 미처 알아채지 못한 모양이었
다.

천만다행이다.

놀란 가슴을 쓸어내리며 살금살금 몸을 일으켜 세웠다. 의
자 다리가 마룻바닥에 끌리는 소리를 듣고 지환이 대번 뒤를
돌아다본다.

"어디 가?"

"잠깐 책상에⋯⋯."

준영이 작업실 안쪽 노트북이 놓인 책상을 손가락으로 가리켰다. 1분이라도 빨리 글쓰기에 돌입하고 싶어서 애가 타는 표정이다.

말없이 선 지환의 미간 위로 마뜩찮게 여기는 주름이 잡혔다. 어쩐지 아까부터 등 뒤쪽에서 끙끙 앓는 소리가 연이어 들려온다 했다. 단호하게 고개를 가로저었다.

"밥부터 먹고."

"금방 뭐 좀 하고요. 5분만⋯⋯."

"글 쓰려는 것 알아. 이 작가 작업 시작하면 옆에서 사람이 쓰러져 실려 나가도 모를 정도로 집중하잖아. 죽 다 끓었어. 무조건 밥부터 먼저 먹어."

"작업 안 해요. 진짜예요. 아이디어가 하나 떠올라서 그래요. 잠깐 메모만 하고 다시 올게요. 대표님, 네에?"

준영이 물기를 머금어 촉촉해진 눈망울을 말똥말똥 뜨고 지환의 얼굴을 빤히 올려다본다.

지환은 흠칫 소리 없는 헛숨을 입안으로 들이켜며 동시에 어금니를 으물었다. 가슴이 욱신욱신 조여들면서 온몸이 저릿저릿 떨렸다. 준영이 암갈색 눈동자를 동그랗게 올려 뜬 채 저런 식으로 애처로운 표정을 지으면 지환은 그저 속수무책이 되었다. 유치한 생각이지만 하늘의 별이라도 따다 줄수 있을 것 같다.

"5분. 정확히 딱 5분이야."

야트막히 울리는 지환의 목소리가 어떤 열기, 혹은 열망에 잠긴 듯 탁하게 갈라졌다. 그것도 모르고 준영은 배시시 웃기만 했다. 번개처럼 몸을 돌려 다다다 발소리도 요란하게 작업실 책상으로 달려간다. 준영의 천진한 뒷모습을 지환의 열띤 눈동자가 줄곧 뒤따라 좇았다.

오만 잡동사니를 죄다 기록해 두는 취재 수첩에 연필로 무엇인가를 열심히 적는다. 웅얼웅얼 혼잣말을 하다가, 기억을 더듬는지 잠깐씩 멍해지기도 하고, 번뜩 생각이 떠오르면 일필휘지를 발휘했다.

글쓰기에 빠져 한동안 제대로 먹지도 자지도 못해 비쩍 마른 준영의 온몸에서 반짝반짝 생기가 넘쳤다. 작업을 시작하면 눈에 띌 정도로 앙상하게 말라 가는데도 준영은 어느 때보다 글을 쓸 때가 가장 생기발랄했다. 아이러니한 일이다.

그러고 보니 그날은 글을 쓰지 않았는데도 준영이 찬란한 아침 햇살처럼 하루 종일 빛났다. 세상이 온통 그녀 한 사람으로 인해 눈이 부시도록 반짝이던 날.

그래, 그런 날도 있었지.

아련한 추억 속으로 젖어드는 지환의 우물 같은 눈동자에 씁쓸한 미소가 속절없이 번진다.

그날이었다. 준영을 향해 자꾸만 달려가는 도리 없는 마음이 더 이상 죄책감이 아님을 그때 깨달았다. 더 이상 동정심일 수 없음을 그만 알아차리고 말았다. 스스로조차 인식하지 못하는 사이 한껏 깊어져 버린 진심이 무엇인지 명확하게 깨달아 버린 때가 바로 그날이었다.

2011년 8월 31일 수요일 오후.

노크도 없이 사무실 출입문이 열리고 형석이 싱글벙글 웃으면서 안으로 들어왔다. 오늘 밤 여의도에서 열리는 '서울 드라마 어워즈' 참석을 위해 턱시도 스타일의 화이트 슈트로 멋을 부린 모습이 인상적이다.

"송 대표! 얼른 회의실로 가 봐."

"왜?"

지환은 새하얀 이브닝셔츠 더블커프스에 블랙 다이아몬드 장식을 박은 커프스 링크를 채우면서 심드렁하니 물었다.

"이준영 작가가 양춘희 실장을 잡는다, 잡아. 완전 패악을 부리고 있어."

"패악? 단어 뜻이나 제대로 알고 얘기하는 거야?"

"방금 춘희가 이 작가한테 핏대를 세우면서 패악 좀 그만 부리라고 하던걸. 제발 말 좀 들으라고, 양춘희 힘들어 죽겠다고."

형석이 엷은 콧소리가 묻어나는 춘희의 말투를 똑같이 흉내 내며 낄낄낄 웃었다. 검정색 더블브레스트 재킷에 팔을 꿰던 지환의 입에서 마른 한숨이 솟았다.

"걔들 또 싸워? 죽이 맞아 키득거리다가 금세 별것도 아닌

일에 틀어져서 으르렁거리고. 걔네 둘은 친한 거야, 앙숙인
거야? 도통 모르겠네."

"당연히 친한 거지. 이준영 작가가 춘희 말고 다른 사람한
테 목소리 높이는 것 본 적 있어? 얼마나 예의 바르고 공손한
데. 양 양도 너나 나 말고 언제 누구한테 앙앙거리디? 그 자
식, 말은 많아도 지킬 것은 확실하게 지키잖아."

형석이 소파 등받이에 느긋이 몸을 기대고 앉아 제법 진지
한 투로 이야기했다. 지환은 보타이를 매만지던 오른손으로
짜증 섞인 손사랫짓을 던졌다.

"잡설은 됐고. 이번에는 또 뭐 때문에 둘이 으르렁거리는
데?"

"드레스. 이 작가는 안 입겠다면서 버티고, 양 실장은 죽어
도 입히겠다면서 달려들고. 꽤나 볼만해."

"드레스 입기로 한 것 아니었어? 그래서 따로 미용실에서
헤어랑 메이크업도 받았잖아. 작가상 유력 후보라 수상하러
무대 올라갈지도 모르는데. 왜 안 입겠대?"

"드레스가…… 좀 그래. 아니지, 드레스를 입은 이준영 작
가 모습이 좀 그런가?"

형석이 자못 의미심장하게 이야기하고 다시 낄낄거리면서
웃었다. 재킷 포켓 안에 새하얀 행커치프를 꽂아 넣던 지환
의 손길이 정지 화면처럼 한순간 멈추었다. 전신 거울을 통
해 등 뒤쪽에 앉은 형석을 쳐다보는 지환의 이마로 대번 걱
정스러운 주름이 잡혔다.

"영 아니야?"

"너의 '아니야'의 범주가 무엇이냐에 따라서 나의 대답은 얼마든지 달라질 수 있어."

"말장난하지 말고. 진짜 아니야?"

"글쎄……. 질문이 하도 모호해서 뭐라고 대답을 해야 할지 잘 모르겠네. 이것 참!"

형석이 난해한 철학적 문제에라도 봉착한 사람처럼 심각한 표정으로 아래턱을 긁었다. 지환은 공연히 애가 타 애꿎은 목소리만 커졌다.

"최형석! 너는 이 상황에서도 장난을 치고 싶냐?"

"이 상황이 어떤 상황인데?"

형석이 씨익 미소를 짓는다. 지환은 끙 하고 신음을 쏟았다. 지긋지긋했다.

저 사악한 놈이 배후에서 가증스러운 춘희를 사주해 이번에도 준영을 골탕 먹인 것이 틀림없었다.

"네놈 짓이지?"

"내가 뭘?"

"이 작가 드레스. 도대체 무슨 짓을 한 거야?"

"Nothing!"

"낫싱 좋아하시네."

"진짜로 아무 짓도 안 했어. 이왕이면 예쁜 드레스를 입는 것이 어떻겠느냐고, 지극히 사사로운 내 의견을 양춘희 실장한테 정중하게 피력했을 뿐이야."

"뭐어?"

"뭘 또 감격까지 하시나. 굳이 고마워하지 않아도 괜찮아. 누구라도 나와 같은 심정이었을 테니까. 이준영 작가가 골라 놓은 드레스가 객관적 사실에 입각하여 볼 때 너무너무 고리타분했거든."

"미치겠네. 드레스는 죽어도 안 입겠다는 애를 기껏 달래서 입게 만들어 놓았더니……. 일생에 도움이 안 되는 새끼들!"

바드득 이를 가는 지환의 입에서 한숨이 터졌다. 사주를 한 놈도, 사주를 받아 실행에 옮긴 놈도 한 대씩 쥐어박았으면 좋겠다.

"왜 이래? 우리만큼 송지환 인생에 도움이 되는 사람도 없으면서."

"됐거든! 그래서 새 드레스는 누가 골랐어? 너야, 춘희야?"

지환의 싸늘한 물음에도 전혀 굴하지 않고 형석이 느물느물 웃었다.

"우리 둘이서 기쁜 마음으로 함께 골랐지. 눈 튀어나오게 쌔끈한 드레스로."

"이 작가 작작 좀 괴롭혀라. 진짜, 좀! 왜 자꾸 애를 놀리는데?"

"리액션이 완전 귀엽잖아. 눈을 새끼 고양이처럼 똥그랗게 뜨고 앙앙거리면서 대들면 아주 그냥 예뻐 죽겠다니까. 우리 꼰대는 나한테 어머니를 다섯씩이나 안겨 줄 것이 아니라,

이준영 작가처럼 예쁘고 귀여운 여동생이나 하나 만들어 주지. 하여간 영감탱이 하는 일마다 마음에 안 들어."

"지랄을 해요, 지랄을!"

지환은 앙다문 잇새로 말소리를 짓누르듯이 밀어냈다. 사태 수습을 위해 서둘러 출입문으로 향하는 지환의 등 뒤에서 무엇이 그렇게 신 나고 좋은지 형석이 박장대소 숨이 넘어가도록 낄낄거린다.

언제든 저 자식한테 주먹 한 방 꼭 날리리라, 지환은 굳게 다짐했다.

"송 대표! 야, 송지환!"

소리쳐 부르는 형석을 무시한 채 문고리를 붙잡아 돌렸다. 잰걸음으로 사무실을 나서는 지환의 등에 대고 형석이 덕지덕지 웃음기가 들러붙은 목소리를 기어이 보태었다.

"마음의 준비가 필요할 거다. 분명 경고했다. 나중에 원망 마라."

형석의 주의를 우습게 여길 것이 아니었다. 출입문을 열고 회의실 안으로 들어서는 순간 지환은 바로 후회했다.

쿵.

심장이 발등 위로 떨어졌다. 심장이 떨어져 나간 자리가 아리도록 얼얼하다. 애써 부정하고 싶은, 그렇지만 인정할 수밖에 없는 묵직한 감정이 쾅한 가슴 언저리를 휘돌아 거세게 소용돌이쳤다.

이번 가을·겨울 컬렉션 크리스티안 디올 이브닝드레스를

차려입은 준영의 모습이 아찔하다.

살갗인 양 온몸에 착 달라붙은 살굿빛 미카도\*가 준영의 피부색과 매우 흡사한 탓에 어디가 실크이고 어느 부분이 맨살인지 분간하기조차 어려웠다. 어두운 밤 흐릿한 조명 아래서 바라보면 드레스를 입었는지 벗었는지 쉽사리 알아차리지도 못할 터였다.

환장하겠다. 혼자 보기도 아까운 저 모습을 어떻게 다른 놈들에게 보여 줄까 싶다.

적나라하게 드러난 바디라인을 타고 흐르는 머메이드 실루엣은 매혹적이고, 벗은 어깨와 올곧은 허리로 이어지는 숨 막히는 뒤태는 고혹적이며, 드레스 옆트임 절개선 사이 언뜻 들여다보이는 관능미 넘치는 허벅지는 뭇 사내들을 미혹시키기에 충분했다.

지환은 어금니를 윽다문 채 주먹 쥔 양손을 일부러 바지주머니 안에다 꽂아 넣었다. 그렇게라도 해야만 했다. 아니면 당장 준영을 어디로든 끌고 가 아무도 보지 못하도록 꽁꽁 감추어 버릴 것 같았다.

혼자만 보고 싶고…….

혼자만 안고 싶고…….

입안이 버썩버썩 타들어 간다. 어쩌면 가슴이 새까맣게 타 버렸는지도 모를 일이다.

---

\*미카도(Silk Mikado):최고급 실크 원단.

애당초 내 여자가 될 수 없는 아이였다. 눈에 담아 마음에 품는 것만으로도 죄가 될 터였다. 그러니 욕심내지 말자. 염치를 안다면 감히 욕심내어서는 안 된다.

말라붙은 입속으로 몇 번이나 같은 다짐을 되풀이했다. 그 럴수록 오히려 마음은 더 휩쓸렸다. 주체할 수 없을 정도로 ·휘청휘청 흔들렸다.

"가슴은 훅 파지고, 등은 아예 없고. 고개만 살짝 숙여도 가슴골에 배꼽까지 훤히 들여다보인다고요. 진짜 이게 뭐예 요? 이 꼴로는 오늘 시상식 못 가요. 아니, 안 가요."

준영의 격양된 말소리가 심장을 잃은 채 멍하니 멈추어 선 지환의 귓전으로 파고들었다. 칭찬과 설득을 가장한 춘희의 교활한 음성이 뒤따라 울렸다.

"예뻐. 완전 대박 예뻐. 웬만한 여배우는 이 작가 발뒤꿈치 에도 못 따라와. 오늘의 베스트 드레서, 내가 보증한다니까."

"나는 글쟁이라고요, 배우가 아니라. 내가 왜 이딴 옷을 입 어야 하는데요? 불편해 죽겠고만. 흘러내리지 않을까 조마조 마하고. 지난주에 내가 골라 놓은 드레스 어디 있어요? 그것 입을 거니까 이제 그만 줘요."

"이런 축복받은 몸매를 포대 자루 같은 옷에다 감추어 두 는 것도 일종의 죄악이야. 창조주에 대한 모독."

춘희가 뚫린 입이라고 잘도 놀려 댔다.

뻔뻔한 자식! 음흉한 속내를 누가 모를 줄 알고…….

지환은 휘둘려 혼란에 빠지고 만 마음을 가까스로 다잡아

묶었다. 곧장 준영 쪽으로 다가갔다. 재빨리 재킷을 벗어 드러난 준영의 헐벗은 어깨 위에 올려놓았다. 그 짧은 순간에도 풍만한 가슴골이 속절없이 눈자위에 박혀 대책 없는 아랫도리를 자극했다.

"입어."

차고 건조한 명령에 따라 준영은 기계적으로 지환의 더블 브레스트 재킷에 차례로 양팔을 꿰었다. 곁을 지키고 선 지환의 온몸에서 평소 보기 어려운 선뜩한 기운이 무섭도록 뿜어져 나왔다. 멀뚱멀뚱 지환을 올려다보는 준영의 암갈색 눈망울이 어리둥절하다.

"대표님……."

"단추 채워."

지환은 다시 짤막한 명령을 준영에게 내렸다. 면도날같이 날카롭게 곤두세운 시선을 이 모든 사달의 원흉인 춘희를 향해 옮겼다.

"지난주 이 작가가 골라 놓은 드레스는 어디 두었어?"

나름 담백한 어조였으나 무시무시한 냉기가 흘렀다. 춘희는 의아한 눈길을 얼른 감추고 여느 때와 다름없는 얄궂은 목소리로 대답했다.

"당근 디자이너 숍에 있겠죠. 아예 피팅도 안 했는데."

실실 웃어 대는 춘희를 지환은 얼음 광선처럼 차가운 눈빛으로 쏘아보았다. 이 자리에 준영이 없었다면 주먹이 날아갔을지도 모른다. 천천히 호흡을 가다듬고 준영 쪽으로 시선을 되돌렸다.

"구두는?"

"네에?"

"발은 안 불편하냐고?"

"당연히 불편하죠. 힐이 너무 높아서 제자리에 서 있지도 못하겠어요. 이것 보세요, 계단 올라가다가 발목 부러지겠다 고요."

준영이 드레스 옆트임 사이로 오른발을 내밀었다.

족히 10센티미터는 됨직한 구두 굽보다 한 줌도 안 될 것 같은 발목이 먼저 지환의 눈길을 잡아끈다. 바닥을 끄는 풍성한 치맛단에서부터 탐스러운 엉덩이 바로 아래까지 일자로 이어지는 절개선, 그 아슬아슬한 틈 사이로 살포시 드러난 매끄러운 종아리와 탄탄한 허벅지가 숨 막히도록 아름다웠다.

지환은 저도 모르게 마른침을 삼켰다. 옆에서 춘희까지 헉하며 헛숨을 들이켰다. 재빨리 구둣발로 준영의 황금빛 하이힐을 유연하게 밀어 드레스자락 속에 맨다리가 완전히 감추어지도록 만들었다.

"왜요?"

준영이 도대체 뭐가 뭔지 모르겠다는 듯 얼떨떨한 표정을 지었다. 그런 준영을 잠시 바라만 보다가 지환은 아무 말 없이 휴대전화기를 꺼냈다. 신호음이 다섯 번쯤 울리자 세계적인 패션디자이너 찰리 홍이 반갑게 전화를 받는다. 격의 없고 따뜻한 말소리가 수화기 너머에서 카랑카랑 울렸다.

—어머, 송 대표! 오랜만이야.

"그동안 안녕하셨습니까?"

지환은 다정다감하면서도 결코 정중함을 잃지 않은 반듯함으로 찰리를 대했다.

—나야 만날 그렇지, 뭐.

"선생님께 어려운 청이 하나 있어서 전화 드렸습니다."

—송 대표 부탁이라면 아무리 어려워도 들어주어야지. 뭔데?

"급하게 드레스가 한 벌 필요합니다. 심플하면서도 세련된 것으로."

그쯤에서 이야기를 멈추던 지환은 일순 뇌리를 스치는 생각에 황급히 말소리를 덧붙였다. 찰리의 드레스마저 관능적이면 진짜 낭패가 되고 말 것이다.

"전체적인 분위기가 청초한 느낌이 나면 좋겠습니다."

—누구 입히려고 주문이 그렇게 까다로워?

찰리가 새치름하게 물었다. 핀잔이 아니라 놀림이었다.

'세상 누구보다 소중한 사람'이라는 대답을 대신할 완곡한 표현을 찾는 지환의 눈동자가 홍조 비낀 준영에게 가서 닿았다.

조금은 어리둥절해하고, 그래서 더 수줍은 듯이 보이는 그녀가 눈부신 아침 햇살인 양 반짝반짝 빛난다. 감히 욕심을 내어 가슴에 품기는커녕 잠시잠깐 눈에 담는 일조차도 조심

246

스러울 만큼 눈물겹도록 사랑스러웠다.

"회사 소속 작가입니다. 오늘 밤 중요한 모임이 있습니다."

—서울 드라마 어워즈?

"예."

—사이즈는?

지환은 새삼 준영의 전신을 스캔하듯 두 눈으로 훑었다. 1초가 될까 말까 한 그 찰나에도 심장이 저릿저릿 떨리면서 수없이 쿵쿵거렸다. 가슴이 달았다.

"키 168. 몸무게 48. 사이즈 44면 될 것 같습니다."

—임의로 드레스 세 벌을 준비해 놓을게. 아가씨 데리고 와서 송 대표가 개중에 하나를 골라. 구두랑 보석은 어떻게 할까?

"우아하면서도 편한 구두면 좋겠습니다. 발사이즈는 240입니다. 보석은 진주로 해 주십시오."

—보석이 진주면 이미 게임은 끝났네. 드레스도 사랑스럽고 로맨틱한 콘셉트로 가야겠지? 마침 기가 막히게 청초한 녀석이 하나 있는데, A라인 실루엣에 순백의 롱드레스라……. 사람들이 웨딩드레스로 오해하면 어쩌지?

"상관없습니다."

—그 아가씨 누구인지 빨리 보고 싶네.

찰리가 특유의 높고 굵은 톤으로 오홍홍홍 소리를 내어 웃었다.

"어떻게 김치도 없어?"

지환은 아일랜드 식탁 맞은편에 자리를 잡고 앉아, 숟가락을 집어 드는 준영을 향해 마음에도 없는 타박을 던졌다. 달랑 생수 두 병에 자몽 주스밖에 없는 냉장고 안을 보고 나자 가슴이 짠하면서도 부질없이 화가 솟았다.

"마트 가는 걸 깜빡 잊었어요."

"잊을 게 따로 있지, 생존하고 직결되는 문제를 잊어?"

"내가 건망증이 심하잖아요. 그래도 김은 있었네."

준영은 물색없이 웃어 버렸다. 후다닥 지환이 끓여 준 뜨거운 흰죽 위에 바삭 구운 김을 얹었다. 공연히 미안하고, 더없이 고맙고, 게다가 눈치까지 보여 평소보다 말수가 많아진다.

"이렇게 먹으면 진짜 맛있어요. 나 이것 엄청 좋아하는데. 마른 멸치에 고추장 찍어서 물 말은 밥이랑 먹는 것도 좋아하고."

"냄비에 죽 더 있어. 먹고 또 먹어. 며칠 굶은 것 같아서 일부러 죽 끓였어. 빈속에 갑자기 밥 들어가면 힘들지도 몰라서."

"이 흰죽은 선물이에요, 뇌물이에요?"

"둘 다 아니야."

"대표님이 열과 성을 다해서 준비한 당근이에요?"

"그래. 전속 계약금 대신이야. 그러니까 많이 먹어. 다 먹으면 한 냄비 더 끓여 줄게."

지환은 달아오르는 눈시울을 애꿎은 전등불에 가져다 꽂았다. 차가운 빛줄기가 날카로운 유리 조각처럼 쏟아져 내린다.

이 짓도 이제 더는 못 해 먹겠다.

준영을 향해 자꾸만 내달려 가는 마음을 감추고, 하루하루 깊어져만 가는 감정을 억누르고……

어느 날 홀연히 깨닫고 알아 버린 사랑을 억지로 외면하느라 지난 3년을 오로지 참기만 했다. 행여 들킬까 무서워서, 이렇게 곁에 두고 바라보는 일조차 금지 당할까 두려워서 매일 매순간이 노심초사였다.

진짜 힘들어 죽겠다. 젠장!

갈래갈래 찢겨 나가는 지환의 심정은 까맣게 모른 채 준영이 해시시 웃는다. 곱디고운 얼굴이 못내 아스라해서 지환은 똑바로 쳐다볼 수조차 없었다.

"죽 더 줄까?"

"왜 자꾸 더 먹으래요? 지금 이것도 많은데."

"자꾸자꾸 먹여서 살찌우려고."

"헨젤과 그레텔이에요? 잡아먹히지 않으려면 나도 헨젤처럼 뼈다귀 하나 준비해 놓아야 하는 거냐고요."

준영은 부질없는 신소리를 부러 주절주절 읊어 댔다. 좀처

럼 눈길을 마주치지 않는 지환의 옆얼굴을 빤히 올려다보았
다. 전에 없는 심각한 표정으로 미루어 짐작하건대 어떤 할
말이 있는 것이 분명했다.

애써 감추어 둔 마음을 혹시 들킨 것을 아닐까?

못난 감정을 눈치 빠른 지환이 행여 알아챈 것은 아닐까?

더럭 겁이 났다. 아무리 그래도 아니라고 딱 잡아떼면 그
만이었다.

온갖 잡다한 생각이 준영의 머릿속을 번잡스럽게 오갔다.
난데없이 숟가락이 천근만근 무겁게 느껴진다. 슬그머니 숟
가락을 내려놓았다.

"그만 먹으려고?"

지환이 그제야 시선을 마주 대한다.

준영은 서걱대는 마음을 다잡으며 버썩버썩 타들어 가는
입술을 혀로 축였다.

"대표님 나한테 할 얘기 있죠?"

"밥 다 먹고."

"먼저 얘기해요."

"밥부터 먹으라니까."

"지금 얘기해요. 매도 먼저 맞으라잖아요."

"밥부터 먹어. 죽 그릇 다 비우면 하지 말라고 해도 얘기
할 거야."

"이대로 내가 안 먹고 버티면 어떻게 할 건데요?"

준영은 되도 않는 고집을 피웠다. 아무짝에 쓸모없는 짓인

줄 알면서도 그냥 그렇게 하고 싶었다. 팽팽한 긴장감이 아일랜드 식탁 주변을 휘감고 돈다. 준영도 지환도 한동안 말이 없었다.

"양춘희 실장, 내일부터 여기로 출근할 거야."

차분한 중저음이 나지막하게 울렸다. 묵직하면서도 거침없는 지환의 말소리에서 거역할 수 없는 힘이 느껴졌다.

준영은 놀란 가슴을 남몰래 쓸어내렸다. 짐짓 예사로운 얼굴로 앉아 짐작이 가고도 남는 이유를 굳이 캐어물었다.

"왜요?"

"일종의 보조 작가라고 생각해. 회사에서 양 실장 월급 많이 주고 있으니까 이 작가 마음껏 부려먹어."

"양춘희 실장은 남자, 나는 여자라고요. 하루 종일 작업실에서 얼굴 맞대고 부대껴야 하는데 너무하는 것 아니에요?"

"춘희가 남자로 보여?"

지환이 물었다. 무심한 듯 담담한 말투였다. 준영을 향해 곧이곧대로 다가서는 눈빛은 얼음송곳처럼 날카로웠다. 마치 준영의 진심을 읽으려는 사람 같았다. 그런 지환에게 거짓말을 할 수는 없었다.

"아니요."

## Chapter 10

# 그의 노래가 되고 싶다

준영은 붉은 핏자국이 선명하게 남은 약솜을 콧속에서 꺼내 근처 휴지통에다 아무렇게나 내던져 버렸다. 허파꽈리가 잔뜩 부풀어 오르도록 방 안 공기를 한껏 들이마셨다. 일정한 규칙에 따라 오르고 내리는 숨소리가 신경질적이면서 거칠다.

그나마 폐에다 산소를 쑤셔 넣듯 억지 심호흡을 서너 번쯤 반복하고 나자 부글부글 들끓던 기분이 조금은 진정되었다.

"벌써 빼면 어떡해?"

춘희가 대뜸 인상부터 긋는다. 준영은 한시도 곁에서 벗어나지 않으려 기를 쓰는 춘희를 사납게 노려보았다. 뾰쪽한 심지가 올라선 눈빛에 못마땅해하는 기운이 또렷또렷 맺혔다.

"지혈 다 됐거든요. 코피 다 멈추었다고요."

"혹시 모르니 5분만 더 넣고 있으라니까. 하여간 저 똥고집! 진짜 말 안 들어. 피 칠갑을 당해야 정신 차리지."

"내가 피로 칠갑을 하든 팔갑을 하든 상관 말고 그냥 좀 내버려 두라고요."

"싫, 어! 내가 여기 있는 게 마음에 안 들면 저거나 보시든가."

춘희가 이제는 아예 트레이드마크가 되어 버린 예의 교활한 표정으로 실실 웃었다.

준영은 작업실 책상 위 버젓이 한 자리를 차지한 계약서 사본을 퉁명스러운 턱짓으로 가리켰다.

"저게 뭔데요?"

"내 출입증. 이 작가가 작업실 출입을 허가하지 않으면 저 계약서를 보여 주라던데? 강빈의 드라마 출연 계약서가 어떤 경로로 이준영 작가 작업실 출입 허가증이 되었는지는 잘 모르겠지만. 아무튼 대표님 얘기가 그랬어."

"대표님도, 양 실장님도 진짜 못됐다. 내가 무슨 대단한 일을 바라는 것도 아니고. 누구한테도 방해받지 않고 혼자 조용히 작업하겠는데…… 그 정도도 못 들어주냐고요?"

"내 영역 밖이야. 암시롱."

"나 좀 혼자 내버려 달라고요. 제발, 좀!"

준영은 작정하고 짜증을 담아 목청을 돋우었다. 춘희가 덩달아 씩씩거리며 얼굴을 붉힌다.

"나는 뭐 좋아서 이러는 줄 알아?"

"그럼, 대표님한테 싫다고 말했어야죠."

"얘기 안 했을 것 같아?"

"네, 안 했을 것 같아요."

준영의 똑 부러지는 대답을 듣고 춘희가 허허 헛웃음을 쳤다. 준영에게 건네는 말소리에 억울한 기색이 역력하다.

"나도 나름대로 최선을 다해 저항했다고."

"더 했어야죠. 끝까지 했어야죠. 사표를 쓰겠다는 협박이라도 했어야죠."

"내가 왜?"

춘희가 돌연 정색을 했다. 준영은 너무 어이가 없어 대꾸도 못 하고 그저 입술만 벙긋거렸다.

"아니, 무슨……."

"사표 쓰겠다고 했다가 대표님이 진짜로 그만두라고 하면 나만 손해잖아. '프로덕션 온'에서 받는 연봉이 얼마인데 내가 사표를 왜 써? 게다가 나도 엄연히 '프로덕션 온' 주주야. 지분 15퍼센트에 빛나는 대주주."

춘희가 찡긋 장난꾸러기 같은 윙크를 날렸다. 준영은 하릴없이 약만 올라 쿵쿵 발을 굴렀다.

"양 실장님!"

"이 작가 일하는 데 절대 방해 안 해. 나는 작업실에서 오로지 숨만 쉴 거야. 힘들어도 이 작가가 참아. 그래야 대표님 마음이 편해질 것 같으니까."

춘희의 말투가 떼쓰는 아이를 달래듯 조곤조곤하게 변했다. 준영은 그마저도 고깝고 싫었다.

"나도 이제 서른이에요. 어린애 아니라고요. 대표님이랑 양 실장님이 싸고돌아야 할 만큼 앞가림 못 한 적도 없잖아요."

"알아. 나야 잘 알지."

"안다면서 나한테 왜 이래요?"

"대표님은 모르잖아. 그게 바로 이 작가와 나의 유일한 애로 사항이라는 것이지. 칼자루는 대표님이 쥐고 있는데 어쩌겠어? 까라면 까야지."

어깨를 으쓱해 보이는 춘희의 눈가로 능청스러운 미소가 물살처럼 빠르게 번졌다. 준영은 지긋지긋하다는 식으로 질끈 눈을 감아 버렸다.

"진짜 얄밉다. 대표님도 양 실장님도 둘 다 미워요."

"그러지 마. 내가 쿠크다스 심장이라 쉽게 상처받는 것 알면서. 나도 엄연한 피해자인데. 이 작가는 동병상련도 몰라?"

"몰라요. 그딴 것, 알고 싶지도 않아요."

퉁퉁 부은 준영의 입에서 볼멘소리가 절로 나왔다. 일없이 양쪽 볼에 바람을 집어넣었다. 풍선처럼 부풀어 오른 준영의 뺨을 춘희가 집게손가락으로 콕 찌른다.

"저녁에 삼겹살 구워 먹을까?"

"작업실에 아무것도 없어요. 마트 가려고요? 잘됐네. 아예 한 다섯 시간 나가서 장 보고 와요."

"심히 안타까워서 이를 어쩌지? 이 작가 기대에 부응해 주고 싶은 마음은 굴뚝같은데, 아무래도 힘들겠다. 아까 대표님 집에서 몽땅 훔쳐 왔거든. 김치랑 밑반찬이랑 쌈채소까지 죄다. 혹시 몰라서 쌀도 들고 왔잖아. 씻어서 밥만 안치면 돼."

춘희가 엿듣는 사람도 없는 작업실에서 한껏 목소리를 낮추어 속닥였다. 뾰로통하던 준영의 눈망울에 하릴없는 미소가 고이고 만다.

"정작 중요한 삼겹살이 빠졌잖아요."

"Don't worry. Be happy."

춘희가 걱정하지 말라며 오른손 검지를 준영의 눈앞에서 살랑살랑 흔들었다. 곧장 휴대전화기 스피커폰 기능을 열고 전화를 건다. 흔하디흔한 컬러링도 없이 밋밋한 벨소리가 세 번을 잇달아 울렸다.

―왜?

하다못해 '여보세요'라는 판에 박힌 인사조차 없었다. 그런데도 무작정 날아드는 지환의 투박한 목소리가 오히려 다정하기만 했다. 춘희가 한차례 싱긋 웃더니 휴대전화 내장 마이크 쪽으로 얼굴을 조금 더 가까이 가져갔다.

"대표님 지금 어디세요?"

―올림픽대로. 30분 안에 도착할 거야. 운전 중이니까 용건만 간단히 얘기해.

"벌써 올림픽대로 탔다고요? 이거, 이거, 오늘따라 퇴근이 엄청 이르시네요. 뭣 때문일까요? 양춘희가 무척 보고 싶으셨나 보군요."

―용건만 간단히! 이 작가는?

"당근 열과 성을 다한 제 보살핌 속에 잘 있죠. 아빠 펭귄이 아기 펭귄을 거두어 먹이는 심정으로 열심히 챙기고 있으니까 걱정 마세요."

―알았어. 그만 끊어.

"아직 제 용건 안 끝났어요. 집에 올 때 근처 마트에 들러서 삼겹살 두 근만 사 오세요."

―저녁에 삼겹살 구워 먹으려고?

"네. 와인 삼겹살 파티하려고요. 축하해야죠. 경축! 양춘희 실장, 이준영 작가 작업실 항시 출입 자격 획득. 길이길이 빛날 가문의 영광입니다."

―지난번에 쓰고 남은 참숯, 다용도실에 있으니까 뒷마당 바비큐 그릴에 불 피워. 와인도 저장고에서 마음에 드는 녀석으로 두어 병 미리 골라 두고.

"옛설! 맡겨만 주십시오."

춘희가 보지도 못할 지환을 향해 거수경례를 붙였다. 넋을 놓다시피 두 사람의 대화를 귀동냥하던 준영은 까닭 없이 민망해져서 스스러운 시선을 급하게 떨어트렸다. 책상 위 계약서 사본만 멀뚱멀뚱 쳐다보고 있자 통화를 끝마친 춘희가 짓궂은 장난을 쳤다.

"내가 계약서 위조라도 했을까 봐?"

"대표님 사인 보니까 위조는 아니네요."

"당근이지. 저 요상 망측한 사인을 대표님 말고 또 누가 그려 낼 수 있겠어? 처음에는 영어인가 싶었거든. 아무리 봐도 알파벳은 아니야. 국적 불명에 해독 불가."

"우리말이에요."

"헐! 지렁이 기어가는 것같이 생긴 저 아이가 우리 한글이라고?"

"여기 이렇게 노래라고 쓰여 있잖아요."

"대박! 정말이네. 근데 왜 하필 노래야?"

"대표님 성이 송 씨잖아요. 영어로 Song, 우리말로 노래."

"이 작가는 어떻게 알았어? 대표님한테 들었어?"

"7년 전 전속 계약서 쓸 때 대표님 사인하는 것 보고 알았어요."

준영은 오른쪽 집게손가락으로 지환의 사인을 천천히 덧그렸다.

노래.

나의 노래.

그의 노래가 되고 싶다.

금지된 열망이 헛헛한 가슴속을 아프도록 들쑤셨다.

"맛있지?"

춘희가 과연 한입에 다 들어갈까 싶을 정도로 커다란, 어쩌면 거대하기까지 한 상추쌈을 싸면서 물었다. 준영은 하필입안에 음식이 하나 가득이라 말소리는 내지 못하고 고개만끄덕여 대답했다. 그런 준영을 통나무 탁자 너머로 건너다보며 춘희가 싱그레 웃는다.

"우쭈쭈, 우쭈쭈! 우리 이 작가 많이 먹어."

이번에도 준영은 과도한 고갯짓으로 대답을 대신했다.

통나무 탁자 옆 바비큐 그릴에서 고기를 굽던 지환이 알콩달콩, 시쳇말로 꽁냥질이 한창인 춘희와 준영을 사뭇 마뜩찮다는 양 노려본다.

"못돼 먹은 것들! 남은 땀 뻘뻘 흘려 가면서 고기 굽느라 죽을 맛인데, 뭐가 어쩌고 어째? 우쭈쭈, 우쭈쭈?"

"형님도 일 쌈 하실래요?"

춘희가 웬만한 어른 주먹보다 큰 상추쌈을 불쑥 들이밀었다. 지환은 벌겋게 달아오른 집게를 휘둘러 멀리 쫓아냈다.

"상추쌈 먹다 입 터져 죽을 일 있냐?"

"본래 상추쌈은 크게 만들수록 맛있는 법이라고요."

"됐거든. 너나 맛있게 처드세요."

지환은 한 소리 타박을 춘희에게 보태 주고 준영 쪽으로시선을 옮겼다. 마침 향긋한 깻잎에 노릇노릇 잘 구워진 삼겹살을 얹어 쌈 싸기가 한창이었다. 한입에 쏘옥 들어갈 적당한 크기로 예쁘게도 싼다.

준영이 앙증맞은 깻잎쌈을 입으로 가져가는 순간을 노려

덥석 손목을 부여잡았다. 놀라 휘둥그렇게 치켜뜬 준영의 눈동자를 부러 자그시 응시한 채 깻잎에 싼 삼겹살을 한입에 쑤욱 넣었다.

파르르 떨리는 준영의 곱고 여린 손가락이 지환의 단단한 입술을 스치듯 지났다. 깻잎 특유의 짙은 향취 속에서도 아련한 살내음이 혀끝에 감겼다.

"으음, 맛있네. 누군지 고기 기똥차게 구웠다."

지환은 전에 없던 넉살을 피우며 물색없이 웃고, 준영은 발그레 홍조를 피우며 말없이 웃었다.

준영이 수줍은 얼굴로 앉아 이번에는 상추로 쌈을 만든다. 고소한 기름장을 찍은 바싹 구은 삼겹살 위에 구수한 쌈장을 바른 풋고추 조각을 얹었다. 쌈이 완성되기를 기다려 지환은 크게 입을 벌렸다.

"아아!"

준영이 살포시 미소 짓더니, 허리를 굽혀 가까이 다가와서는 지환의 입속으로 살며시 상추쌈을 밀어 넣어 주었다.

"맛있어요?"

"응."

"깻잎이랑 상추 중에서 어떤 게 더 맛있어요?"

"깻잎."

지환은 지글지글 삼겹살이 익어 가는 바비큐 그릴 쪽으로 몸을 돌렸다. 슬쩍 돌아다본 어깨 너머로 열심히 깻잎쌈을 싸는 준영의 모습이 보였다. 타닥타닥 타오르는 숯불이 두근

두근 일렁이는 가슴을 하릴없이 달구었다.

"형님! 이제 그만 구워도 될 것 같아요."

춘희가 거의 비운 지환의 와인 잔을 샤또 라뚜르로 다시 채웠다. 지환은 불판 위 삼겹살을 바삐 뒤집었다.

"이것만 마저 굽고."

"그 일은 알아보셨어요?"

"어떤 일?"

"김태규 감독 말이에요. 이 작가 작업실 주소는 어떻게 알았대요? 아무래도 우리 사무실 쪽에서 흘러나간 것 같은데. 어떤 놈인지 반드시 발본색원*, 본보기를 보여야 하지 않겠어요?"

"발설한 놈이 '내가 했소'라며 손들고 나올 것 같아? 누구 통해서 들었느냐고 김태규 감독한테 정색하며 묻는 것도 우습고. 어쨌든 범인은 찾아내야 하니까 방법을 생각해 보자."

나름 심각한 춘희와 지환의 대화 사이로 차분히 가라앉은 준영의 목소리가 봄바람처럼 가만히 스며들었다.

"그냥 둬요."

"응?"

지환은 곧장 키를 낮추어 통나무 탁자에 앉은 준영 쪽으로 귀를 기울였다. 준영이 야무지게 싸 놓은 깻잎쌈을 달라고도 하지 않았는데 지환의 입안에 쏘옥 넣어 주었다.

---

*발본색원(拔本塞源):나쁜 일의 근원을 아주 없애 버려 다시는 그런 일이 일어나지 않도록 함.

"범인은 찾아서 어쩌려고요? 작업실 주소가 국가 기밀도 아니고. 엄청난 대외비도 아닌데."

"괜찮겠어?"

"안 괜찮으면요? 회사에 추국장이라도 열까요? 직원들 죄다 붙잡아다가 이실직고하라며 주리라도 틀 거냐고요?"

준영이 자잘하게 웃었다. 휘영청 달빛 아래 앉은 모습이 새삼 곱기도 하다. 불현듯 생각이 복잡해져 지환은 아무런 말도 못 하는데, 옆에서 춘희가 멋대로 흥분해 엉터리 같은 소리로 목청을 높였다.

"당근 틀어야지. 주릿대가 안 되면 조리라도 끼워서 틀어야지."

"나 어린애 아니에요. 벌써 서른이라고요. 꽉 채운 계란 한 판! 그런데도 실장님이랑 대표님 눈에는 아직도 내가 스물셋 세상 물정 모르는 어린애 같죠?"

지환은 눈꺼풀을 비스듬히 아래로 내려트리고 한참이나 준영을 말끄러미 내려다보았다. 밤도둑처럼 몰래 찾아드는 머릿속 은밀한 상상을 준영이 안다면 어떤 반응을 보일지 문득 궁금해졌다. 실없는 웃음만 새어 나왔다.

"이 작가는 스물셋일 때도 세상 물정을 너무 잘 알아서 탈이었어."

지환의 이야기에 춘희가 기다렸다는 듯 나서서 맞장구를 쳤다.

"맞아요. 도무지 애가 애 같지가 않고 홀라당 되바라져서 어찌나 야무지고 똑 부러지던지. 처음 전속 계약서 쓸 때 오죽하면 이 양춘희가 혀를 다 내둘렀게요. 그때 우리 이준영 작가 파릇파릇 진짜 예뻤는데. 그렇죠, 대표님?"

"응."

"지금은 삐쩍 말라 가지고……."

춘희가 한차례 쓰윽 준영의 전신을 눈으로 훑더니 장탄식과 더불어 쯧쯧 혀를 찼다. 준영은 부러 새치름하니 물었다.

"그래서 지금은 안 예쁘다고요?"

"예뻐. 아직도 예뻐. 근데, 그때 그 파릇파릇한 맛은 없어. 살 좀 찌우자."

"대표님도 만날 살찌우라 그러고. 두 사람은 나를 돼지로 만들고 싶은 거예요?"

"응."

"어."

지환과 춘희가 약속이라도 한 것처럼 동시에 대답을 하고서, 둘이 좋다고 얼굴을 마주 쳐다보며 껄껄껄 웃는다. 샐쭉 눈초리를 비켜 뜬 준영의 입가에도 여지없는 미소가 들불인 양 빠르게 번졌다.

좋은 사람들. 참 좋은 사람들. 이 사람들과 같이 있으면 행복하다. 비록 한때지만 눈앞의 걱정도, 해묵은 근심도 모두 잊을 수 있어서 좋았다. 오래전 준수와 해진 사이에 꼽사리로 끼어 공주 대우를 받던 철없는 그때 그 시절로 되돌아간 듯한 착각이 들기도 했다.

울컥 목이 메었다.

"왜 그래? 어디 안 좋아?"

지환이 대번 준영의 이상 징후를 감지하고 물었다. 준영은 울지 않으려 숨을 크게 들이마셨다가 천천히 뱉어 냈다.

"고기가 목에 걸렸나 봐요."

"조심 좀 하지."

지환이 재빨리 자몽 주스가 담긴 유리잔을 준영의 손에 쥐어 주었다. 거짓말로 둘러댄 것이 마음에 걸려 준영은 단숨에 주스 잔을 비웠다.

"맛이 왜 이래요? 주스 맛이 써요. 엄청."

"그래?"

지환은 빈 유리잔을 코로 가져와 냄새부터 확인했다. 별다른 이상을 느끼지 못하겠다. 춘희가 못 말린다는 표정으로 머리를 내젓는다.

"유난 좀 떨지 맙시다. 자몽 주스는 쌉싸름하니 쓴맛으로 먹는 건데. 미심쩍으면 지환 형님이 한번 드셔 보세요."

지환은 준영이 마시던 유리잔에 자몽 주스를 따랐다. 한 모금 입안에 머금고 포도주를 시음하는 소믈리에처럼 신중하게 맛을 음미했다.

"괜찮은데."

"그렇죠, 형님? 이 작가 입맛이 이상한 거라니까요."

"대표님! 나도 줘요. 다시 먹어 볼래요."

준영은 유리잔을 도로 받아 자몽 주스 냄새를 확인한 후

조심스럽게 입술을 적셨다. 매일 마시는 생과즙 백 퍼센트 자몽 주스와 별반 다르지 않은 맛이다. 쌉싸래하면서도 새콤달콤한 맛이 똑같았다.

"아까는 분명 썼는데……."

"목이 받쳐서 이 작가 입맛이 잠깐 이상해졌던 것 아니야?"

춘희가 그것 보라는 듯이 다그쳤다. 준영은 선선히 동의할 수밖에 없었다.

"그런가 봐요."

"그래도 안전을 위해서 일단 이 녀석은 버리는 걸로. 오키도키?"

춘희가 준영의 손에 들린 유리잔을 빼앗다시피 가져가더니 자몽 주스병과 나란히 통나무 탁자 한쪽에 내려놓았다. 마지막 남은 한 병이라 지켜보는 준영의 눈망울에 자못 아쉬움이 깃들었다.

"그것밖에 없다고요. 아까운데."

"내일 마트 가서 다섯 병 사 올게. 갓 짜낸 신선한 놈들로. 이 작가도 샤또 라뚜르 한 잔 줄까? 이것 되게 유명한 와인이야. 맛도 끝내주고. 이번 기회에 술 좀 배워. 무조건 싫다고 거부하지 말고. 술도 잘만 사귀면 제법 괜찮은 친구야."

"됐어요. 이래 봬도 내가 공식적으로 알코올 알레르기잖아요. 그것도 양 실장님 덕분에. 거짓말 들통 나지 않으려면 술이랑은 계속 친구가 아닌 앙숙으로 지내야죠."

"여기 우리 셋뿐인데 어때? 소문 낼 사람 아무도 없어."

"그래도 싫어요. 술이라면 입에 대기도 싫어요."

딱 자르는 준영의 말소리가 어느 때보다 강경하고 단호했다.

그날 술만 마시지 않았어도…….

당황해 도로 위로 뛰어들지만 않았어도…….

수천, 수만 번도 더 했던 후회가 다시금 가슴을 쳤다.

"언제 마셔 본 적은 있고?"

춘희가 대놓고 놀리며 낄낄 웃었다.

준영은 입술을 깨물어 문 채 와들와들 떨리는 손가락으로 묵주 반지를 매만지고 또 매만졌다. 부옇게 흐려지는 눈동자가 바로 옆자리 묵묵히 앉은 지환을 향해 저도 모르게 달려갔다.

사고 이후 처음으로 용서 받을 수 있으면 좋겠다는 생각이 들었다. 왜 불쑥 이런 마음이 생겨났는지 모르겠다. 용서는 감히 꿈조차 꾸어서도 안 되는 욕심이라 여겼는데……. 이제는 그만 용서를 빌고 싶다. 부디 용서해 주면 좋겠다.

"딱 한 번 마셔 봤어요. 10년째 후회 중이에요."

"후회? 이 작가 도대체 술 먹고 무슨 짓을 한 거야? 장장 10년씩이나 후회를 한다고? 스무 살 젊은 혈기로 원나잇 스탠드라도 했어?"

춘희가 우스갯소리랍시고 얼토당토않은 신소리를 지껄였다. 그러다 금세 민망했던 모양 광대뼈를 붉히면서 열없이 키득거렸다.

그 와중에도 준영의 눈길은 차돌맹이처럼 딱딱하게 굳은 지환의 얼굴에서 좀처럼 벗어날 줄을 몰랐다. 먼 허공을 응시하고 앉은 모습이 침착하고 완고했다. 어느 한편으로는 무기력해 보이기도 했다.

그것이 못내 아프고 슬프다.

준영은 당장에라도 왈칵 쏟아져 내릴 것 같은 눈물을 가까스로 삼켰다. 파리한 입술을 뚫고 쇳소리처럼 삐꺼덕대는 말소리가 무거우면서도 느리게 흘러나왔다.

"그날, 오빠가…… 죽었어요. 나 때문에. 내가…… 잘못해서."

놀라고 당황한 지환의 시선이, 비치적비치적 몸을 일으켜 세우는 준영을 향해 줄달음질쳐 다가왔다. 칠흑빛 어두움을 머금은 우물 같은 눈동자와 희뿌연 안개로 뒤덮인 암갈색 눈동자가 싸늘한 봄밤 파르스름한 달빛을 깨치며 허공중에서 부딪쳤다.

지환이 제대로 들은 것인지 귀가 의심스럽다는 양 준영의 얼굴을 뚫어져라 바라봤다. 가느스름하니 말아 뜬 눈초리가 차가운 얼음조각처럼 날카로웠다. 준영은 피울음 대신 쓰게 웃었다.

"먼저 들어갈게요. 피곤해서 그만 쉬고 싶어요."

황급히 몸을 돌렸다. 눈앞이 어질어질 흔들리나 싶더니 머릿속마저 아뜩해졌다. 어렴풋한 의식 저 너머에서 누구인가 그녀의 이름을 애타게 불렀다. 그날 그때처럼 그렇게.

"이준영! 준영아!"

지환은 재빨리 몸을 날려 까무룩 정신을 잃고 쓰러지는 준영을 두 팔로 받아 품속에 보듬어 안았다. 화들짝 놀라 제자리에서 벌떡 일어나던 춘희가 가슴을 쓸어내리며 안도의 숨을 쉬었다.

"제 잘못이에요."

"뭐?"

"이 작가 쓰러진 것, 아무래도 저 때문인 것 같아요. 죄송해요, 형님."

"또 무슨 짓을 저질렀는데? 형석이 놈 사주 받아 지난번처럼 잠 좀 자라고 준영이한테 몰래 수면제라도 먹였어? 너, 인마! 혹시 자몽 주스……."

지환은 잘끈 눈을 감고 말았다. 이제 형석과 춘희의 장난질이 지긋지긋하다 못해 진저리가 쳐졌다. 어금니를 옥다물고 선 지환의 귓전으로 안절부절못하는 춘희의 말소리가 조심스럽게 파고들었다.

"이번 주 내내 한숨도 못 잔 눈치더라고요. 저러다 쓰러지지 싶어서……. 오늘 오후에만 코피를 두 번이나 쏟았거든요."

"그렇다고 주스에다 수면제를 타면 어떡해? 양춘희! 너 정신이 있는 새끼야, 없는 새끼야?"

"수면제가 아니라 술이에요. 자몽 주스에다 드라이 진 조금 탔어요. 스트레이트 잔으로 딱 한 잔. 봄베이 칵테일처럼.

이 작가가 술에 이렇게까지 약할 줄은 몰랐죠. 일부러 고기도 충분히 먹였는데. 죄송합니다."

춘희가 울상을 지은 채 꾸뻑 고개를 숙였다. 좋은 의도로 한 짓에 준영이 쓰러지자 제 딴에도 많이 놀란 모양이었다. 꼬박 일주일을 제대로 못 잤다면 드라이 진 한 잔에 나가떨어질 만도 했다. 술 때문에 일어난 해프닝이라니 그나마 다행이었다.

지환은 행여 준영이 깰세라 혹은 다칠세라 귀하고 소중한 보물을 다루듯 조심조심 가슴에 안아 들고 가만가만 작업실 쪽으로 발길을 잡았다.

"치우고 자라. 혹시 모르니까 오늘 밤은 내가 준영이 곁에 있을게."

지환의 묵직한 목소리가 낮고 침착하게 흘렀다. 춘희는 몸이 반으로 접히도록 허리를 깊숙이 숙였다.

"예, 형님!"

저벅저벅 멀어져 가는 발소리에 곧장 허리를 일으켜 세우고 제일 먼저 휴대전화부터 찾았다. 첫 번째 신호음이 떨어지기가 무섭게 형석이 전화를 받는다. 저녁 내내 전화를 기다리고 있었음이 분명했다.

―어떻게 됐냐?

"어떻게 되기는 뭐가 어떻게 돼요? 죽다 살아났죠. 제가 자몽 주스에 드라이 진 타는 것은 어째 무리수 같다고 했잖아요. 그것 마시고 이준영 작가 쓰러졌어요. 지환 형님한테

저 까딱했으면 맞아 죽었다고요."

어느덧 짙어진 춘희의 콧소리 속에 어리광이 가득했다. 형석이 수화기 저편에서 낄낄낄 웃는다.

—이렇게 전화한 것 보니까 아직 말짱하게 살아 있는데, 뭘.

"지금 웃음이 나오십니까? 진짜로 십년감수했다고요."

—나중에 위로의 뽀뽀 찐하게 해 줄게, 인마!

"됐습니다. 됐다고요. 뽀뽀 따위 필요 없습니다."

—송 대표랑 이 작가 사이에 진전은 있었어?

형석이 애가 달아 다시 물었다. 춘희는 뽀로통한 표정으로 하늘 높이 떠오른 달을 노려보았다.

"언제 지환 형님이 이준영 작가 이름 부르는 것 들어 본 적 있으세요? 우리 대표님 공석에서는 물론이고 사석에서도 이 작가 두고 절대 이름 부르지 않잖아요."

—뭔 말 같지도 않은 소리야? 우리끼리 있을 때는 만날 이준영, 이러고 부르는데.

"그렇게 성까지 붙여서 부르는 것 말고요. 준영아, 라고 이름만 부르는 거요."

—대박! 송지환이 이 작가를 준영아, 라고 불렀다고?

"예. 이준영 작가 쓰러지면서 제 기억에 한 서너 번은 그렇게 부른 것 같아요. 지환 형님 본심이 무의식중에 튀어나온 것 맞죠?"

—그러게. 지환이 그 자식 말술을 마시고도 제집 현관문

열고 들어가기 전까지는 주사는커녕 넥타이도 안 풀어 놓을
정도로 정신력 하나만큼은 끝내주는 놈인데. 그 독하디독한
자식이 이준영 작가 쓰러졌을 때 엄청 놀랐나 보다. 정신줄
놓고 춘희 네가 있는데도 이 작가 이름을 다 부른 것을 보면.
됐다. 이제 됐어.

"되기는 뭐가 돼요? 이준영 작가 쓰러졌다니까요. 알코올
쇼크로 기절했다고요. 제 눈앞에서 픽 하고 뒤로 넘어가는
데…… 와, 진짜, 심장 마비 오는 줄 알았다고요."

걱정으로 애간장이 타는 춘희와 달리 형석은 천하태평이
었다.

─걱정도 팔자. 쓰러진 이 작가 지환이가 들어서 작업실
로 옮겼을 것 아니야? 그놈이 어련히 알아서 잘 챙기겠지.

"헐! 어떻게 아셨어요? 형님 혹시 근처에서 망원경으로 지
켜보고 있어요? 아니면 미리 감시 카메라라도 달아 놓았어
요?"

─그깟 것 안 봐도 비디오다. 술에 취해 정신을 잃은 제
여자를 딴 놈한테 맡기는 미친놈이 세상천지에 어디 있어?
이참에 지환이 놈이 이준영 작가를 덮쳐 버리면 완전 금상첨
화인데.

"짐승! 우리 대표님은 형님 같은 더러운 산짐승이 아니라
고요. 정신을 잃고 쓰러진 여자를 덮치다니……. 형석 형님
은 짐승이에요, 짐승!"

춘희가 버럭버럭 소리를 내지르자 형석도 이에 질세라 한

껏 목청을 높였다.

—염병! 지랄하고 자빠졌네. 지환이 놈이 그렇게 좋으면 거기서 평생 살아, 새끼야! 집에 오기만 해 봐라.

"형님이야말로 왜 나한테 지랄이세요? 매달 방세에 생활비까지 꼬박꼬박 내고 있는데. 게다가 빨래도 제가 하죠, 청소도 제가 하죠, 밥도 제가 하잖아요. 어디 양춘희 없이 형님 혼자서 잘살아 보시라고요. 며칠 못 가 피눈물을 쏟고 말 테니까."

춘희는 작정하고 악담을 퍼부었다. 그동안 가슴에 졌던 응어리가 조금은 풀리는 기분이다.

형석이 느닷없는 웃음소리를 쏟았다.

—역시 우리 양 양은 앙앙거리면서 덤빌 때가 제일 예쁘다니까. 격하게 사랑한다, 새끼야!

"진짜 됐다고요. 그깟 입에 발린 소리에 이제 안 넘어갑니다."

—오랜만에 낚시나 가자. 바다낚시.

"우리 둘이요?"

퉁퉁 부었던 춘희의 입이 단박에 헤벌쭉 벌어졌다. 수화기 너머에서 형석이 짧게 혀를 찼다.

—사내새끼들 둘이서 무슨 재미로 낚시를 가? 이준영 작가랑 지환이 놈도 데리고 가야지.

"사내새끼 둘이나 셋이나, 뭐가 달라요?"

—이 작가 있잖아.

"이준영 작가가 여자예요?"

─그럼 이 작가가 남자냐?

"임자 있는 여자는 여자가 아니므니다. 여태 모르셨어요?"

춘희의 빈정거림에 형석이 아예 대놓고 박장대소를 터트렸다. 분명 소파 위에서 좋다고 데굴데굴 구르고 있을 것이다.

─이준영 작가 이달 스케줄은 어때?

"다음 주 안으로 10부까지 수정 대본 마무리 지을 예정이에요. 수정고만 별 탈 없이 제때 나와 준다면 한동안은 널널해요."

─ '마지막 비상구' 대본 리딩이 언제라고 그랬지?

"첫 대본 리딩은 이달 24일이고요. 2차는 말일이나 5월 첫날이 될 것 같아요."

─널널한 것도 아니네. 그래 가지고 주말에 2박 3일 시간을 뺄 수 있겠냐?

"그 정도는 언제든 가능해요. 아직 첫 대본 리딩도 안 했는데 10부까지 대본 나왔잖아요."

─오키도키! 안전하게 5월 초로 스케줄 잡자. 슛 들어가서 촬영 시작되면 이준영 작가도 정신없을 테니까. 대본 리딩 끝내고 첫 촬영 들어가기 전 주말쯤으로. 지환이 놈한테는 내가 얘기할 테니까, 춘희 너는 이 작가나 잘 꼬드겨 놓아.

"걱정 마세요."

─늦었다. 그만 이 닦고 자라.

춘희는 통화가 끊어진 휴대전화기를 멀뚱히 내려다보았다.

봄밤, 깊은 밤. 하늘 높이 떠 있는 달과 한숨처럼 지나는 산들바람. 하나둘 돋아난 별빛이 춘희의 쓸쓸한 어깨 위로 투명한 유리 파편처럼 우수수 부서져 내렸다.

## Chapter 11

너는
사랑이다

푸르스름한 달빛이 어두컴컴한 침실 안으로 쏟아져 들어온다. 여울진 창가 달빛을 등지고 앉은 지환은 미동조차 없이, 저만큼 떨어진 침대 위 모로 누운 채 잠이 든 준영의 얼굴을 우두커니 응시했다. 어렴풋한 달빛에 젖은 모습이 파리해 보여서 못내 가슴이 시렸다.

늘 그랬다. 그저 곁에서 잠잠히 지켜보는 일만으로도 마음이 갈기갈기 찢겨 나가는 것처럼 아팠다. 그저 옆에서 숨죽여 기다리는 일만으로도 가슴이 조각조각 쥐어뜯기는 것처럼 슬펐다. 오늘따라 그 고통이 더해 가뜩이나 옥죄이는 심장이 자꾸만 서걱대고 시큰거린다.

준영의 가녀린 어깨를 짓누르는 죄책감이라 명명된 천형의 굴레를 벗겨 주고 싶다. 준수의 죽음은 사고였다고, 준영의 잘못이 아니라고 이야기해 주고 싶다. 괜찮으니 이제 그만 마음의 짐을 내려놓으라고. 하지만 그 말을 할 수 있는 자격이 지환에게는 없었다.

뼈아픈 기억을 공유하기에 준영이 감내하는 고통의 무게를 지환은 누구보다도 잘 이해했다. 그러나 다른 한편으로는 해묵은 기억에 가로막혀 일정 거리 이상 준영에게 다가갈 수가 없었다. 그래서 아프고 그래서 슬프다.

여기서 한 발짝도 더는 가까이 다가설 수 없는 거리가 아프고, 영영 준영의 마음에는 닿지 못할 이야기가 매순간 설컹대는 가슴 언저리를 타고 맴도는 것이 슬프다.

앞으로 얼마를 더 아파해야 할지 모르겠다. 앞으로 얼마나 더 슬퍼해야 할지 가늠조차 못 하겠다.

그런데도 준영을 놓을 수가 없다. 도무지 마음에서 비워 낼 재간이 없다. 사랑하면 안 된다고 스스로를 타이르기도 하고, 마음 주지 말라면서 스스로를 다그치기도 했다. 붙잡은 손을 그만 놓으려 몸부림마저 쳤다. 마음에서 비워 내기 위해 발버둥까지 쳐 보았다.

소용이 없더라. 모든 수고가 헛되고 헛되기만 하더라. 놓아 버린 손길은 허전해서 미칠 것 같고, 비워 낸 마음은 시리기만 해서 살 수가 없더라. 도저히 숨을 쉴 수가 없더라.

그때 깨달았다. 사람이 타고난 운명을 거스르지 못하듯이 심장에 가시처럼 박혀 버린 사랑 역시 거역하지 못한다는 사실을.

어쩌다 보니 사랑한 사람이 준영이 된 것이 아니다. 어쩌다가 마음을 준 이가 준영인 것도 아니다. 준영이라서 사랑할 수밖에 없었다. 준영이어서 마음을 줄 수밖에 없었다. 사랑하는 사람이 준영이라서 붙잡은 손을 놓지 못하고, 마음을 주고 만 이가 준영이어서 마음에서 비워 내지도 못함이었다.

수천 번을 묻고 다시 수만 번을 되물어도 답은 오로지 하나였다. 송지환에게 있어서 이준영이라는 존재는 사랑이라고. 아무리 아프고 아무리 슬퍼도 사랑일 수밖에 없노라고.

너는 사랑이다. 이미 사랑이다.

명명백백한 결론 앞에서 지환은 천천히 숨을 토해 냈다. 지금껏 숨겨 온 사랑이 한층 더 단단해진다. 여태껏 감추어 온 마음이 한결 더 또렷해진다.

아직은 어둑어둑한 새벽녘, 먼 곳에서부터 희끄무레한 동살이 뻗어 나오기 시작했다.


먼동이 틀 무렵 잠에서 깨어난 준영은 눈을 뜨자마자 알 수 없는 기운에 휩싸였다. 희미한 여명 아래 잠긴 침실 안에 낯설면서도 익숙한 기운이 감돌았다. 잠을 쫓아내려 몇 번이나 눈꺼풀을 끔뻑거렸다.

처음에는 꿈을 꾸는 줄로만 알았다. 동살이 들이치는 창가 윙체어에 지환이 석상인 듯 고요히 앉아 있다.

순간 준영은 지독한 갈증을 느꼈다. 입술은 물론 입안과 목구멍까지 버썩 말라붙는, 목마름과는 또 다른 갈증이었다.

무의식중 들썩이는 가슴이 홧홧하도록 따가웠다. 지환의 시선 때문이었다. 당장에라도 그녀를 단숨에 집어삼킬 것처럼 달려드는 눈빛이 몹시 뜨거워 너무도 버거웠다.

그렇다고 섣불리 얼굴을 비켜 지환의 시선을 외면하지도 못했다. 오히려 활활 타는 눈동자 속에 고스란히 갇힌 채 아예 옴짝달싹할 수조차 없었다. 속수무책 화톳불 안으로 뛰어들고 마는 불나방이 된 기분이다. 그렇게 준영 또한 석상처럼 꼼짝 없이 누워 뚫어져라 지환을 마주 응시했다.

"당신은 내 심장에 박힌 가시야. 그대로 두면 쿡쿡 찔러대는 통증 때문에 죽을 것 같고, 빼내 없애자니 그대로 심장이 터져서 죽을 것 같고."

적막한 침실을 가로질러 울리는 지환의 목소리가 깊으면서도 느리고 침착했다.

준영은 무슨 말인가를 하려는 사람처럼 연달아 입술을 달싹거렸다. 그러나 단어를 선택해서 제대로 된 문장을 만들지는 못했다. 머릿속이 짙은 안개가 낀 것처럼 몽롱하다.

준영이 아무런 말도 못 하고 가만히 있자 지환이 나지막한 음성으로 이야기를 다시 이었다.

"아파도 그냥 두려고. 참으려고. 사랑이니까. 나한테 당신은 사랑일 수밖에 없으니까."

이번에도 준영은 입술을 벌렸다가 도로 닫기를 서너 번쯤 반복했다. 꺽꺽거리는 이상한 소리가 말라붙은 목울대를 치고 올라왔다. 말소리라기보다 울음소리에 더 가까웠다.

무슨 말이든 하려고 다시 한 번 입을 열었다. 아무리 안간힘을 써도 목소리는 여전히 나오지 않았다. 어찌할 도리가 없어서 질끈 눈을 감아 버렸다.

"당신도 나와 같은 마음이라면, 지금 있는 그 자리에서 한 걸음만, 딱 한 걸음만 나에게 다가와 줘. 나는 당신이랑 끝까지 갈 거야. 그 끝이 어디인지, 혹은 무엇인지 아직 모르지만 가 보려고."

무지근한 말소리가 끝끝내 얼굴을 베갯잇에 묻어 지환을 외면하고 마는 준영의 귓가로 감겨들었다. 담담하고 차분한 어조였으나 검질긴 결기가 엿보였다.

준영은 어떤 대답도 할 수가 없었다. 무슨 말을 해야 하는지 알지도 못했다.

"더 자. 아직 새벽이야. 죽 끓여 놓고 갈 테니까 아침에 일어나서 먹어."

의자 다리가 마룻바닥을 긁었다. 이윽고 침실 출입문이 조용히 열렸다가 닫힌다.

그제야 준영은 누웠던 몸을 느릿느릿 일으켜 세웠다. 온몸에 감각이 없다. 흡사 꿈과 현실 사이 불분명한 경계선 어디쯤에 앉아 있는 듯 머릿속마저 흐리멍덩하다.

손바닥으로 눈을 비비며 정신을 차리려고 노력했다. 불과 몇 분 전에 일어난 일인데 아무것도 기억이 나지 않았다. 지환이 무슨 말을 했는지 애써서 기억을 더듬었다.

마침내 머릿속 안개가 걷힌다. 생각지도 못한 지환의 본심을 깨달은 순간 가슴이 알싸해지면서 명치에서부터 뜨거운 어떤 것이 치밀고 올라왔다. 와락 울음이 터졌다.

◟◟◟◟

새둥지 그네가 빙그르 오른쪽으로 돌았다. 떡갈나무와 마주 닿은 이음새 부분에서 끼익끼익 메마른 소리가 울렸다. 돌돌 말리듯 꼬였던 외줄이 빠르게 풀어지며 새둥지 그네가 도로 빙그르 왼쪽으로 돌았다. 날아올라야 할 그네가 하늘로 날아오르지 못하고 제자리에서 뱅뱅 매암만 돌았다.

준영은 발을 굴러 그네를 밀었다. 앞으로 날아오르려는 힘이 옆으로 회전하려는 힘과 부딪쳐 외줄 그네가 어지럽게 요동쳤다. 다시 땅을 박차고 두 발을 구르면서 준영은 실소했다.

앞으로 나아가지도 못하고 뒤로 물러서지도 못한 채 같은 자리에서 빙글빙글 돌기만 하는 자신의 처지가 딱 외줄 그네 같았다.

그날 그 새벽, 한 걸음만, 딱 한 걸음만 다가와 달라고 이야기하던 지환의 모습이 벌써 며칠째 뇌리에 박혀 지워지지 않는다.

잠을 자려고 눈을 감으면 나란히 침대에 누워 속살거린다. 한 걸음만 다가와 달라고.

밥을 먹을 때도 불쑥 옆자리에 나타나 묻는다. 딱 한 걸음만 다가와 주면 안 되겠느냐고.

작업을 하려고 노트북 컴퓨터를 열면 스크린 속에 어김없이 지환의 얼굴이 보인다. 겨우 한 걸음일 뿐이라고, 어서 그 한 걸음을 떼라며 자꾸 재촉을 한다.

그럼에도 한 걸음 앞으로 다가갈 용기가 없다. 그렇다고 두 걸음 뒤로 물러설 패기가 있는 것도 아니다. 그냥 제자리에 웅크리고 앉아서 지나가기를, 지독한 열병과도 같은 지금의 이 감정이 또 그렇게 시간에 덧대어 지나가기를…… 제자리에서 뱅뱅 매암만 도는 외줄 그네처럼, 바란다.

"어두운데 거기서 뭐해?"

걱정이 깃든 따뜻한 목소리가 캄캄한 어두움 저편에서 이편으로 넘어들었다. 고개를 들어 위를 쳐다보자 지환이 뒷마당을 향해 난 2층 창문을 열고 서 있다. 네모반듯한 사각의 창틀 안쪽 지환의 등 뒤로 넓게 퍼지는 LED 전등 불빛이 아스라하니 어지러웠다.

"역학 공부 중이에요. 물체의 방향성이 운동성에 미치는 영향에 대해서."

"외줄 그네로 물리학 박사 논문이라도 쓰려고?"

지환이 산란하는 빛다발 속에서 웃는다. 희뿌연 빛더미를 뚫고 나와 검푸른 어두움으로 젖어 내리는 나직한 웃음소리가 못내 달콤했다. 하릴없이 가슴이 일렁거렸다.

"가족 모임은 어땠어요?"

"지루했어. 할머니도 따분하셨던 모양이야. 저녁 드시다 말고 꾸벅꾸벅 조시더라고."

지환이 창틀에 팔꿈치를 올려 짚고 상체를 비스듬히 앞으로 기울였다.

준영은 힘껏 발을 굴러 그네를 밀었다. 여태 헛돌기만 하던 외줄 그네가 마침내 하늘로 날아올랐다. 2층 창가가 어느 결에 성큼 가까이 다가선다. 희미하던 지환의 얼굴이 한결 또렷하게 보였다.

"이제 혼자서도 잘 타네. 겁쟁이가 꽤 높이까지 오르는데?"

"공부했다고 했잖아요."

그네가 아래로 뚝 떨어지면서 반동에 의해 뒤쪽으로 훅 밀려났다. 2층 창가가 저만큼 멀어졌다. 지환의 얼굴도 다시 희미해져 아득하기만 했다.

"저녁은 먹었어?"

"점심을 늦게 먹었어요. 야식으로 뭘 먹을까 고민 중이에요."

"우리 나가서 야식 사 먹고 심야 영화나 볼까?"

끼이익, 떡갈나무에 걸린 외줄이 날카로운 비명을 내질렀다. 새둥지 그네가 제자리에 우뚝 멈추어 선다.

준영은 발가락 열 개를 바짝 곤두세워 땅을 짚었다. 까닭도 없이 발바닥이 간질거렸다. 스스러운 시선을 들어 2층 창틀에 기대어 서 있는 지환을 한참이나 말없이 올려다보았다.

열병과도 같은 사랑이 어서 지나가기만을 바라면서도, 한

편으로는 오랜 지병처럼 그 사랑을 끌어안고 놓지를 못한다. 참으로 이율배반적이다.

"불닭 먹고 싶어요."

"영화는? 따로 보고 싶은 것 있어?"

"'겨울왕국'이 보고 싶기는 한데, 개봉한 지 석 달이 넘어서 상영관 찾기가 어려울 거예요."

"아직까지 상영하는 곳이 있나 인터넷으로 검색해 볼게."

"됐어요. 할리우드 블록버스터, 때려 부수는 것만 아니면 아무 영화나 괜찮아요."

"30분 뒤 주차장에서 만나."

"네."

"예쁘게 입어."

지환이 눈부신 불빛 한가운데 서서 활짝 웃었다. 문득 눈이 시리다. 준영은 알았다는 대답 대신 발가락의 힘을 풀었다. 외줄 그네가 빙그르 오른쪽으로 돌았다, 도로 빙그르 왼쪽으로 돌았다.

조도를 낮춘 영화관 안 주황색 유도등 불빛이 유난히 빛난다. 한 발짝 앞서서 계단을 내려가는 지환의 손에 이끌려 조심스럽게 발걸음을 내딛는 준영의 목소리가 살짝 들떴다.

"개봉한 지 석 달이나 지났는데 아직도 상영하는 곳이 있다니 신기해요."

"신기할 일도 많다. 수요가 있으면 공급은 자연 생기기 마련이야. 철지난 영화도 관객들 요청에 따라 재상영을 하는 마당에."

"정말 잘됐어요. 지난달 블루레이 한정판 예약 놓쳐서 속상했거든요."

"저기 가서 앉을까? 앞으로 더 내려가면 목 아플 수도 있어."

지환이 걸음을 멈추고 뒤따라오는 준영 쪽으로 고개를 돌렸다. 준영 역시 발길을 그치고 지환과 어깨를 잇대 나란히 섰다.

"여기 지정좌석제 아니에요? 예매한 티켓에 좌석 번호 안 적혀 있어요?"

"당신 말마따나 개봉한 지 벌써 석 달이 넘은 영화야. 애니메이션 심야 상영에 관객이 몇 명이나 들겠어? 먼저 앉는 사람이 임자지."

지환이 장난스럽게 웃더니 영화관 한가운데 러브시트 쪽으로 준영의 손을 잡아끌었다.

"나중에 좌석 주인이 나타나면 어쩌려고요? 우리 자리로 가요."

"괜찮다니까."

"그래도 싫어요."

준영은 소파를 앞에 두고 앉지 않겠다며 고집을 피웠다. 어떠한 상황, 어떠한 경우라도 다른 이에게 폐가 되고 싶지 않았다. 아는 사람이든, 모르는 사람이든, 누구에게라도 민폐만큼은 끼치면서 살고 싶지 않았다.

옆에서 지환이 안 되겠다는 식으로 엷은 한숨을 내쉰다. 체념 비슷한 감정이 짤막한 숨자락에 담겼다.

"하여간 고집불통! 여기가 우리 자리야. 저기도 우리 자리고. 아무 데나 우리가 앉고 싶은 데 앉으면 돼."

"네에?"

"당신한테 혼날까 봐 얘기 안 하려고 했는데, 이 상영관 통째로 대관했어. 우리 말고 여기 들어올 사람 아무도 없다고."

"기껏 영화 한 편 보자고……."

"그만! 돈지랄이 어쩌고 그런 소리 하지 마. 나 화낼 거야. 어떤 방해도 받지 않고 당신이랑 둘이서 영화 한 편 보고 싶었어. 그것뿐이야. 대관료도 그렇게 비싸지 않았고."

준영의 타박을 중간에서 무질러 버리는 지환의 얼굴빛이 자못 완강했다. 토를 달지 말라는 무언의 압력이었다. 이번에는 준영이 체념 섞인 한숨을 한 자락 내쉬고 러브시트 한쪽에 자리를 잡고 앉았다.

소파 반대편이 지환의 몸무게로 출렁이는 것을 느끼면서 준영은 일없이 주위를 둘러보았다.

영화관 내부가 제법 아담하다. 잘해야 30명 남짓 입장이 가능할 것 같았다. 행과 열을 맞추어 촘촘하게 자리를 배치해 놓은 일반 상영관과 달리, 커플석인 2인용 소파와 가족석으로 보이는 3인용 소파가 듬성듬성 떨어져 자리를 잡고 있다.

일반 상영관 좌석이 이코노미 클래스라면 이곳은 국제선 퍼스트 클래스와 비견할 만했다.

"이런 프리미엄 영화관이 있다는 것 처음 알았어요."

"나도 춘희 녀석한테 들어서 안 거야."

"우리끼리만 영화 보았다고 삐치면 어쩌죠? 나중에 겨울 왕국 블루레이 감독판 나오면 양 실장이 대표님 집에 모여서 다 같이 보자고 했거든요."

"어머니 생신이라잖아. 주말 내내 익산 본가에 머물다가 월요일 아침에나 올라올 거랬어. 물론 서울에 있다고 여기 데리고 올 것도 아니지만."

지환이 몸을 더 가까이 붙이며 곁으로 다가와서 앉는다. 닿을락 말락 스쳤다가 도로 마주 닿는 어깨와 팔과 다리를 통해 더운 체온이 언뜻언뜻 준영에게 전해져 왔다. 미세하게 움직이는 잔 근육의 떨림까지도 또렷이 감지할 수 있었다.

갑자기 숨이 막혔다. 어색하고 민망한 시선을 멀리 허공중에 던져두고 자잘하게 호흡을 골랐다.

"콜라랑 팝콘 사 올 걸 그랬어요."

"언제는 영화에만 집중하고 싶다면서?"

"글쟁이들 죄다 변덕쟁이인 것 몰랐어요?"

"지금이라도 가서 사 올까?"

"됐어요. 막 먹고 싶은 것은 또 아니에요."

"변덕쟁이 맞네. 자몽 주스라도 마실래?"

지환이 턱짓으로 따뜻한 머핀과 차가운 음료가 소담하게 놓인 둥근 탁자를 가리켰다. 준영은 평소 즐겨 마시는 자몽 주스병을 보자 이유도 없이 반가움이 앞섰다.

"극장에서 자몽 주스도 줘요?"

"원래 와인을 제공한다는데, 내가 자몽 주스로 달라고 부탁했어."

"고마워요."

"별말씀을."

지환이 건네주는 유리잔을 받아 든 준영은 시원한 자몽 주스로 가볍게 입술과 목을 축였다.

얼마만의 극장 나들이인지 기억마저 가마득했다. 드라마 대본을 쓴다는 이유로 수많은 영화와 각종 드라마를 섭렵하면서도 정작 상영관을 찾거나 일명 본방 사수를 한 경우는 극히 드물었다. 어느 하루 날을 잡아 DVD를 수북이 쌓아 놓고 작업실 텔레비전으로 보는 것이 고작이었다.

새삼 고마운 마음이 들어 부쩍 몸을 붙이고 앉은 지환 쪽으로 시선을 옮겼다. 조심스러운 눈길과 거칠 것 없이 달려오는 눈길이 지척에서 부딪쳤다.

지환이 살굿 웃는다. 마주 미소 짓고 이내 수줍어 얼굴을 사선으로 비켜 내리는 준영의 두 뺨이 우련 붉었다.

관객이라고는 지환과 준영 단 두 사람뿐인 영화관. 그저 둘이 나란히 소파에 앉아서 애니메이션 한 편 보는 것뿐인데,

겨우 이까짓 일에 이토록 마음이 두근거리고 이리도 가슴이
울렁이는지…….

"영화 시작한다."

지환이 날렵한 동작으로 자몽 주스가 반쯤 남은 유리잔을
준영의 손에서 가져갔다. 불현듯 허전해지고 마는 손바닥을
준영은 공연히 옷자락에 문질러 닦았다. 보들보들하면서도
까슬까슬한 시폰 특유의 촉감이 손바닥 안으로 감겨들었다.

예쁘게 입으라는 지환의 말에 작년 봄 백화점 할인 판매 때
사서 옷장에만 걸어 두었던 시폰 원피스를 꺼냈다. 데이트가
아니라고 스스로에게 몇 번이나 상기시켜 놓고, 결국 첫 데이
트에 나가는 여자처럼 설레는 얼굴로 거울 앞에 앉아 곱게 화
장까지 했다. 한 걸음 내딛어 지환에게 다가갈 용기도 없으면
서.

"어디 불편해?"

지환이 팔을 뻗어 준영의 손을 잡았다. 크지만 투박하지
않고 오히려 섬세한 손바닥이 원피스 자락 위에서 바르작거
리는 준영의 손등을 완전히 뒤덮고 자그시 누른다. 마치 그
만 좀 바르작거리라는 듯이.

"손안에 땀이 차서요."

"축축하지 않은데."

지환이 가만히 손등을 뒤집어 작고 여린 손바닥 위에 크고
굳은 자신의 손바닥을 포갰다. 준영의 가느다란 손가락 사이
사이로 지환의 길쭉한 손가락이 얽혀들었다. 꼼짝달싹도 못

하게끔 단단하게 깍지를 잡아 끼운다. 마치 어디로든 도망가지 못하게 막겠다는 듯이.

"긴장하지 마. 나까지 긴장되잖아."

"긴장 안 했어요."

"거짓말."

짓궂게 사분대는 지환의 목소리에 웃음기가 짙었다. 지환이 한차례 성글게 웃더니 인트로 영상이 오르기 시작한 대형 스크린에 시선을 고정시킨다. 준영도 물색없는 군기침을 서너 번쯤 반복하며 영화에 집중하려고 노력했다.

귀여운 꼬맹이가 나와 눈사람을 만들기 원하느냐며 깜찍한 노래를 부른다. 빠르게 장면이 변하는 대형 스크린 속에서 여자아이는 한 해, 두 해 나이를 먹어 소녀가 되고 금세 숙녀로 자랐다. 그리고 여전히 눈사람을 만들자면서 노래를 부른다. 어린 시절 경쾌하기만 하던 노래가 숙녀가 된 지금은 그저 애달프기만 했다.

"재미있어?"

영화가 중반으로 넘어갈 즈음 지환이 귓가에 대고 속삭였다. 뜨거운 숨결이 좁다란 귓속으로 훅 밀려 들어왔다. 귓불은 물론 뺨과 목덜미까지 홧홧해진다.

"재미있어요."

준영은 총천연색 빛다발로 어룽대는 스크린에다 눈동자를 못 박아 둔 채 대답했다. 고개를 돌려 지환의 얼굴을 마주 대할 엄두가 나지 않았다. 한쪽 뺨에 와서 부딪쳐 닿는 시선만으로도 충분히 뜨거웠다.

무구함으로 가장한 무색함을 무마하기 위해 부질없는 이야기가 실없이 이어졌다.

"안데르센의 동화 '눈의 여왕'을 모티브로 삼은 것 같아요. 언니 엘사는 카이, 동생 안나는 게르다와 캐릭터가 상당 부분 겹치거든요. 이야기 전개가 기존 디즈니 애니메이션과 맥락을 같이하면서도 다른 부분이 있어서 신선하네요. 그게 다 픽사*의 힘이겠지만."

"당신은 영화가 눈에 들어와? 나는 도무지 집중할 수가 없는데. 엘사가 언니인지 동생인지도 모르겠고. 당신이랑 나란히 몸을 잇대고 앉아 있으려니까, 영화가 눈에 들어오기는커녕 심장만 쿵쿵 뛰는데."

깍지 낀 손가락에 지환이 왈살스럽다 싶을 정도로 힘을 꾹 준다. 여태 하나로 얽혀 마주 닿아 있는 손바닥 안이 뜨거웠다. 덩달아 준영의 가슴도 얼얼하니 달아올랐다. 애써 삼키는 숨소리가 제멋대로 부풀어 억눌린 탄식처럼 터지고 말았다.

"대표님……."

"나도 알아. 자격도 없으면서 당신을 욕심낸다는 것. 나라는 놈이 이기적이라서 그래. 내가 당신 오빠한테 한 짓을 생각하면, 사실 이러면 안 되는데. 나 참 못됐다. 염치도 없고 뻔뻔하고."

---

*픽사(Pixar Animation Studio):토이 스토리, 벅스 라이프 등을 제작한 미국의 3D 컴퓨터그래픽 회사로 지난 2006년 5월 월트 디즈니에 인수합병.

지환이 자조 섞인 말소리를 느릿느릿 뱉었다. 고백만 받고 도무지 답이 없으니 자못 애가 타는 듯했다. 미안하고 황망한 마음에 준영은 세찬 도리질을 쳤다.

"아니에요. 그렇지 않아요. 대표님 못됐다고 생각 안 해요. 염치없다니…… 말도 안 돼. 뻔뻔하다는 생각, 한 번도 해 본 적 없어요. 내가 어떻게, 무슨 자격으로 그런 생각을……. 나야말로 감히 어떻게 대표님한테 그래요. 다 내 잘못인데."

"당신 잘못 아니야. 실수였고, 사고였어."

"그렇다고 죄책감이 덜어지는 것은 아니잖아요."

"맞아. 당신 말이 다 맞아. 아무리 실수였고 사고였다 해도 죄책감까지 덜어지는 것은 아니야. 그래서 당신 욕심내지 않으려고 했어. 자꾸만 욕심나도 꾹 참았어. 참고, 또 참았어. 그런데 사람 마음이 무작정 눌러 참는다고 참아져야 말이지. 내 마음인데도 내 마음대로 안 되는 것을."

"어떻게 해야 할지 모르겠어요. 진짜로 모르겠어요."

"혼란스러워?"

"네."

"그런 와중에 내가 시도 때도 없이 당신을 흔들어 대니까 더 힘들지?"

준영은 긍정도 부정도 하지 않은 채 그저 말없는 눈으로 지환을 응시했다. 그가 후우 하며 한차례 한숨을 내쉬더니 조곤조곤 이야기를 덧붙여 나간다.

"앞으로 더 힘들어질 거야. 더 많이, 더 자주 당신을 흔들어 댈 생각이거든. 한 걸음만 내딛으라고, 어서 나한테 오라고, 매일 매순간 당신을 몰아붙일 계획이야. 내가 할 수 있는 최선을 다해서. 그리고 되도록 조바심치지 않으면서 기다리려고 해. 당신이 한 걸음 내딛을 때까지. 한 달이든, 6개월이든, 1년이든 기다릴 거야. 당신이 나한테 올 때까지."

"시간을 견디고 세월을 버티면 지나갈까요? 한때 열병처럼 이것도 언제인가는 지나갈까요? 해마다 겨울이 되면 지병처럼 앓아눕는 독감도 시간이 지나면 말끔히 낫잖아요. 이것도 세월이 흐르면 언젠가는 감기처럼 낫지 않을까요?"

준영은 고개를 아래로 떨어트렸다. 차마 '사랑'이라는 단어를 입에 담는 것조차 두렵고 떨려 굳이 '이것'이라는 지시대명사로 칭했다. 깨물어 문 아랫입술이 파르르 떨린다. 질끈 감아 버린 눈꺼풀이 시큰거렸다. 끝내 속절없는 울음으로 눈자위가 젖어 들었다.

"준영아."

"······."

"이준영."

"······왜요?"

"여기 봐. 나 좀 봐."

지환이 양손으로 준영의 얼굴을 감싸듯이 쥐고 억지로 눈을 맞춘다. 붉게 짓무른 눈가 덩그렁 맺힌 눈물을 조심조심 손끝으로 지워 냈다. 그 손길이 다정해서, 더할 나위 없이 상냥해서 준영은 오히려 울음이 솟았다.

"살면서 어쩌다 불쑥불쑥 떠오를 때면 하루나 이틀 몸살처럼 앓아도 괜찮으니까. 지금은 이대로 지나가 주면 좋겠어요. 그랬으면, 좋겠어요."

주르륵 뺨을 타고 흘러내린 눈물 자국을 지환은 준영의 얼굴을 감싼 손으로 가만히 지웠다. 우물처럼 깊고 밤하늘처럼 짙은 눈으로 울음에 젖어 드는 준영의 암갈색 눈망울을 한참이나 물끄러미 들여다보았다.

조바심치지 않겠다고 해 놓고 이미 조바심치고 있었음을……

제자리에 발붙이고 서 있는 일조차 버거운 그녀를 너무 많이 흔들었음을……

뒤늦은 후회 속에서 지환은 눈물을 삼키는 준영의 둥그스름한 이마에 천천히 입맞춤했다.

"미안. 내가 미안해."

그러다 문득 준영이 한 걸음 앞으로 내딛기는커녕 오히려 두 걸음 뒤로 물러서면 어쩌나 걱정이 되었다.

막다른 곳까지 쫓겨 궁지에 몰리고 만 엘사가 동생 안나마저 등지고 머나먼 산꼭대기 얼음 궁전으로 달아났듯이, 준영도 한때 열병처럼 이 사랑이 지나가길 참고 견디다 종국에는 버티지 못하고 어느 날 그를 버리고 어디로든 훌쩍 도망을 친다면……

하아.

상상만으로도 머릿속이 아득해지고 정신이 혼미했다. 바

보처럼 그제야 더럭 겁이 났다.

"힘들면, 죽을 것같이 힘들면, 그냥 그대로 있어. 지금 이 자리에 그대로. 한 걸음 앞으로 다가오지 않아도 괜찮으니까. 뒷걸음치지만 마. 나한테서 도망가지만 마."

다행히 준영이 고개를 끄덕였다. 준영의 눈에서 하염없는 눈물이 흐른다. 애달픈 울음을 머금어 더욱 아련히 부풀어 오른 입술 위로 지환은 조심조심, 느릿느릿, 입술을 내렸다.

"약속해 줘. 응?"

"그래요."

"무슨 일이 있어도 도망치지 않는다고. 지금처럼 늘 내 옆에 있겠다고. 제발."

"도망가지 않아요. 그러니까 대표님도 어디 가지 말아요. 그냥 이렇게 있어요. 지금 이대로, 언제나처럼."

준영이 양손으로 지환의 옷깃을 붙잡아 그러쥐며 억눌린 신음처럼, 혹은 뜨거운 한숨처럼 울먹였다.

순간 지환의 머릿속 아슬아슬 붙잡고 있던 자제력이라는 끄나풀이 투득 끊어져 버렸다. 다짜고짜 입술을 밀어붙였다. 서로 마주 닿아 뭉그러지는 입술과 하나로 뒤엉켜 흐트러지는 숨소리가 거칠고 성급했다.

"하아……."

가파르게 차올랐던 두 사람의 호흡이 거센 물살에 밀려 방죽이 터지듯 한꺼번에 터져 나왔다.

지환은 입안 가득히 준영의 입술을 머금고 미친 듯이 빨았다. 단숨에 몽땅 다 먹어 치우기라도 할 기세였다. 빨고, 또 빨고, 다시 입술을 빨았다. 그런데도 지독한 갈증이 온몸으로 엄습한다.

"입 벌려."

명령인지 부탁인지 모를 말소리가 혼탁한 헐떡임인 양 울렸다.

준영은 본능이 시키는 대로 입술을 열어 지환의 혀를 몸 안쪽으로 깊숙이 받아들였다. 얄풋 벌어진 잇새를 비집으며 입안으로 침범해 들어온 혀는 몰캉하지만 한편으로는 단단하기도 했다. 삼지창처럼 뾰족한 혀끝이 곧장 보드라운 점막을 핥고 지나 가슬가슬한 입천장을 빠르게 훑어 낸다.

아찔한 감각이 준영의 전신을 강타했다. 부르르 몸이 떨렸다. 더 이상 견디지 못하고, 제멋대로 입안 곳곳을 유린하고 돌아다니는 지환의 혀에 자신의 것을 가져다 얽었다. 두 개의 혀가 한 덩어리로 뒤엉키자 누구의 것인지 모를 열감에 젖은 신음성이 하나가 되어 어지럽게 뒤섞였다.

서로의 입술과 혀를 정신없이 탐하는 원초적이면서도 질 척거리는 소리는 영화 속 클라이맥스를 향해 점점 치달아 가는 아름다운 노랫소리 아래서 오래도록 부유했다.

## Chapter 12

치명적인
어떤

2014년 4월 24일 목요일 오후.

'마지막 비상구' 대본 리딩이 예정된 SBC 일산 드라마 센터 연습실 안, 정해진 시각보다 이른 시간인데도 남녀 주인공 강빈과 고유진을 제외한 대부분의 배우들이 자리를 잡고 앉았다.

돋보기를 쓴 채 첫 화분 대본을 읽고 있는 원로 배우 박형근이 제일 먼저 눈에 띄었다. 준영은 한달음에 다가가 깊숙이 허리를 굽혔다.

"선생님! 일찍 오셨네요. 그동안 안녕하셨어요?"

"아이고, 우리 이 작가! 오랜만이야. 송지환 대표는?"

자리에서 일어나 덥석 손부터 부여잡는 형근의 얼굴에 반가운 미소가 넘쳤다.

"한중 드라마 합작 관련해서 중요한 미팅이 있대요."

"이런, 어쩌누! 송 대표 얼굴을 봐야 하는데. 내가 인사할 일이 있거든. 송 대표가 엊그제 우리 집으로 소꼬리를 보냈더라고. 그것도 귀한 한우 꼬리를."

"맛있게 드셨어요?"

"당연히 맛있게 먹었지."

"제가 대신 인사 전할게요, 맛있게 드셨다고. 몸은 건강하시죠?"

"그럼. 건강하고말고."

인자한 미소를 짓는 형근을 향해 준영은 한 번 더 고개를 숙였다.

"정말 고맙습니다. 분량이 많지 않은 배역인데도 선뜻 맡아 주시고. 병원장 역할, 선생님께서 꼭 해 주셨으면 했거든요."

"오히려 내가 고맙고 영광이지. 매번 잊지 않고 이 늙은이를 불러 주니 말이야."

"무슨 말씀이세요? 선생님 덕분에 우리 드라마가 흔들리지 않고 탄탄하게 중심을 잡는걸요. 제가 마음에 없는 빈말은 죽어도 못 하는 것, 선생님도 아시죠?"

"알지. 알고말고. 송지환 대표도, 이준영 작가도 어디 허튼소리를 하는 사람들인가? 그래서 내가 좋아하잖아."

"저도 선생님 좋아해요."

"이러다 이 작가랑 스캔들 나는 것 아니야?"

"제가 디스패치에 제보할까요? 선생님이랑 저, 열렬히 좋아한다고."

"그래 주면 나야 고맙지."

우스갯소리를 주거니 받거니, 다정한 때를 보내는 준영과 형근 사이를 비집고 씩씩한 목소리가 울렸다.

"안녕하셨습니까, 선생님? 좋아 보이시네요."

"이게 누구야? 자네야말로 좋아 보이는구먼."

형근이, 허리를 반으로 접다시피 깍듯이 인사하는 강빈을 향해 반갑게 오른손을 내밀었다. 강빈은 형근과 악수를 나누면서도 연거푸 머리를 조아렸다.

"선생님은 벌써 칠순이시지만 저는 아직 팔팔한 30대잖아요."

"70줄로 들어선 늙은이가 자네랑 똑같이 좋아 보이니까, 억울해?"

"부러워서요. 요즘 불로장생의 약초라도 드세요? 선생님 혼자만 드시지 말고 저한테도 좀 나누어 주세요."

"내가 왜 그 귀한 불로장생의 약초를 자네랑 나누나? 숨겨두고 나 혼자만 몰래몰래 먹어야지."

강빈과 형근이 한바탕 웃음을 쏟았다. 잠잠히 곁에 서서 두 남자의 하는 양을 지켜보는 준영의 눈가에도 저절로 미소가 감돌았다.

"두 분 서로 잘 아세요?"

"알다마다. 강 군 데뷔작을 나랑 찍었잖아. 내 막내 아들놈 역할이었지?"

"그때 선생님한테 엄청 혼났죠. 연기 못한다고 어찌나 구박을 하시던지. 참말로 서러웠다니까요. 어린 마음에 섭섭해서 울기도 많이 울고요."

쌜쭉이는 강빈의 얼굴빛에 서운한 기색은 한 점도 없다. 오히려 존경심을 담아 형근을 응시하는 짙은 빛깔 눈동자에 무구한 눈웃음만 들끓었다.

"선생님께서 강빈 씨를 많이 아끼시나 봐요. 아무한테나 쉽게 애정 표현 안 하시거든요. 관심 가고 아끼는 사람한테만 잔소리도 하시고, 꾸지람도 하시고. 강빈 씨, 복 받으신 거예요."

"그런가요?"

"그럼요. 제 말이 맞죠, 선생님?"

"우리 이 작가는 나를 정말 잘 알아. 이러니 내가 좋아하지 않으래야 않을 수가 없다니까."

기분 좋게 웃어 젖히는 형근의 휴대전화기가 부르르 진동을 쳤다. 형근이 서둘러 양해를 구하고 잰걸음으로 연습실을 벗어 나갔다.

"이렇게 다시 보네요, 우리?"

강빈이 싱긋 웃으면서 새삼스럽게 악수를 청했다. 준영은 조심해서 그 손을 마주 잡았다.

"드라마 출연하기로 해 주셔서 무척 고맙게 생각하고 있어요."

"고마운 마음을 말로만 그치려는 것은 아니죠?"

"무슨……."

준영은 멍하니 되물으면서 악수를 풀었다. 강빈이 마뜩찮다는 식으로 머리를 내젓는다. 붙잡힌 오른손을 빼낸 것이 마음에 안 든다는 뜻인지, 어리둥절해하는 준영의 태도가 못마땅하다는 것인지 도통 알 수가 없었다.

"계약서에 사인하면 고려해 보겠다고 했잖아요. 벌써 잊었어요?"

"아아! 지난번 그 일이요?"

"오늘 시간 어때요? 말 나온 김에 이따 저녁 같이 먹을까요, 우리?"

"이미 같이 먹기로 한 것 아니었나요? 오늘 저녁 '마지막 비상구' 팀 전체 회식이잖아요."

"이 작가님은 여전히 위트가 넘치네요. 이러면 내가 당할 재간이 없는데. 이 작가님도 오늘 회식에 참석합니까?"

"그럼요. 2차까지 갈 건데요. 강빈 씨도 오실 거죠?"

"당연히 가야죠. 무려 작가님께서 친히 왕림한다는데, 한낱 주연 배우 주제에 튕기면 되겠어요?"

강빈이 짓궂게 한쪽 눈을 찡긋거렸다. 개구쟁이 같은 모습이 볼수록 춘희와 닮았다. 강빈이 무슨 말인가를 하려는 듯 입술을 달싹거린다. 하필 그때 조연출 임창용이 다급한 투로 강빈을 찾았다.

"강빈 씨! 잠깐 이쪽으로 와 주세요. 홍보 포스터 촬영 스케줄 나왔습니다."

"나중에 다시 얘기해요, 우리."

강빈이 나가고 난 자리를 바람처럼 나타난 춘희가 메웠다. 팔꿈치로 준영의 옆구리를 사납게 꾹 찌른다.

"강빈이랑 너무 친한 것 아니야? 둘이서 희희낙락 좋아 죽던데."

"언제는 배우들이랑 친하게 지내라면서요? 희희낙락은 했을지 몰라도 좋아 죽을 정도는 아니었어요."

"내 눈에는 좋아 죽는 것처럼 보였어. 대표님이 결코 기뻐하지 않으실 거야."

춘희가 눈꼬리를 가느다라니 말아 뜨며 씨익 웃었다. 교활한 얼굴에 기름지고 얄미운 미소가 좔좔 흘러내렸다.

준영의 입에서 끙 하며 절제된 신음이 터지고 말았다. 요즘 들어 부쩍 춘희는 물론이고 형석까지 준영의 일거일동을 자꾸만 지환과 결부시키려 했다.

"내가 출연 배우들이랑 친하게 지내면 대표님은 오히려 아주아주 기뻐할 것 같은데요?"

"차마 그럴 리가."

"말 나온 김에 묻자고요. 대표님이 기뻐하지 않으면, 나는 그 일을 하면 안 되는 거예요?"

"당근하고도 말밥이지."

"왜요?"

어이없어하는 준영의 어깨를 춘희가 얄궂게도 툭툭 밀듯이 건드렸다. 예의 그 가증스러운 미소를 실실 흩뿌리면서.

"에잇! 암시룽, 이런다."

"전혀 모르겠거든요. 솔직히 알고 싶지도 않아요."

"그러지 마. 대표님이 슬퍼해."

"슬퍼하라고 해요."

준영은 시원하게 한 소리 쏘아붙이고 제자리를 찾아 탁자를 돌았다. 춘희가 후다닥 뒤따라와서 기어이 팔을 붙잡아 세운다.

"대본 리딩 30분 연기됐어."

"갑자기 왜요?"

"우리의 잘나신 여주인공 고유진 님께서 늦으신다네. 신행주대교가 꽉꽉 막혀서 일산 넘어오기가 느무느무 힘드시대요, 글쎄. 조금 전에 '스타 기획' 박정배 실장한테 전화 왔어."

"무슨 말도 안 되는 소리예요? 지금 이 시간에 신행주대교가 왜 막혀요?"

"나도 모르지. 현재 신행주대교를 타고 넘어오시는 분들이 막힌다고 하니 믿을 수밖에."

"확 그냥, 교통 방송에 전화해서 일일이 통행량 확인할까 보다."

"오우! 천재인데. 전화는 내가 걸게. 서울지방경찰청 종합교통정보센터 미모의 조아라 통신원이랑 꼭 한번 통화하고 싶었거든."

춘희가 헤벌쭉 웃으면서 휴대전화 스크린 잠금장치를 풀

었다. 준영은 하도 기가 막혀서 그저 헛웃음만 나왔다.

"실장님은 이 상황에 농담이 나와요?"

"피할 수 없으면 즐겨라."

"전화는 됐어요. 거짓말로 확인되면 고유진을 살려 두고 싶지 않을 것 같아요. 겨우 이깟 일로 손에 더러운 피를 묻힐 수는 없잖아요."

"잘 생각했어. 우리 나가서 커피 일 잔씩 빨까? 달달한 캐러멜 마키아토. 휘핑크림 잔뜩 넣어서."

"냉커피 마실래요. 속에서 열불이 치솟아 얼음이라도 아작아작 씹어 먹어야겠어요."

"그러다 풍치 생겨. 차라리 한 4회쯤 고유진을 식물인간으로 만들어 버리는 거야. 어때?"

"구미가 혹 당겨요."

준영이 쿡쿡 소리를 내어 웃자 춘희가 키득거리면서 오른손을 활짝 펼쳤다. 준영은 기꺼이 손바닥을 마주쳐 하이파이브를 했다.


"실종 신고는 왜 안 했습니까?"

강빈이 다그치듯 물었다. 형근이 입가에 피식 미소를 머금고 느물느물 대답을 한다.

"평소 집에 가고 싶다는 소리를 입에 달고 살았던 사람이요. 요양병원에서야 당연히 집에 갔으려니 했지요."

"입원 환자가 없어졌는데 한 달이 넘도록 요양병원 측에서 몰랐다는 게 말이 됩니까?"

"중증 정신질환자들이야 당연히 격리 수용을 하지만, 상대적으로 증상이 가벼운 환자들은 요양병원 내에서 자유롭게 생활하고 있소이다. 다 자란 성인이 제 발로 걸어 나간 것을 의료진이 어찌 안답니까?"

대사를 치고받는 강빈과 형근 사이에 보이지 않는 불꽃이 튀었다. 단순한 대본 리딩임에도 카메라가 돌아가는 실전을 방불케 할 정도로 열연이었다. 동료 배우들은 물론이고 연출부 스태프까지 숨죽이고 앉아 두 사람의 대사에 귀를 기울였다.

느닷없이 요란한 음악 소리가 정적과도 같은 연습실 분위기를 깨트리면서 울린다. 모두의 시선이 휴대전화를 집어 드는 유진의 얼굴에 집중되었다.

"여보세요? 응, 나야. 지금 대본 리딩 중. 이따 내가 전화할게."

자리를 피해 연습실 밖으로 나갈 생각이 전혀 없는지 유진은 꼿꼿하게 앉아서 통화를 끝마쳤다. 불쾌감이 깃든 모두의 시선이 왜 자신을 향해 하나로 몰려드는지 당최 모르는 모양, 휴대전화 단말기를 도로 핸드백 안에 집어넣는 손길이 숫제 태연자약했다.

일말의 사과조차 없는 유진을 쳐다보며 형근이 끌끌 혀를 찼다.

"전화기 정도는 꺼 두어야지. 생각이 없는 건가, 없는 척하는 건가?"

"저한테 하시는 말씀이세요?"

"아예 생각이 없는 거였군."

"박 선생님!"

발끈 열을 올리는 유진에게는 일말의 눈길조차 두지 않은 채 형근이 탁자 너머로 태규를 부른다.

"이봐요, 김 감독! 장면 18부터 다시 갑시다. 18이라고, 18."

"예, 알겠습니다."

이후 대본 리딩은 별다른 문제없이 일사천리로 진행되었다. 다만 팽팽한 긴장감이 연습실 곳곳에서 느껴진다. 무엇인가, 그것이 무엇이든 간에, 금방이라도 펑 터져 버릴 것 같은 아슬아슬한 분위기였다.

"정신건강의학과를 선택한 이유는?"

형근이 말소리를 뚝뚝 끊어서 발음했다. 자칫 밋밋할 수 있는 질문이 발음 하나로 날카롭게 들렸다.

"마음을 치유하는 의사가 되고 싶었어요."

유진이 담담한 어조로 이야기했다. 맞은편 형근의 미간에 못마땅해하는 주름이 잡혔다.

"그 미모에 의사라는 험한 길을 선택한 것을 칭찬해 주어야 하나? 편하게 성공할 수 있는 길도 얼마든지 많았을 텐데 말이야."

"의대 다닐 때 패션 광고지 모델 아르바이트를 했어요. 학비를 쉽게 벌기는 했는데, 모델 일도 생각만큼 만만하지 않더라고요."

유진의 대사가 이어지면 이어질수록 형근의 미간 위 주름
은 점점 더 깊숙이 파였다.

준영은 짤막하게 숨을 골랐다. 살얼음판 위를 걸어가는 심
정으로 형근과 유진의 대사를 가로막았다.

"잠깐만요. 고유진 씨가 대사를 너무 빨리 받아요. 듣는 입
장에서 뭔가에 쫓기는 기분이에요. 반 박자만 느리게 갑시
다. 그리고 콧소리. 불필요한 콧소리가 발음에 지나치게 많
이 섞여요."

"섹시하면서도 이지적인 캐릭터라면서요?"

유진이 눈동자를 곧추세웠다. 준영을 노려보는 얼굴빛에
독기가 서렸다. 준영의 공개적인 지적이 몹시 불쾌하다는 뜻
이리라.

"맞아요, 섹시하면서도 이지적인 여의사. 콧소리밖에 낼
줄 모르는 머리 텅 빈 여자가 아니라. 대사 칠 때 발음을 정
확하게 내라고요. 콧소리 빼고 스타카토로 딱, 딱, 딱."

"나요, 10년 넘게 연기하는 동안 못한다는 소리 들은 적 없
거든요. 김태규 감독님도 아무 말 않는데 이준영 작가님이
왜요? 막말로 내가 대본 가지고 이러쿵저러쿵 떠들면 이 작
가님은 기분 좋겠어요?"

유진이 싸늘한 말소리를 바삐 쏘았다. 각자 서로의 영역
만큼은 건드리지 말자는 협박 아닌 협박이었다. 준영은 쓰게
웃었다.

"연기 못한다는 소리 오늘 한번 들어 봐요. 고유진 씨 연기 진짜 못하니까. 섹시 발랄한 캐릭터는 괜찮게 소화할지 몰라도, 섹시하고 이지적인 역할은 완전 꽝이에요."

"말 다 했어요?"

"아니요. 아직 안 끝났어요. 대본이 이상하면 두루뭉술하게 뭉개지 말고, 어디가 어떻게 이상한지 콕 찍어서 얘기해요. 그러라고 없는 시간 쪼개 가면서 일부러 배우들, 연출 스태프, 작가까지 한자리에 모여 대본 리딩 하는 거니까."

"내가 이준영 작가님한테 되도 않는 훈계를 들어야 할 짬밥은 아니거든요."

유진이 자리를 박차고 일어났다. 분에 못 이겨 주먹을 움켜쥐는 양손이 부들부들 떨린다.

준영은 재차 눈초리를 날카롭게 다듬고 어금니도 단단히 물었다. 여기서 유진을 까 버리는 한이 있어도 저따위 기고만장한 행동을 그냥 두고 보지만은 않을 작정이다. 안하무인목에 힘주는 톱 배우한테 작가와 감독이 휘둘리기 시작하면 드라마를 망칠 공산이 컸다.

일촉즉발, 서로가 서로를 맵차게 노려보는 유진과 준영 사이 위험천만한 기운이 흘렀다.

"유진 씨 연기 나쁘지 않아. 그렇다고 대단한 것도 아니야. 이준영 작가님이랑 나는 이번 우리 드라마에서 유진 씨가 최고의 연기를 보여 주었으면 좋겠어. 그럴 만한 충분한 역량을 가지고 있다고 믿으니까. 이 작가님 말 너무 서운하게 들지 말고. 우리 장면 45부터 천천히 다시 갑시다."

태규가 중재랍시고 나섰다. 불행인지 다행인지 유진이 마지못한 척 도로 의자에 앉는다. 쉽사리 분이 가라앉지 않는 듯 대본을 넘기는 손길이 유독 사납고 거칠었다.

"감독님! 그러지 말고 30분만 쉬면 안 될까요? 두 시간을 꼼짝 않고 한자리에 앉아 있었더니 엉덩이에 쥐 날 것 같아요."

강빈이 헤실바실 웃으면서 이야기하자, 춘희가 곧장 받아 여느 때와 다름없이 유들거리는 수다를 늘어놓았다.

"그래요. 쉽시다. 쉬자고요. 마침 우리 송지환 대표님이 간식을 보내셨답니다. 여러분! 시원한 냉커피 백 잔과 바삭한 와플 백 장이 지금 드라마센터 현관 로비에 대기 중입니다."

와아, 여기저기서 환호와 박수가 터져 나왔다. 유진과 준영의 아슬아슬한 기 싸움은 허기진 그들의 기억에서 잊힌 지 오래였다. 앞장서서 뛰어나가는 춘희를 따라 연출 스태프가 우르르 무리 지어 달려갔다.

준영은 한숨과 함께 피곤한 얼굴에 마른세수를 더했다. 문득 지환은 지금 어디서 무엇을 할까 궁금해졌다. 커피와 와플을 핑계로 고맙다며 전화라도 해 볼까 궁리하는 차에, 태규가 방금 전까지 춘희가 앉았던 의자에 엉덩이를 내려앉혔다.

"차갑다는 소문과 달리 송지환 대표 참 자상하네. 어차피 이따 회식할 건데 간식까지 일부러 챙겨 주고 말이야. 양춘희 실장 통해서 회식비도 두둑이 보냈더구먼. 우리 이 작가님도 회식에 올 거지요?"

"당연히 참석해야죠."

준영은 옆자리를 차지하고 앉은 태규를 담담한 눈길로 쳐다보았다. 강빈의 드라마 출연이 확정된 이후 부쩍 살갑게 구는 태규가 부담스러우면서도, 낯까지 붉혀 가며 기선 잡기를 벌였던 첫 만남에 비해 상대하기가 많이 편해진 것도 사실이었다.

"좀 전에 우리 이 작가님 편 안 들어 주어서 섭섭했지? 숏 들어가기 전까지는 어떻게든 출연 배우 비위를 맞추어야 하는 게 감독들 비애라서. 내 마음 알지요?"

"그럼요. 하나도 안 섭섭해요. 감독님이 잘하신 거예요. 감독님까지 제 편을 들면 고유진 씨 얼굴이 뭐가 되겠어요?"

"우리 이 작가님은 마음도 넓지. 그나저나 얼굴이 반쪽이네. 대본 쓰느라 힘들어서 어째요?"

"매번 겪는 일인데요, 뭐."

"수정 대본 완전 죽여줍디다. 조연출 창용이 녀석은 대본 재미있다고 난리라니까."

태규가 주저 없이 엄지를 척 세웠다. 준영의 입가에 빙그레 미소가 번졌다.

"재미있다니 다행이네요. 첫 촬영 날짜는 잡으셨어요?"

"구체적인 일정은 아직. 다음 달 15일 전후로 이곳 드라마 센터에서 병원 세트장 촬영부터 시작하려고요."

"병원 외부 촬영은요?"

"장소 섭외가 영 힘드네. 그것 때문에 내가 요즘 고민이 많아요. 우리 드라마가 불법 장기밀매를 다룬다니까 병원 관계자마다 난색을 표해서 말이야. 우리 이 작가님 서울의대 동문들 중에 촬영 협조 부탁할 만한 사람 없나?"

태규가 조심스럽게 물었다. 준영은 잠시 대답을 보류했다. 부탁할 사람이 딱 한 명 있기는 한데……. 워낙 병원 이미지에 나쁜 영향을 미칠 수도 있는 사안이라, 해진 역시 촬영 협조에 선뜻 나서기가 쉽지만은 않을 터였다.

"자신은 없지만 일단 알아보기는 할게요."

"고마워요. 역시 우리 이준영 작가님밖에 없다니까."

시끄러운 음악 소리가 귀청을 잡아 찢을 것처럼 쿵쾅쿵쾅 울린다. 애초 회식 이야기를 전해 듣고 단합을 위해 2차까지 함께하자 마음먹은 탓에 선선히 따라오기는 했지만, 사이키 조명이 번쩍거리는 나이트클럽 안으로 들어서자마자 준영은 곧바로 후회했다.

도저히 맨 정신으로 견딜 수 있는 소음과 분위기가 아니다. 벌써부터 관자놀이가 지끈지끈 아팠다.

입구 가까이에 앉았다가 대충 눈치껏 도망갈 작정이었다. 그런데 신바람이 난 춘희가 속도 모르고 잔뜩 긴장한 준영을 이끌고서 자꾸만 나이트클럽 안쪽으로 기어들었다.

"양춘희 실장! 여기야, 여기."

먼저 와서 자리를 잡고 앉은 태규가 반갑게 손을 흔든다. 큼지막한 원탁을 가운데 두고 함께 자리한 강빈과 유진의 모습도 보였다. 어서 오라며 다정한 눈웃음을 짓는 강빈과 달리 흘낏 준영을 쳐다보는 유진의 표정에 고까움이 넘쳤다. 연습실에서의 앙금이 아직 고대로인 듯했다.

준영이 소파에 앉기가 무섭게 강빈이 일부러 원탁을 돌아 옆자리로 이동해 왔다.

"이 작가님도 시원하게 맥주 한 잔 해야죠? 아니면 고유진 씨처럼 양주만 마시나?"

권하는 술잔을 준영이 거절할 틈도 없이 화들짝 놀란 태규가 둥근 탁자 너머로 홰홰 양팔을 휘저었다.

"안 돼요, 안 돼! 우리 이준영 작가님 술 못해요. 알코올 알레르기야. 술 들어가면 큰일 난다고. 강빈 씨 몰랐지?"

"알코올 알레르기가 있다는 소리도 처음 듣는걸요. 이 작가님 보기만큼 예민하시네요."

강빈이 구레나룻을 손톱으로 긁으며 겸연쩍은 웃음을 뿌렸다. 준영은 하릴없는 죄책감이 들었다.

"죄송해요."

"이 작가님이 사과할 문제는 아니죠. 타고난 체질이 그런 것을 어쩌겠어요. 굳이 탓을 하자면 이준영 작가님을 이렇게 만들어 놓은 창조주를 탓해야죠. 술이 안 되면 뭘 드셔야 하나?"

강빈이 시원시원한 말투로 물었다. 이번에는 춘희가 불쑥 끼어들어 준영을 대신해서 대답했다.

"자몽 주스면 충분합니다. 우리 이 작가님 자몽 주스 엄청 좋아하거든요."

"김 감독님도, 양 실장님도 이준영 작가님 부를 때 '우리'라는 단어를 꼭 붙이시네요. 어째 나도 '우리 이 작가님'이라고 불러야 할 것 같은 분위기인데요."

"굳이 그러실 필요 없습니다."

춘희가 정색을 하자 강빈까지 덩달아 얼굴빛을 완강하게 만들었다.

"나는 굳이 그러고 싶은데요."

무의식중 준영의 입에서 한숨이 흘러나왔다. 좌불안석이 따로 없다. 그녀를 가운데 앉혀 두고 벌이는 춘희와 강빈의 기세 겨누기가 그저 불편할 뿐이다. 두 남자가 왜 이러는지조차 모르겠다.

"강빈 씨가 부르고 싶은 대로 부르세요. 우리 이 작가든, 그냥 이 작가든 저는 상관없으니까."

"우리 이준영 작가님이라고 부를게요."

강빈이 싱긋 웃음을 짓는다. 어색하게나마 마주 미소를 보내는 준영의 귓전으로 음침한 속삭임이 빠르게 감겨들었다.

"대표님이 결코 기뻐하지 않으실 거야."

준영은 어금니를 옥다물고 최대한 눈동자를 부릅떠 춘희를 노려보았다. 춘희가 아무것도 모르겠다는 양 무구한 얼굴로 시치미를 떼더니 씨익 웃는다. 심지어 한쪽 눈을 찡긋거려 윙크까지 날렸다.

준영은 대번 짜증이 솟았다. 앉았던 자리를 그대로 박차고 일어나 무작정 춘희의 손목을 잡아끌었다.

"잠깐 실례할게요."

나이트클럽 안쪽 비상구까지 내처 춘희를 끌고 갔다. 그리고 대뜸 목소리를 높였다.

"실장님 오늘 왜 그래요? 왜 자꾸 강빈 씨 신경을 긁는데요?"

"이 작가야말로 오늘 이상해. 강빈한테 왜 자꾸 꼬리를 치는데? 저 인간한테 마음 있어? 그런 거야? 내가 빠져 줄 테니까 둘이 어떻게 잘해 볼래?"

춘희가 전에 없이 눈심지를 세웠다. 준영은 뒷목을 잡고 쓰러지고 싶은 것을 가까스로 참았다.

"내가 언제 꼬리를 쳐요?"

"우리 이준영 작가라고 불러도 된다고 했잖아."

"그럼 거기서 안 된다고 정색이라도 해요?"

"당연히 정색했어야지. '우리'가 '나의'로 바뀌는 건 시간 문제야."

"실장님의 '우리'는 7년째 여전히 '우리'잖아요."

"내가 생각하는 '우리'와 강빈이 생각하는 '우리'는 엄연히 달라."

"다르긴 뭐가 달라요? 그깟 호칭이 뭐 별것이라고."

"이 작가는 남자를 몰라도 너무 몰라. 지환 형님이 왜 굳이 나를 이 작가 옆에 찰싹 붙여 놓았다고 생각해? 강빈 같은 똥파리가 꼬여들지 못하도록 감시하라는……."

"당장 해고예요! 지금 이 시각 이후로 새끼 작가에서 해고라고요!"

준영은 줄지어 쏟아지는 춘희의 수다스러운 말소리를 중간에서 싹둑 잘랐다. 이가 다 갈렸다. 숨을 크게 안으로 들이켰다가 잘게 밖으로 내쉬었다. 지글지글 들끓는 머릿속이 한없이 복잡했다.

"해고는 너무하잖아. 나는 맡은 바 임무에 충실했을 뿐이라고. 지환 형님은 이 작가 좋아해. 사랑한다고. 이 작가도 지환 형님 좋아하잖아. 사랑하잖아. 안 그래?"

"그만해요."

냅다 쏘아붙이고 준영은 바르르 떨리는 아랫입술을 잇새로 깨물어 물었다.

왜 갑자기 눈물이 솟구치는지 모르겠다. 머릿속은 화가 나서 죽겠는데, 가슴은 미어지도록 슬퍼서 죽겠다. 깊숙이 숨을 삼켰다. 춘희 앞에서 눈물을 보이고 싶지 않았다. 어느 누구 앞에서도 울고 싶지 않았다. 삼켰던 숨을 도로 천천히 토했다.

"강빈은 이 작가한테 관심 있어. 단순히 주연 배우와 작가의 관계를 염두에 둔 행동과 말이 아니라고. 남자가 여자한테 가지는 관심이야. 이 작가를 쳐다보는 눈빛을 보면 알아.

남자는 남자가 가장 잘 아는 법이야."

"그만하라고 했어요. 실장님이 뭐라고 한마디라도 더 하면 내가 무슨 짓을 할지 몰라요."

준영은 으스스한 경고를 끝으로 대차게 몸을 돌렸다.

가슴에서 소용돌이치는 슬픔은 무시하자. 머릿속에서 들끓는 분노에만 집중하자.

생각을 다잡고 마음을 묶었다. 저벅저벅 걸어가는 준영의 등 뒤에서 춘희가 부질없는 말소리를 기어코 날렸다.

"나도 지환 형님이 기뻐하지 않으실 거라고 분명히 경고했어."

준영은 뒤를 돌아다보기는커녕 가던 발걸음조차 멈추지 않았다. 단지 어깨 위로 오른손을 들어 올리고 어떤 주저함도 없이 가운뎃손가락을 세웠다.

정말이지 기분이 엿 같았다.

***

지환은 터져 나오는 웃음을 참느라 주먹 쥔 왼손으로 입을 가렸다. 자꾸만 어깨가 들썩이고 쿡쿡대는 웃음소리가 저절로 벌어지는 입술 사이를 비집으며 튀어나왔다.

"그런 욕은 또 어디서 배웠다냐? 7년을 옆에서 지켜보았는데도 어떻게 날마다 새로워. 지루할 틈이 없네."

"아주 그냥 예뻐서 죽겠죠? 이 작가한테 손가락 욕까지 처먹고 쿠크다스 제대로 깨져 버린 제 상처 입은 멘탈 따위에는 관심도 없으시죠? 하기는 이 작가가 뭘 한들 대표님 눈에 안 예뻐 보이겠어요. 저러고 사내새끼들이랑 어울려 춤을 추어 대도 좋다고 헤벌쭉 입 벌리고 쳐다보는 대표님이신데."

춘희가 속사포 같은 말소리를 주르륵 쏟았다.

지환은 무대 위 사람들과 한데 어우러져 신 나게 춤추고 노는 준영의 모습을 말끄러미 응시했다. 문득 목이 메었다. 코끝마저 지잉 제멋대로 울어 버린다. 청춘, 찬란한 봄날과도 같은 20대를 준영이 어찌 보냈는지 알기에⋯⋯.

인생에서 가장 아름다워야 할 스무 살의 나날들이 온통 지옥 같았으리라. 지독히도 암울한 10년의 세월을 꿋꿋이 견디어 내고 이제 서른이 된 작금의 준영이, 지환은 가슴 저리도록 사랑스러웠다.

"예쁘잖아. 양 양 네 눈에는 안 예뻐 보이냐? 나는, 예쁘다. 그냥, 다 예쁘다."

"요즘 쬐끔 편해 보이기는 해요. 전에는 웃고 떠드는 이 작가 모습을 봐도 괜히 아슬아슬하고 짠했거든요."

"준영이가 언제 저렇게 놀아 보았겠어?"

"그러니까요. 친구들이랑 고주망태가 되도록 술을 마셔 보기를 했겠어요, 새벽녘 아무도 없는 대로를 고성방가로 물들이면서 질주를 해 보았겠어요? 철없는 스무 살 시절이 아니면 절대 부릴 수 없는 객기나 남부끄러운 짓은 하나도 못 해

보았을 거잖아요. 하루하루 숨죽여 사느라고."

춘희가 땅이 꺼져라 한숨을 쉬었다. 지환은 잇달아 거븟한 숨소리를 토해 내는 춘희의 어깨를 위로하듯 툭툭 두드렸다.

"똥파리 어쩌고 하는 소리에 화가 머리끝까지 치솟아서, 너랑 나 물 먹이려고 일부러 저러는 거라고?"

"예, 형님! 천하의 양춘희가 새끼 작가 해고까지 당했다고요. 서러워 죽겠습니다."

"성깔 부리는 것도 딱 이준영답네. 그러게 뭐하러 그런 소리는 해 가지고 애 성질을 긁어?"

"제가 오죽 답답하면 그랬겠어요? 다 형님 생각해서 한 거거든요."

"됐다, 인마! 쥐가 고양이 생각해 주냐? 너도 그만 가서 놀아. 폭주하는 준영이 지켜보느라 놀기는커녕 여태 숨도 제대로 못 쉬었을 거잖아."

"헐! 이 작가 저대로 그냥 두려고요?"

춘희가 놀라 되물었다. 알다가도 모르겠다는 듯, 느긋하게 앉은 지환의 얼굴을 빤히 쳐다본다. 어째 야속하면서도 언짢다는 눈빛이다. 지환은 무색한 웃음만 피웠다.

"준영이가 언제 또 저러고 놀겠어? 홧김에라도 한바탕 놀고 나면 스트레스는 풀리겠지."

"속도 좋으십니다. 강빈이 호시탐탐 이준영 작가를 노리고 있다고요. 정녕 걱정이 안 되십니까?"

"안 돼."

"그 자신감은 대체 어디에다 근거를 두고 있는 겁니까?"

"내가 강빈보다 최소 열 배는 잘났으니까."

"아휴. 밥맛없어, 진짜!"

춘희가 슬그머니 한 소리 보태 놓더니 냅다 줄행랑을 쳤다. 지환은 걸음아 나 살려라 도망가는 춘희를 부러 의뭉스럽게 불러 세웠다.

"양춘희 실장!"

"……왜요?"

춘희가 멀찍이 떨어진 자리에 서서 대답했다. 지환은 스산하게 식은 얼굴로 오른손 검지를 까닥거렸다. 춘희가 기껏해야 두어 걸음쯤 다가와 서더니 다시 쭈뼛쭈뼛 묻는다.

"왜 그러세요, 대표님?"

"술 안 마셨지?"

"예, 아직."

지환은 바지 주머니에서 꺼낸 자동차 열쇠를 춘희 쪽으로 던졌다. 낮게 포물선을 그리면서 날아오는 열쇠 꾸러미를 춘희가 한 손으로 잽싸게 낚았다.

"오늘 밤 금주다. 집에 갈 때 양 실장 네가 운전해."

"대표님!"

춘희가 세상 다 끝난 사람처럼 목을 놓아 울부짖었다. 지환은 그만 가 보라는 손짓을 짐짓 거만하게 보내고 원탁 위에 놓인 술병을 집어 들었다. 차가운 맥주가 하얀 거품을 뿜으면서 넘치도록 유리잔을 채웠다.

"송지환 대표님! 오랜만이에요."

유진이 새빨간 입술을 벙싯 벌리면서 웃는다. 지환은 옆으로 다가와 앉는 유진을 향해 무감한 눈길을 보냈다.

"언제 만난 적이 있던가요?"

"10년 전, 창경궁로, 눈길."

유진이 수수께끼 같은 단어 세 개를 속삭이듯 뱉어 내고 다시 벙싯 웃었다. 말없이 앉은 지환의 눈동자가 얼음장처럼 차게 식는다. 유진이 쓰윽 엉덩이를 밀고 다가와 허벅지가 마주 닿을 정도로 가까이 옮겨 앉았다.

"이제 기억나셨나 보다. 근엄한 판사님이 되어 있을 줄 알았는데 의외네요. 드라마 외주 제작사 대표님이라니."

"산다는 것이 어쩌면 의외성의 연속일지도 모르니까."

허탈해하는 지환의 혼잣말을 제멋대로 오해한 유진이 스스럼없이 그를 향해 팔을 뻗었다.

"그러게 말이에요. 우리가 인연은 인연인가 봐요. 이렇게 다시 만난 것을 보면."

지환은 허벅지를 타고 사타구니로 오르는 유진의 손을 지극히 무덤덤한 표정으로 내려다보았다. 새하얀 손등과 새빨간 손톱이 징그러운 올가미 같다.

"꺼져."

사타구니 안쪽으로 유유히 파고들던 유진의 손이 그대로 멈추었다. 지환은 돌화살촉처럼 날카롭게 갈아세운 눈동자를 새파랗게 질린 유진의 얼굴로 옮겼다. 파들파들 분노에 떠는 입술이 유독 새빨갰다.

"당장 그 더러운 손 치우고 꺼져."

꽉 다문 잇새를 뚫고 새어 나오는 지환의 목소리가 섬뜩할 정도로 낮고 차가우면서도 고요했다.

유진은 서둘러 거두어들인 왼손을 떨리는 무릎 위에서 오른손과 힘껏 마주 잡았다.

가만두지 않을 것이다. 오늘 당한 이 수모는 반드시 앙갚음하고 말리라.

지환을 향해 달려드는 유진의 앙칼진 말소리에서 무지막지한 독기가 뿜어져 나왔다.

"나한테 이러면 안 될 텐데? 10년 전에 누구 덕에 살았는데. 내 증언 아니었으면 당신 그때 교도소 갔어."

"착각하지 말라고. 당시 목격자 진술은 차량 블랙박스에 담긴 증거를 뒷받침하는 역할일 뿐이었어. 법정에서 왜 목격자 진술보다 물적 증거를 우선하는지 알아? 사람은 누구나 거짓말을 하거든."

지환이 자리를 털고 일어섰다. 유진은 비웃음이 담긴 싸늘한 말로 지환을 붙잡았다.

"당신 어머니는 그렇게 생각 안 하던데? 그때 내 증언이 꼭 필요하다며 직접 찾아오셨더라고."

지환이 다시 자세를 고치며 소파에 앉았다. 그 모습을 곁눈으로 지켜보는 유진의 눈자위로 영악한 미소가 번졌다.

가진 것이 많은 사람은 그만큼 잃을 것도 많아 지켜야 할 것이 많은 법이다. 많이 가진 자들로부터 작은 일부를 나누어 받는 일은 결코 부끄러운 짓이 아니다. 10년 전에도 화연을 통해 주말 드라마 여주인공 자리를 단번에 꿰찰 수 있었다.

돈은 곧 힘이고, 그 힘은 성공을 만들어 냈다. 10년 전에도 통했는데 지금이라고 통하지 않을 리 없었다.

지환과 그의 부모는 지난 10년 동안 더 많은 것을 가진 사람들이 되었다. 소유한 수많은 것들을 잃지 않고 지켜 내려면 응당 대가를 지불해야 할 터였다.

"송재용 서울시장님이 아버지 되시죠? 다음 대선에 출마하신다는 소문이 무성하던데. 10년 전 아드님과 관련된 교통사고가 사람들 입방아에 오르내리면 시장님 입장이 곤란하지 않으실까요?"

"원하는 게 뭐야?"

"글쎄요, 고민을 좀 해 봐야 할 것 같네요. 여기서 송지환 대표님이랑 마주칠 줄은 몰랐거든요."

별안간 지환이 끅끅끅 소리를 내어 웃었다. 난데없이 쏟아지는 웃음에 유진은 이맛살을 찌푸렸다. 웃음소리가 어찌나 을씨년스러운지, 흡사 발가벗겨진 채로 명동 한복판에 혼자 나앉은 기분이었다.

끅끅거리는 기분 나쁜 웃음소리가 갑자기 또 잦아들었다. 지환이 느긋한 동작으로 소파에서 몸을 일으켜 세웠다. 옷에 묻은 먼지를 털어 내듯 매무새를 가다듬는 지환의 입에서 냉소 섞인 말소리가 사뭇 음산하게 흘렀다.

"내 어머니한테나 가 봐. 나는 관심 없으니까."

"춤 못 춘다더니 완전 뻥이었네. 우리 이 작가님 춤만 잘 추는데요."

강빈이 시끄러운 음악 소리에 묻히지 않도록 목소리를 큼지막하게 내질러 올렸다. 준영도 목청을 높여서 이야기를 받았다.

"제가 뭐든 빨리 배우거든요."

"클럽 처음인 것 맞아요? 대학 때 친구들이랑 이런 데도 한 번 안 와 보고 뭐했어요?"

"공부만 했어요. 도서관 죽순이."

"머리카락 질끈 동여맨 채 두꺼운 안경 쓰고 냅다 책만 판 거예요?"

"무슨 그런 섭섭한 말씀을. 그때도 이 미모는 여전했다고요."

준영의 새치름한 대꾸에 강빈이 박장대소를 터트렸다. 배를 잡고 웃어 대는 강빈의 어깨 너머로 준영은 슬쩍 시선을 던졌다. 방금까지 지환이 앉았던 자리가 텅 비었다.

혼자 돌아갔을 리는 없는데…….

30분 전쯤 나이트클럽에 모습을 드러낸 지환은 몇몇 지인들과 반갑게 인사를 주고받은 뒤, 춘희와 나란히 앉아 제법 심각한 얼굴로 대화를 나누었다.

두 사람 모두 이야기하는 동안 무대 위 춤추고 노는 준영을 줄곧 눈으로 좇았다. 심각한 대화의 주제가 바로 그녀라는 방증이었다.

여봐란듯이 준영은 더 크게 웃고 더 요란하게 춤을 추었다. 어디 한번 당해 보라는 심정이었다. 화도 나고 속상한 마음에 앞뒤 재지 않고 일을 저지르기는 했는데, 통쾌하기는커녕 오히려 뒤숭숭하니 심란하기만 하다.

무의식중 왼손이 오른손 검지에 낀 묵주 반지로 향했다.

"성당 다니세요?"

"네에?"

"묵주 반지 보니까 반가워서요. 이 작가님 본명이 뭐예요?"

"레지나예요."

"나는 세인트 프란체스코. 아시시의 성인 프란체스코예요. 세례명만 거창했지, 실상은 집안에서 내놓은 냉담자예요."

준영과 강빈이 두런두런 이야기를 나누는 사이 어느덧 음악이 바뀌었다. 잔잔하게 깔리는 리듬 앤 블루스 선율에 맞추어 무대 위 각양각색의 사람들이 남녀로 짝을 짓는다. 끝내 짝을 이루지 못한 이들은 우르르 떼를 지어서 각자의 자리로 향했다.

그 무리에 다가서는 준영을 강빈이 가만히 불렀다.

"이준영 작가님! 나랑 한 곡 추시죠?"

"블루스는 아직 접해 보지 못한 장르라서요. 죄송합니다."

난처한 얼굴로 고개를 숙이는 준영의 손목을 온기가 느껴지는 커다란 손이 낚아채듯이 붙잡는다. 어리둥절한 표정을 짓는 준영을 다짜고짜 가슴에 끌어당겨 안고, 지환이 멀뚱멀뚱 선 강빈을 향해 까딱 목례를 보냈다.

"실례."

준영을 품에 보듬어 안은 채 자연스럽게 스텝을 밟아 무대 한쪽 구석진 곳으로 이끌었다. 빙글빙글 돌아가는 형형색색의 조명등 불빛도, 애달프게 울려 퍼지는 색소폰 소리도 저절로 아스라이 멀어졌다.

"어디 갔다 왔어요?"

준영은 고개를 들어 고요하기만 한 지환의 얼굴을 올려다보았다. 그가 눈꺼풀을 모로 비껴 내려뜨고 지그시 그녀를 내려다본다.

"언제 왔냐고 물어야 되는 것 아니야?"

"아까 나이트클럽 안으로 들어올 때 봤어요."

"봤어도 못 본 척, 언제 왔냐고 시치미를 떼었어야지. 밀당의 기본이야."

"내가 내숭 떨기를 바라요?"

"아니. 안 보여서 찾았어?"

"뭐, 좀. 궁금해서. 삐쳐서 혼자 가 버렸나 싶기도 하고."

"당신만 두고 가기는 어디를 가? 내가 전에 그랬잖아. 아무 데도 가지 않겠다고. 언제나 당신 곁에 있겠다고. 당신이랑 둘이 끝까지 가겠다고."

지환이 준영의 두 팔을 가져다 자신의 목에 걸고 품 안쪽으로 그녀를 바투 끌어당겨 안는다. 서로의 가슴과 아랫배가 하나처럼 잇닿았다. 정수리로 내려앉는 지환의 숨소리가 거칠게 변했다.

불현듯 준영의 머릿속에 그날 그 밤, 심야 영화관에서의 기억이 선명하게 되살아났다.

위아래 입술을 통째로 집어서 삼킬 듯 강하게 빨아 당기다가 한순간 잘근 잇새로 깨물어 물던 완강함, 여린 점막이 무르고 헐도록 입안 곳곳을 속속들이 혀로 유린하고 돌아다니던 집요함, 수없이 가파르게 오르내리며 떨리는 귓가로 파고들던 흐트러진 숨소리까지 전부.

그날 그 깊고도 뜨거웠던 늦은 봄밤, 지환의 모든 것이 널 따란 어깨에 얼굴을 묻으며 자그시 눈을 감고 마는 준영의 뇌리에 또렷하게 맺혔다. 가슴이 달았다. 푸근한 한숨이 흐른다.

## Chapter 13

뫼비우스의
띠

터벅터벅 제자리로 돌아온 강빈은 숨 돌릴 틈도 없이, 무
대 외진 곳 블루스를 추는 준영과 지환을 눈으로 좇았다.

준영의 두 팔이 자연스럽게 지환의 목에 걸리자 지환의 양
쪽 팔이 거리낌 없이 준영의 허리를 버썩 옭아맨다. 두 뿌리
에서 올라온 서로 다른 나뭇가지가 하나의 결로 촘촘히 얽어
진 연리지를 보는 것 같았다.

몸과 몸을 완전하게 밀착시켜 한가지로 잇댄 준영과 지환
주위로 흡사 결계라도 쳐진 듯 누구도 범접할 수 없는 분위
기가 흘렀다.

심지어 무대를 가득 메운 끈적거리는 리듬 앤 블루스 선율
마저도 완벽히 서로에게 몰입한 두 사람 사이를 감히 방해하
지 못했다.

사랑이다. 저 둘은 서로가 서로에게 그저 사랑일 뿐이다.

한눈에 결론이 나왔다. 강빈은 허허로운 가슴을 채우듯 빈 술잔을 차가운 맥주로 채웠다.

오랜 팬이라는 준영의 이야기에 공연히 마음이 들떠서 되지도 않을 헛물만 켜고 말았다. 혹시나 싶어 나름대로 지환을 경계하기는 했지만 결론이 이렇게까지 빨리 날 줄은 몰랐다. 넘치는 술잔을 들어 올리는 강빈의 입가로 씁쓸한 미소가 번졌다.

"아직은 연애 세포가 살아 있음에, 건배!"

"타고난 이야기꾼이라고 언론에서 방방 띄우는 이준영 작가도 별것 없었네요. 어쩐지 '프로덕션 온'에서 엄청 밀어 준다 했어요. 결국 송지환 대표랑 그렇고 그런 관계였다는 거잖아요."

원탁 저편에서 비아냥거리는 유진의 말소리가 울렸다. 강빈은 달갑지 않은 시선을 옮겼다. 유진이 새빨간 입술을 벙싯 열고서 웃는다. 갑자기 술맛이 뚝 떨어졌다. 입도 대지 않은 술잔을 도로 탁자 위에 내려놓았다.

"고유진 씨 눈에는 저 두 사람이 그저 그렇고 그런 관계로 보이나 봐요? 나는 지극한 사랑으로 보이는데. 내 눈이 삔 걸까요, 고유진 씨 눈이 이상한 걸까요?"

"뭐라고요?"

유진이 황당한 표정을 지었다. 강빈은 한낱 일별조차 주지 않고 그대로 자리를 털고 일어섰다. 커다란 원탁을 세 개나 건너 저쪽 멀리, 제작 스태프들과 어울려 부어라 마셔라 여념이 없는 해나를 큰 소리로 불러 젖혔다.

"마해나! 그만 가자. 12시 다 되었다. 새 나라의 어린이는 일찍 자고 일찍 일어나야지."

"선배님! 저 이제 시작인데요. 여태 춤추고 노느라 맥주 두 잔밖에 못 마셨어요."

"여배우한테 술은 독이야. 얼른 안 튀어 올래!"

소속사 직속 선배의 추상같은 명령에 놀라 해나와 매니저가 허둥지둥 가방을 챙겨 달려왔다. 아쉬움으로 입이 댓 발은 튀어나온 해나를 뒤꽁무니에 꼬리처럼 달고서 강빈은 나이트클럽을 유유히 빠져나갔다.

홀로 남겨진 유진은 씩씩대는 숨소리를 굳이 감추지 않았다. 생각할수록 열이 뻗쳐오른다. 남자들마다 준영에게 빠져 자신에게는 눈길 한 번 없는 현실이 좀처럼 이해되지 않았다.

강빈은 싫고, 지환은 밉고, 준영은 더 싫고 미웠다. 어떤 분풀이라도 해야만 직성이 풀릴 것 같았다.

유진은 오른손을 바삐 흔들어 근처를 지나는 종업원을 불러 세웠다.

"여기 자몽 주스 한 잔. 얼음 많이 넣어서. 빨리."

음악이 또 바뀌었다. 쿵짝쿵짝 비트가 강한 음악 소리가
스피커에서 흘러나오자 저마다 자리를 차지하고 앉아 한숨씩
돌리던 사람들이 우르르 무대를 향해 몰려나왔다.

지환은 한꺼번에 들이닥치는 사람들을 피해 준영의 손을
잡고 무대 바깥쪽으로 이끌었다.

"하루 종일 밖에 나와 있어서 피곤하지?"

"네. 그만 돌아가고 싶은데……. 가도 될까 싶기도 하고……."

"가고 싶으면 가는 거지, 뭘 고민해?"

"완전 분위기 좋게 놀고 있잖아요. 먼저 간다고 얘기하면
분위기 싸해질 것 같아서요."

"몰래 도망가면 되지. 다들 놀고 있는 틈에 살짝 빠져나가
자."

지환이 능청스레 웃었다. 옴폭 파인 볼우물이 깜찍하면서
도 섹시하다. 준영은 무작정 고개를 끄덕였다.

"양춘희 실장한테 간다고 귀띔 정도는 해야 하지 않아요?"

"이런!"

지환이 낭패라는 듯 인상을 찡그리더니 금세 또 허탈하게
웃어 버린다.

"왜요?"

"자동차 열쇠. 아까 춘희한테 줬거든. 여기서 잠깐만 기다
려. 금방 가서 받아 올게."

지환이 잰걸음으로 춘희를 찾아 다시 무대로 향했다.

준영은 텅 빈 소파에 홀로 앉아 자몽 주스가 담긴 유리잔

으로 팔을 뻗었다. 반쯤 비운 상태로 춤추러 나갔는데, 잔도 주스도 완전히 새 것이다. 고맙게도 누가 그녀를 위해 리필까지 해 놓은 모양이었다.

자몽 주스를 한 모금 시원하게 들이켜던 준영의 미간 위로 또렷한 빗금이 올라섰다. 깊은 생각에 잠기는 준영의 손바닥 안, 차가운 유리잔 속에서 둥글게 녹아든 얼음 조각들이 달각달각 소리를 내며 서로 몸을 부딪쳤다.

"가자."

지환이 어느새 다가와 손목을 잡는다. 준영은 심각한 표정으로 옆자리를 두드렸다.

"잠깐 앉아 봐요."

"왜? 무슨 일 있어?"

가깝게 몸을 붙이고 앉는 지환의 눈동자에 걱정하는 빛이 스며들었다. 준영은 콧잔등이 위로 애교스러운 주름을 잡으면서 동시에 얼굴 가득 환한 미소를 피웠다.

"외주 제작사 대표 생활 7년에 빛나는 연기력이 필요해서요."

"뜬금없이 무슨 소리야?"

"내 자몽 주스에다 누가 술을 탄 것 같아요."

"춘희 녀석이 또 그랬을 리는 없는데……."

"당연히 양 실장은 아니죠. 짐작 가는 사람이 한 명 있기는 해요."

"누구?"

"아직은 비밀이에요. 나 저것 마시고 지난번처럼 쓰러지려고요. 물론 이번에는 가짜지만. 대표님이 뒷수습 좀 해요. 오늘 여기 모인 사람들 모두가 술 때문에 내가 쓰러졌다는 것을 알아야 해요. 특히 김태규 감독은 반드시."

"무슨 꿍꿍이인지는 모르겠지만, 아무튼 알았어. 맡겨만 주라고. 아카데미에 노미네이트 될 명연기를 보여 줄 테니까."

지환이 호언장담을 했다. 준영은 딴청을 피우는 것처럼 짐짓 무심한 얼굴로 주위를 살폈다.

무대 가장자리, 춤을 추느라 흐느적흐느적 사지를 흔들면서도 준영의 일거수일투족에 촉각을 곤두세우고 있는 유진이 유독 눈길을 잡아끌었다.

주스 잔 쪽으로 팔을 뻗는 준영의 입가를 따라 대차고 서늘한 미소가 깃들었다. 단숨에 유리잔을 비웠다. 차가운 자몽 주스 때문인지, 아니면 그 안에 뒤섞인 독한 알코올 탓인지 순간적으로 머릿속이 핑 돌았다. 그렇다고 정신을 잃을 정도는 아니다.

"It's show time(시작할 시간이에요)! Let's show time(보여 주자고요)!"

준영은 한차례 싱긋 지환에게 웃어 주고 자리에서 일어났다. 그리고 그대로 맥없이 풀썩 지환의 품으로 쓰러졌다.

"양 실장! 양춘희 실장!"

지환이 내지르는 비명과도 같은 고함 소리가 시끄러운 음악 소리를 꿰뚫으며 쩌렁쩌렁 울린다. 놀란 춘희가 허겁지겁 달려왔다.

"헐! 우리 이 작가 왜 그래요?"

"이준영 작가가 마신 자몽 주스에 누가 술을 탔어."

"예에? 어떤 개자식이 그런 몹쓸 짓을……. 때려 죽여도 시원찮을 개자식을 보았나."

거친 콧바람을 뿜으며 춘희가 한바탕 멱살잡이라도 할 기세로 옷소매를 걷어붙였다.

"당장 입구에 차 대기시켜."

지환은 자동차 열쇠를 훌쩍 춘희 쪽으로 던졌다. 열쇠 꾸러미를 받아 든 춘희가 전속력으로 달려 나간다. 지환 역시 두 눈을 꼭 감고 누운 준영을 조심스럽게 보듬어 품에 안아 들고 성큼성큼 그 뒤를 따랐다.

나이트클럽 여기저기에서 '알코올 알레르기 어쩌고저쩌고' 하는 사람들의 걱정 깃든 수군거림이 와자지껄 들끓었다.

〰〰

"깜짝 놀랐잖아! 내가 쿠크다스 심장이라고 몇 번을 얘기해? 얼마나 놀랐는지 산산이 부서져서 완전 가루가 되었고만. 이 작가 때문에 수명이 최소 10년은 감소했을 거야."

운전석의 춘희가 자동차 인사이드 미러에 비친 준영을 향해 삐쭉 눈초리를 빗떴다. 뒷좌석에 지환과 나란히 앉은 준영은 미안하고 멋쩍은 마음에 그냥 물색없이 웃고 말았다.

"양 실장님한테 얘기할 틈이 없었어요."

"잘났다. 나만 왕따시키고. 대표님은 다 알고 있는데. 섭섭하다규!"

"미안해요. 그만 화 풀어요, 네? 실장니임!"

준영은 작정하고 애교 섞인 콧소리를 만들었다. 그제야 춘희가 화기를 누그러트렸다. 차분하게 가라앉은 눈빛으로 다시 인사이드 미러를 통해 지환의 얼굴을 힐끔 쳐다본다.

"대표님! 어디로 갈까요? 아무래도 보안이 유지되는 병원으로 가야 할 것 같은데."

"서울대 석동길 병원장님한테 전화하기에는 시간이 너무 늦었지?"

"목숨이 왔다 갔다 하는 위급한 상황도 아니고. 지금 전화하면 좀 그렇죠."

"병원을 왜 가요? 나 말짱해요. 술기운에 살짝 알딸딸하기는 한데, 진짜 괜찮아요."

준영은 어안이 벙벙한 표정으로 지환과 춘희를 번갈아 쳐다보았다. 지환이 무엇이라 이야기하기도 전에 춘희가 먼저 펄쩍 뛴다.

"무슨 소리야? 당근 병원으로 가야지. 완전 범죄 몰라? 이 작가 지금 공식적으로 알코올 쇼크 일으킨 상태잖아. 사나흘 입원실 차지하고 누워 있지는 못할망정 응급실 가서 영양제라도 한 대 맞아야지."

"그렇구나."

깨달음의 감탄사를 발하는 준영의 목소리 위로 지환을 부르는 춘희의 말소리가 도탑게 겹쳤다.

"대표님! 마침 제 친구 녀석이 한강대학병원 응급의학과 펠로*예요. 엄홍식이라고 대학 동아리 동기인데 입도 무겁고, 의리도 있고. 그 친구 인간성은 제가 보증할 수 있어요. 일단 한강대학병원 응급실로 가서 무조건 개개어 보지요."

"그렇게 해."

지환의 허락이 떨어지기가 무섭게 춘희는 운전대를 틀어 신행주대교 방향으로 길을 잡았다. 차량 통행이 뜸한 밤거리를 아우디 승용차가 신바람이 난 듯 질주한다.

"도대체 누구 짓이야?"

지환이 낮고 메마른 목소리로 물었다. 준영은 대답보다 먼저 헐거운 웃음을 피웠다.

"고유진 같아요. 아직은 심증뿐이지만 곧 물증도 나올 거예요."

"어떻게?"

"아까 나이트클럽에서 대표님이 나 안아 들고 나올 때 한바탕 난리가 났잖아요. 김태규 감독이 종업원들 불러서 누가 자몽 주스를 주문했는지 일일이 캐어물을 거예요. 머리가 있

---

*펠로(Fellow):임상강사, 전임의.

으면 그 정도는 돌아가겠죠."

똑 부러지는 준영의 대답을 듣고 지환은 소리 없이 피식 미소만 지었다. 오히려 춘희가 한껏 기분이 들떠서 낄낄거린다.

"그쯤 되면 김태규 감독이 알아서 고유진을 깔 수밖에 없겠는데요. 이준영 작가 알코올 알레르기라 절대 술 주면 안 된다고 엄청 설레발 쳤거든요. 고유진이랑 출연 계약서에 도장 안 찍기 정말 잘했어요. '스타 기획' 박정배 실장, 뭐라도 하나 더 받아 내려고 갖은 핑계를 가져다 붙이면서 차일피일 계약을 미루더니만……. 이렇게 하늘이 우리를 돕네요."

"김태규 감독이 안 까면 우리 쪽에서 고유진 까서 버려. 진짜든 가짜든 알코올 알레르기라는 소리를 듣고도 이 작가가 마실 자몽 주스에다 거리낌 없이 술을 탔잖아. 죄질이 아주 고약해."

"여주인공으로 누구를 섭외하죠? 상대역이 강빈이라 혹하면서도, 고유진 대타라는 소리 듣기 싫어서 쉽게 하겠다고 덤비지 못할 거예요. 가뜩이나 여배우들 자존심이 하늘을 뚫고 성층권까지 찌르는 판에. 그동안 고유진 소속사에서 강빈이랑 드라마 찍는다고 어지간히 기사를 뿌려 댔어야죠."

춘희가 왼쪽 깜빡이를 켜며 한숨을 지었다. 즉시 준영의 입에서 헛웃음이 터졌다.

"나 지금 두 분한테 고유진 까 달라고 부탁하는 것 아니에요. 내가 고유진을 까서 버릴 테니까 알고나 있으라고 통보

하는 거라고요. 고유진 까려고 이런 구차한 연극까지 하면서 아무런 대책도 안 세워 놓았을 것 같아요?"

씩씩거리고 앉은 준영의 얼굴을, 지환이 웃음기 깃든 먹빛 눈동자를 반쯤 눈꺼풀로 가린 채 지그시 내려다보았다.

"어떤 대책?"

"마해나."

"양 실장! 마해나가 누구야?"

"거 있잖아요, 조한성 사장이 우리 드라마에 강빈 출연하는 조건으로 끼워 넣은 원 플러스 원 옵션. '조강 엔터테인먼트'에서 요즘 밀고 있는 신인 여배우예요."

"너무 초짜 아니야?"

"브라운관 데뷔만 안 했다 뿐이지, 완전 초짜는 아니에요. 서울예대 다닐 때부터 연극 무대에서 꾸준히 기본기를 쌓아 왔다고 하더라고요."

춘희의 대략적인 설명이 끝나기를 기다린 준영은 자세한 이야기를 덧붙였다.

"오늘 대본 리딩 때 보니까 발성도 좋고 발음도 정확해요. 캐릭터 해석하는 능력도 남다르고. 존재감도 꽤 괜찮아서 강빈이랑 둘이 붙는 장면인데도 밀리는 기색이 전혀 없더라고요."

"양 실장 생각은?"

지환이 느긋한 표정과 달리 날카로운 말투로 물었다. 일에 있어서만큼은 언제나 철두철미한 그다웠다. 춘희가 곡선주로를 따라 달리는 자동차 속도를 조금씩 줄여 나가며 목소리를 신중히 풀었다.

"고유진보다 마해나가 낫다는 데 저도 한 표 던져요. 물론 신인이라 위험 부담이 있기는 해요. 근데, 솔직히 배우 네임벨류로 첫방 시청률 끌어 올리는 일은 강빈 하나면 충분하잖아요. 만인의 연인 강빈 상대역에 픽업된 무명의 신데렐라 마해나, 이 타이틀로 언론 플레이 하면 제법 먹히기도 할 테고요."

"내일 당장 조한성 사장이랑 미팅 잡아. 상대역인 강빈만 오케이 하면 마해나로 가자."

"옛설!"

지환과 춘희 사이에서 '마지막 비상구' 여자 주인공 관련한 이야기가 일단락을 맺었다. 마음이 흡족해진 준영은 참았던 하품을 한꺼번에 쏟았다.

"졸려?"

지환이 뒷좌석 등받이 위 힘없이 놓인 준영의 머리를 가만히 손으로 받쳐 자신의 어깨로 옮겼다. 준영은 피곤한 몸을 지환의 단단한 몸에 덧대어 기대고 눈을 감았다.

"술기운 탓인지 자꾸 잠이 쏟아져요."

"한숨 자."

"병원 도착하면 깨워요."

"응."

쌕쌕, 들이쉬고 내쉬는 숨소리가 금세 부풀어 올랐다.

지환은 깊은 잠에 빠져 든 준영의 얼굴을 한참이나 물끄러미 들여다보았다. 예쁘고, 사랑스럽고, 멋지기까지 하다.

따뜻한 숨결이 규칙적으로 흘러나오는 붉고 여린 입술에다 손가락을 대고 슬그머니 쓸어 보았다. 새삼 보드라움에 놀라 손끝이 파르르 진동한다. 어느새 가슴마저 덩달아 일렁거렸다.

"춘희야!"

"예, 형님?"

"준영이 정말 멋지지 않냐? 어떻게 이렇게 예쁘고 사랑스러울 수가 있을까?"

"아, 진짜! 그만합시다, 쫌!"

춘희가 바락 신경질을 부렸다. 그러거나 말거나 관심이 온통 준영에게 가 있는 지환의 눈가에 행복한 미소가 몽글몽글 피어올랐다.

"연락도 없이 찾아와서 당황하셨죠?"

소은이 생글생글 웃는다. 지환은 적송 탁자 맞은편에 앉은 소은의 얼굴을 무감한 눈길로 쳐다보았다. 아버지 송재용과 강창익 국회의장 사이의 정치적 인연만 아니라면 문전박대를 자행했을 것이다. 가뜩이나 데면데면한 지환의 목소리가 대차게 나갔다.

"무슨 일입니까?"

"퇴근 시간 다 되었죠? 우리 저녁 같이 먹어요. 지난번에는 양가 식구들 때문에 인사만 겨우 나누고 제대로 얘기도 못 했잖아요. 저요, 지환 씨한테 할 얘기 있는데……."

소은이 마지막 음절을 끝맺지 않고 길게 끌었다. 지환의 호기심을 자극하려는 계산된 행동이었다. 지환은 무감한 시선만큼이나 차고 메마른 어조로 이야기를 받았다.

"선약이 있습니다."

"어머! 어떡해요, 제가 하필 바쁠 때 찾아왔나 봐요?"

소은이 다시 또 생글 미소를 지었다. '아니다' 혹은 '괜찮다'는 대답이 듣고 싶은 듯했다.

지환은 무덤덤하게 앉아 부러 입술을 여미었다. 소은의 환심을 사고 싶은 마음도 없고, 입에 발린 소리를 늘어놓고 싶지도 않았다. 검질기게 흐르는 정적 속에서 미소 짓던 소은의 얼굴이 점점 굳어 갔다.

"선약이 있다니까 어쩔 수 없네요. 내일 점심이나 같이 먹어요. 마침 토요일인데, 11시쯤 브런치 어때요? 프렌치토스트 맛있게 굽는 집을 알거든요."

"주말 동안 지방에 내려갑니다."

거침없이 울리는 지환의 목소리가 몹시도 서늘했다.

소은이 빚어 놓은 도자기 인형처럼 뽀얀 얼굴로 과장된 웃음소리를 쏟아 냈다. 어색함과 민망함을 웃음으로 무마하려는 것 같았다. 농담으로 치부해 넘기려는 소은의 속셈과 달리,

깔깔거리는 하이 톤의 웃음소리가 어째 앙칼지게 울렸다.

"저랑 밥 먹기 싫으면 그냥 싫다고 얘기하세요. 이 핑계 저 핑계 대지 말고. 그 정도 말에 상처 입을 만큼 나약하지 않아요. 건들면 부서져 깨지는 유리 멘탈도 아니고요."

"사실을 얘기한 것뿐입니다."

"좋아요. 그렇다고 해 두죠. 언제 시간 괜찮으세요? 우리 밥 먹으면서 얘기 좀 하게요."

"강소은 씨랑 밥 먹을 생각 없습니다."

"예에?"

어이없다는 투로 소은이 되물었다. 제대로 들은 것인지 의심스럽다는 눈빛이다. 지환은 여전히 무미건조한 표정으로 말소리를 이었다.

"같이 밥 먹기 싫으면 싫다고 얘기하라면서요? 강소은 씨랑 단둘이 밥 먹고 싶지 않습니다."

"본래 이렇게 예의가 없으세요?"

"내 딴에는 정중하게 행동하고 있는 겁니다. 예의를 차리지 않았다면 벌써 문전박대를 했겠죠. 용건 끝나셨으면 그만 가시죠."

예의라는 가면을 벗어던진 지환의 눈빛은 상상 이상으로 차가웠다. 소은은 항간에 소문만 무성한 '청담동 사디스트 송'의 진면모를 눈앞에서 보는 듯했다. 눈동자를 한쪽으로 비껴 쌜그러트리는 소은의 눈자위로 쓴웃음이 번졌다.

그때 노크도 없이 출입문이 열렸다. 빠끔 열린 문틈으로 형석이 얼굴을 들이밀다가, 소파 한가운데 함초롬하니 앉은 소은을 보자마자 의아한 듯이 지환을 쳐다본다.

"이런! 손님이 계셨네?"

소은의 정체를 캐어묻는 우회된 표현이었다. 지환은 '누구냐'를 빗댄 질문을 알아듣지 못한 척 넘겼다. 형석에게 소개하고 말고 할 사이가 아니라는 판단이었다.

"금방 갈 거야. 준비는?"

"다 끝났어."

"춘희는?"

냉랭하게 식었던 지환의 눈매가 유연히 풀어지면서 입가를 따라 살긋 미소가 깃들었다. 준영을 데리고 2박 3일 제주도로 낚시 여행을 다녀올 생각을 하자 어느 결에 마음마저 들떴다.

일없이 앉아 지환의 얼굴만 멀뚱멀뚱 지켜보던 소은은 저도 모르게 흠칫 놀라고 말았다.

바늘로 찔러도 피 한 방울 나오지 않을 것처럼 냉혹해 보이는 남자도 저런 달콤한 표정을 지을 수가 있구나.

'청담동 SS'로 불리는 냉혈한 송지환에 대해서 불쑥 호기심이 동했다. 새삼스러운 눈길로 지환을 바라보는 소은의 귀에 형석의 목소리가 시원시원하니 감겨들었다.

"그쪽도 준비 끝났대. 30분 안에 출발한다고 했으니까, 공항 라운지에서 만나 간단하게 저녁 먹고 탑승하면 될 것 같아."

"알았어."

지환은 단호한 시선을 형석에게 보냈다. 사무실 안으로 밀고 들어올 마음에 무작정 발걸음부터 떼어 놓던 형석이 주춤하면서 인상을 찌푸렸다. 소은의 정체가 궁금해 미치겠다는 표정이다.

지환은 짤막한 턱짓으로 돌아가라는 뜻을 확고하게 전달했다. 형석이 마지못해 출입문을 닫는다. 그 와중에도 '르누아르의 소녀'만큼이나 인상적인 모습으로 앉아 있는 소은에게 아쉬운 일별을 던지는 것을 잊지 않았다.

"양가 부모님들 사이에서 우리 결혼 말이 오가는 것, 지환 씨도 알고 계시죠?"

소은이 꽤나 담담하게 물었다. 지환 역시 무덤덤한 시선을 소은 쪽으로 되돌렸다.

"나와는 상관없는 일입니다. 이미 아버지께 결혼할 마음이 없다고 말씀드렸습니다."

"지환 씨 어머니는 다르게 생각하시던데요? 단순히 결혼할 의사가 없다는 뜻이지, 저랑 결혼하지 않겠다는 얘기는 아니라고. 어제 그렇게 말씀하셨어요."

소리도 없이 생글, 소은이 붓으로 그려 놓은 것 같은 미소를 지었다. 언뜻 화연의 모습이 겹쳐 보였다. 지환은 실소했다.

"일간 어머니께도 명확하게 내 의사를 전달하도록 하죠. 강소은 씨랑 결혼할 마음이 전혀 없다고."

"제가 마음에 안 드세요?"

"마음에 들고 말고 할 것도 없습니다. 강소은 씨한테는 관심 자체가 없으니까."

"소문대로 냉정하시네요. 그래도 결혼은 하실 거죠? 오해 없이 들어 주세요. 저와 결혼하자는 뜻이 아니에요. 미래 누군가와의 결혼을 묻는 거예요. 독신주의는 아니실 거잖아요."

"현재로서는 결혼 계획이 없다고만 해 두죠."

"그 대답, 마음에 들어요."

소은이 생글생글 웃었다. 속내를 짐작하기 어려운 말과 미소에 지환은 눈살을 찌푸렸다. 마주 웃어 줄 마음도, 어떤 대꾸를 하고 싶은 생각도 없었다. 소은이 한 차례 더 생글거리더니 남은 이야기를 마저 보태었다.

"저 역시 현재로서는 결혼 계획이 전혀 없거든요. 앞길 창창한 스물여섯에 벌써 결혼이라니, 억울하잖아요. 하고 싶은 일도 많은데. 우리 동맹 맺어요. 한동안 둘이 사귀는 척하자고요. 양가 부모님들도 우리가 사귀는 동안에는 결혼 압력을 자제해 주지 않으실까요?"

"반대로 더욱 거세질 수도 있죠."

"그럼 6개월쯤 사귀고 약혼해요. 약혼 기간을 1, 2년 끌다가 도저히 성격 차이로 결혼 못 하겠다고 말씀드리면 되잖아요."

"싫습니다."

"왜요? 제법 괜찮은 아이디어 아닌가요?"

소은이 눈동자를 치떴다. 거절을 당하리라고는 상상조차 못 한 눈빛이다. 지환은 헐겁게 웃어 버렸다. 철없는 어린아이와 되지도 않는 말씨름을 겨루고 있는 기분이었다.

"첫째, 부모님을 속이고 싶지 않다. 둘째, 거짓 약혼으로 결혼의 신성한 의미를 더럽히고 싶지 않다."

"이제 보니 지환 씨, 굉장한 로맨티스트시군요."

소은이 해맑게 웃는다. 지환은 아무런 대꾸 없이 그저 오른손을 들어 출입문을 가리켰다. '당장 사무실에서 나가라'는 명백한 요구에도 소은은 꿋꿋이 앉아 자리를 지켰다.

"춘희 씨 때문인가요?"

지환의 오른쪽 눈썹이 삐뚜름하게 올라섰다. 이 무슨 귀신 씻나락 까먹는 소리인가 싶었다.

"방금 오셨다 가신 분한테 '춘희는?' 하고 물을 때 말이에요, 지환 씨 표정이랑 말투가 굉장히 부드러웠어요. 엄청 달콤하고. 춘희라는 여자분, 지환 씨랑 사귀는 사이죠?"

지환은 손바닥으로 눈을 가리듯 이마를 짚은 채 쿡쿡 웃고 말았다. 당사자인 춘희가 들으면 기함할 일이지만, 제삼자인 지환에게는 이보다 더 우스꽝스러운 농담도 없었다. 허탈해하는 지환의 웃음소리를 제멋대로 오해한 소은이 엷은 한숨을 내쉬었다.

"그럴 것 같았어요. 춘희 씨한테 양해를 구하면 안 될까요? 우리가 사귀는 것은 그냥 연극이라고. 약혼도 거짓이고.

제가 본래 이렇게 대책 없고 집요한 성격은 아닌데요. 요즘 결혼하라는 부모님 등쌀에 진짜 숨이 막혀서 죽을 것 같거든요. 눈치가 지환 씨도 집에서 춘희 씨랑 사귀는 것 반대하는 듯한데⋯⋯. 어떠세요, 저와의 동맹?"

소은이 진지하면서 또 조심스러운 말투로 물었다. 소은을 똑바로 응시하는 지환의 눈빛이 전에 없이 진중하게 변했다. 나직하고 건조한 목소리 역시 무지근하게 울렸다.

"강소은 씨한테 사귀는 남자가 있다고 칩시다. 나랑 연극으로 연애하고 거짓으로 약혼할 테니까 이해해 달라고 하면, 그 남자가 흔쾌히 '예스'라고 대답할까요? 나라면 이해 못 할 것 같거든요. 마음에 상처도 받을 것 같고."

"영영 헤어지는 것보다는 낫잖아요. 잠시지만 부모님의 감시에서 벗어나 심적 평화도 누릴 수 있고. 나는 괜찮을 것 같아요. 오히려 환영하겠어요. 편하고 유리하고, 서로서로 좋잖아요. 집안에서 반대하는 사람과 사귀는 일, 지환 씨는 힘들지 않으세요?"

흡사 '나는 많이 힘들었는데'라는 소리가 뒤에 생략이라도 된 것처럼 마주 앉은 지환을 향해 부쩍 가까이 다가서는 소은의 눈동자에 서글픈 그늘이 깃들어 번졌다. 부모의 반대로 사랑하는 사람과 어쩔 수 없이 헤어졌나 보다, 지환은 미루어 짐작만 했다.

"사람과 사람 사이, 관계의 시작은 대상이 누가 되었든 끝까지 함께 가겠다는 각오라고 생각합니다. 이미 한 여자랑

끝까지 가겠다는 각오가 섰다면 집안의 반대 역시 둘이서 함께 감당해야 할 몫이겠죠. 남자는 아무리 자신에게 편하고 유리하다고 해도 제 여자한테 상처가 되는 짓은 절대로 하지 않는 법이에요."

"'절대로'라는 말 너무 쉽게 하지 마세요. 언제든 그 말이 씻을 수 없는 상처가 되어 돌아올 테니까."

소은이 핸드백을 챙기며 씁쓸히 웃었다. 몸을 일으키는 소은을 따라 자리에서 일어난 지환은 성큼성큼 문가로 향했다. 정중한 태도로 출입문을 열어 주자, 소은이 문지방을 지나며 말없이 고개를 숙인다. 지환도 짤막한 목례로 배웅을 대신했다.

## Chapter 14

푸른 달이
뜨는 밤

　"침실은 위층에 하나, 아래층에 둘, 총 세 개가 구비되어 있습니다. 환상적인 자쿠지 시설을 완비한 욕실은 각 층마다 하나씩입니다. 빌라 전용 수영장과 스파 및 건식 사우나는 저쪽에 보이는 것처럼 아늑한 거실과 바다가 내려다보이는 탁 트인 베란다 사이에 있습니다. 앞으로 2박 3일 동안 제주도 푸른 바다와 하늘을 마음껏 즐기시기 바랍니다."

　춘희가 호텔 직원이라도 되는 양 풀 빌라 스위트 곳곳을 직접 안내했다. 항공권 예매부터 호텔 예약과 바다낚시를 위한 낚싯배 섭외까지, 이번 여행의 총괄 진행을 맡아 고생한 춘희에게 형석과 지환이 한마디씩 던졌다.

　"괜찮네. 나쁘지 않아."

　"수고했어."

"겨우 그것뿐이에요? 에잇! 그깟 영혼 없는 칭찬 따위 개나 주라……."

춘희가 먹히지도 않을 객기를 부렸다. 지환이 별다른 말없이 '쓰으' 하며 잇새로 바람 소리를 만들자 분기탱천하던 목소리를 후다닥 흐린다. 형석에게는 곧잘 앙앙거리면서 대들고 덤비는데 이상하게 지환한테는 꼼짝을 못 했다.

풋, 준영의 입술을 뚫고 절제된 웃음이 흘렀다. 춘희가 대뜸 뾰로통한 시선을 준영 쪽으로 옮겼다.

"이 작가는 나한테 할 말 없어? 내 심장이 쿠크다스라는 것을 염두에 두고서 대답해."

"여기 대박 멋있어요. 완전 짱이에요. 양 실장님 최고!"

준영은 기꺼이 엄지를 세웠다. 입이 댓 발은 튀어나왔던 춘희의 얼굴이 금세 환하게 밝아졌다. 춘희가 감격에 겨운 양 엉터리로 우는소리까지 만들어 보태었다.

"흑흑! 역시 양춘희 생각해 주는 사람은 우리 이준영 작가밖에 없구나. 사마천이 사기 자객전에서 선비는 자신을 알아보는 이를 위해 목숨을 바치고, 여자는 자신을 어여삐 여기는 이를 위해 화장을 한다고 했어. 이제부터 이 양춘희는 온전히 우리 이준영 작가님 것이야. 딸랑딸랑!"

준영이 쏟아 내는 해맑은 웃음소리를 뚫고 '개수작 부리지 말라'는 형석의 격양된 목소리가 두텁게 울렸다. 형석이 세 치 혓바닥을 차든지 말든지 전혀 개의치 않겠다는 태도로 춘희는 준영을 이끌고 2층과 연결된 목조 계단 앞으로 향했다.

"우리 어여쁜 이 작가 혼자 위층 다 써. 우리 셋은 아래층을 나누어 쓸게."

춘희가 싱긋 준영에게 미소를 날렸다. 그리고 이내 고개를 돌려 가시가 돋아난 눈초리로 지환과 형석을 번갈아 가며 노려본다.

"이보세요, 거기 형님들! 아래층 침실 하나는 무조건 양춘희 차지입니다. 두 분이 남은 침실 하나를 공유하든 한 분은 거실에 나와서 주무시든 마음대로 하시라고요. 알아들었습니까? 이 나쁜 형님들아!"

"양 양! 내가 요즘 오냐오냐 해 주었더니 간덩이가 배 밖으로 튀어나왔지? 너 오늘 안 죽을 만큼 죽도록 맞고 싶냐? 제발 죽여 달라는 소리가 단내 나는 입에서 술술 새어 나오도록 어디 한번 처맞아 볼래? 아주 뒈지게 패 줄까? 엉!"

형석이 무시무시한 협박을 춘희한테 퍼부어 대는 동안 지환이 미간을 찌푸린 채 준영 쪽으로 다가왔다.

"아래층에 남자 셋이 득실거리는데 불편하지 않겠어?"

"오히려 나 때문에 남자들이 불편한 것 아니에요?"

준영은 세 남자의 얼굴을 차례로 훑었다. 지환은 고개를 가로저어 불편하지 않다는 의사를 분명히 밝히고, 춘희는 양쪽 손바닥을 하늘로 향한 채 가벼운 어깻짓을 보였다. 이래도 저래도 상관없다는 뜻이었다.

"나는 불편해. 이 작가 수영복이 비키니가 아니라 원피스라서 몹시 불편해."

형석이 되지도 않는 소리를 읊고 폭소했다. 지환이 내지른 분노의 발길질이 혼자 좋다고 낄낄낄 웃어 대는 형석의 조인 트로 정확히 날아가 꽂힌다.

"나는 네놈이 불편해. 아주 많이 불쾌해. 너야말로 어디서 감히 개수작이야?"

형석은 아파 죽겠다고 팔짝 뛰고, 춘희는 잘했다고 박수를 치고, 지환은 그런 두 사람을 못마땅한 눈길로 쳐다보았다.

준영은 마냥 웃었다. 오랜만에 나선 여행이라 어느새 마음 마저 들뜬 탓일까? 별일 아닌 것에도 공연히 웃음부터 솟았 다. 끊임없이 찔러 대는 춘희의 회유와 협박에 시달리다 마 지못해 따라나선 여행길이 자못 즐거울 것 같은 예감이다.

한창 진행 중인 드라마 대본 작업도, 마음 한구석 늘 빚으 로 남는 준수에 대한 아픈 기억도, 분에 넘치도록 가슴 벅차 면서도 차마 붙잡기 어려운 지환의 고백도 이곳 제주에서만 큼은 모두 잊고 싶어진다.

만날 툴툴거리는 듯해도 속정 깊은 형석이 있고, 매번 커 다란 웃음을 떠안겨 주는 춘희가 있고, 항상 파고 세운 장대 처럼 든든한 지환이 있으니까. 좋은 사람들이 이렇듯 곁을 지키고 있으니까. 이 좋은 사람들과 한데 어울려 한 번쯤은 마음껏 웃어 보고 싶은 욕심이다.

하늘과 바다가 경계도 없이 하나로 잇닿은 제주도, 그 푸 르른 밤이 새록새록 깊어 갔다.

두 개의 주사위가 보드 위를 굴렀다. 5와 6, 도합 11이다. 주사위를 던진 형석은 머리카락을 쥐어뜯으면서 신음하고, 나란히 앉은 춘희는 두 주먹을 불끈 움켜쥐면서 환호성을 터뜨렸다.

"앗싸, 취리히! 통행료 2백만 원 되겠습니다."

"양 양! 너 너무 좋아한다."

"형석 형님의 불행은 양춘희의 행복이지요. 우는소리 그만하고 통행료 2백만 원이나 얼른 주십시오."

"옜다! 이것 처먹고 무인도에나 가서 갇혀라. 세 번 쉬자. 숨이 꽉꽉 처막힐 때까지 꼬옥 쉬자."

형석의 악담에도 굴하지 않고 춘희는 꿋꿋이 주사위를 던졌다. 4와 5, 합이 9가 나왔다. 이번에는 형석이 쾌재를 불렀다.

"심보를 고약하게 쓰더니만 잘했다. 쌤통이다, 새끼야. 지환이 저 자식 뉴욕에 호텔만 세 개거든. 대박! 통행료가 무려 360만 원이다. 양춘희 너 이러다 파산하는 것 아니냐?"

"아직 파산할 정도는 아니거덩요. 이것 진짜 고민이네. 뭘 팔아야 잘 팔았다고 소문이 나지?"

춘희는 달랑 두 개밖에 남지 않은 땅문서를 양손에 하나씩 들고 격랑 깊은 한숨을 토했다. 리스본과 카이로 사이에서 갈등하는 춘희에게 지환이 몽글게 웃으면서 물었다.

"현금 얼마나 가지고 있어?"

"탈탈 털어 253만 원이요."

"그것만 내. 깎아 줄게."

"환렐루야!"

"열심히 벌어서 재기에 성공해라."

"옛설! 형님께옵서는 부디 블루마블의 세계를 평정하십시오."

지환과 춘희 사이 오가는 곰살궂은 덕담 위로 형석의 사나운 말소리가 다다다 쏟아졌다.

"송지환! 너 정말 이러기야? 내가 10만 원만 깎아 달라고 애원할 때는 귓등으로도 안 듣더니만."

"내 마음이거든요. 아니꼬우면 너도 그렇게 하세요."

"나쁜 자식! 오냐, 두고 보자. 빨리 주사위나 던져, 새끼야."

"던지지 말라고 해도 던진다."

"제발 11 나와라. 이 형님께서 런던에 호텔도 있고, 별장도 있거든. 통행료 팍팍 매겨 주마."

형석이 바드득 이를 갈았다. 지환이 씨익 미소 짓더니 주사위 두 개를 공중으로 높이 올렸다.

찰나의 시간차를 두고 주사위가 하나씩 차례대로 떨어졌다. 정육면체 네모반듯한 면에 여섯 개의 점이 뚜렷하다. 다시 또 6. 모두 합해 12가 되었다. 그동안 사회복지기금으로 쌓아 놓은 백만 원이 고스란히 지환의 수중으로 들어갔다.

"격하게 축하드립니다, 형님!"

"실력에 운발까지 대따 좋은 새끼! 아휴, 저 밥맛. 재수 없어, 진짜."

형석은 투덜투덜 온갖 욕을 몽땅 가져다 늘어놓고, 춘희는 제 일처럼 기뻐했다. 서른을 훌쩍 넘긴 남자 셋이 요즘은 아이들도 하지 않는다는 보드게임에 아주 목숨을 걸었다.

준영은 소파에 앉아 거실 한가운데 판을 벌인 세 남자를 나름 객관적인 시각으로 관찰했다.

주먹구구식으로 무조건 주사위부터 던지고 보는 형석과 달리 춘희는 제법 앞뒤로 계산해 가면서 땅을 사기도 하고 건물을 짓기도 했다. 지환은 머리 회전이 빠른 데다 형석의 말마따나 운까지 따랐다.

"준영아!"

지환이 어깨 너머로 돌아다본다. 언제부터인가 사사로운 자리에서 준영을 부를 때면 성은 빼고 이름만 부르기 시작했다. 아마도 그 새벽 이후인 것 같다.

준영은 초점을 한결 또렷이 맞춘 시선으로 마주 지환을 쳐다보았다. 지환이 손가락을 까딱거려 가까이 오라는 신호를 보냈다. 소파에서 벗어나 무릎걸음으로 다가가자 지환이 여느 때와 다름없이 다정다감한 말투로 묻는다.

"이제 어떻게 돌아가는지 대충 감이 잡혀?"

"게임 룰은 파악했어요."

"당신도 같이할래?"

준영은 숨을 삼켰다. 난데없이 심장이 쿵 하며 아래로 떨어지는 기분이다. 일부러 그러는 것인지 아니면 무의식중 튀어나오는 것인지, 지환이 '당신'이라고 부를 때면 심장 박동이 그치고 숨마저 저절로 멈추었다.

콩닥콩닥, 다시 뛰기 시작한 거센 심장 소리가 지척에 앉은 지환에게 내처 달려가 닿을 것만 같았다.

"피곤해서 그만 자고 싶어요. 내일 새벽같이 바다로 나간다면서요? 나 먼저 잘게요."

준영은 황급히 몸을 일으켜 2층으로 향했다. 허둥대는 준영의 등 뒤에서 춘희와 형석이 연이어 다정하지만 얄궂은 인사를 던졌다.

"굿 밤! 내 꿈꿔."

"옳지 않아! 이 작가는 내 꿈을 꿀 테니까. 이따 꿈속에서 만나요."

끝내 지환은 아무런 말이 없었다. 준영이 계단을 반쯤 올라 층계참에 다다를 즈음 평소보다 높다 싶은 형석의 목소리가 아래층에서 울렸다.

"송지환! 뭘 넋 놓고 앉았어?"

"아무것도 아니야. 누구 차례지?"

지환이 멍한 표정으로 쓰게 웃었다. 형석은 재빠른 곁눈질로 준영의 위치부터 확인했다. 아직 층계참을 벗어나지 않았으니 분명 아래층에서 나누는 이야기 소리가 또렷이 전달되어 들릴 것이다.

일발 장전, 발사!

"아까 사무실로 찾아온 아가씨 누구야? 새치름하게 앉은 모습이 꽤나 매력적이더라."

"아무도 아니야."

"아무도 아니라니, 그게 말이 돼? 최소한 이름은 있을 거 잖아. 누구네 몇째 딸이라든가."

"아무도 아니라니까!"

"천하의 송지환이 당황해서 소리를 다 지르고. 어째 수상한데? 안 그러냐, 춘희야?"

형석은 일부러 실실 웃으면서 나란히 앉은 춘희의 옆구리를 엄지발가락으로 꾸욱 찔렀다. 눈치 빠른 춘희가 알아서 척척 맞장구를 쳤다.

"그러게요. 잘나가는 우리 대표님께서 맞선이라도 보신 걸까요?"

지환의 어쩔 줄 모르는 시선이 위층 계단으로 향하려 한다. 하필 그때 급속히 허물어지듯 앞으로 굽어드는 준영의 어깨가 휘청하면서 눈에 띄게 흔들렸다.

형석은 잽싸게 몸뚱이를 날려 지환의 목덜미를 붙잡아 헤드록을 걸었다. 준영이 여전히 층계참에 머물러 서서 아래층 대화 소리에 귀 기울이고 있음을 지환은 몰라야 한다. 또한 지환이 안절부절 눈치를 살피고 있음을 준영이 알아채서도 안 된다.

"새치름한 그 아가씨도 어머니 작품이냐? 깐깐하신 우리 어머니, 눈도 높으셔라."

준영은 흔들리는 몸을 가누려 'ㄱ' 자 모양으로 꺾어지는 층계참 목조 난간을 부여잡았다. 앙상하니 마른 손등 위로 파리한 힘줄이 솟는다. 얇은 살갗 아래 훤히 내비치는 시퍼런 핏줄이 부질없게도 애처로워 못내 애연하기까지 했다.

왜 몰랐을까?

집안에서 지환의 결혼을 서두르리라는 생각을 못 했다. 서른여섯 살이나 된 아들을 언제까지 혼자 두지는 않을 터인데.

그저 지금처럼 지환도, 춘희도, 형석도 항상 곁을 지켜 주리라 막연히 믿고 있었다. 언제든 깨어질 작금의 모습이 영원하리라 철석같이 믿었나 보다. 바보처럼.

느닷없는 외로움이 불시에 찾아들었다. 층계참을 돌아 타박타박 남은 계단을 마저 오르는 준영의 발걸음이 천근만근 무겁기만 하다. 계단 하나 오르기가 한라산을 타고 넘는 일만큼이나 힘에 부쳤다. 기껏해야 계단을 대여섯 개 더 올랐을 뿐인데 숨이 턱밑까지 차올랐다.

한 걸음 옮기기가 이토록 힘겹고도 어려운 일인가 보다.

_♨♨♨_

이른 아침부터 제주 앞바다에는 북동풍이 세차게 불어 파도가 높았다. 해안가에서 먼 바다를 향해 줄지어 일어나는 거친 바람 소리가 흐느낌 같기도 하고 한숨짓는 소리 같기도 하다. 세찬 샛바람은 그렇게 불며, 울며, 한숨지었다. 밤새도록 잠 못 이루고 몸을 뒤척인 준영의 우중충한 마음처럼.

가뜩이나 지병인 불면증 때문에 쉬이 잠을 이루지 못하는데 어제는 말 그대로 기나긴 밤을 꼬박 하얗게 지새웠다.

새치름하니 앉은 모습이 매력적이라는 아가씨의 정체가 궁금하고, 집안에서 지환의 결혼을 서두르는 것 같아 걱정도 되고, 끝까지 함께 가겠다고 해 놓고 맞선 자리에 나간 지환에게 서운한 감정도 들고.

어지러운 바닷바람에 이리저리 뒤치는 파도만큼이나 밤새도록 마음이 싱숭생숭 복잡했다. 털레털레 길을 가는 준영의 입에서 아침 댓바람부터 거붓한 한숨이 솟았다.

파도가 2미터 이상 올라 낚시하는 데 다소 무리가 있을지도 모른다는 낚싯배 선장의 우려 섞인 이야기에, 남자들은 하나같이 입을 모아 '파도가 높을수록 고기 낚는 손맛도 더하다' 면서 피식피식 웃었다.

벌써 뱃사람이라도 된 것처럼 의기양양 낚시 가방을 짊어진 어깨를 서로서로 공연히 툭툭 치거나 건드렸다.

한시도 가만히 있지 못하는 번잡한 개구쟁이들처럼 세 남자는 시끄럽게 웃고 떠들면서 낚싯배에 올랐다. 뒤따라 몸을 싣는 준영에게 지환이 살가운 미소와 함께 오른손을 내밀었다.

준영은 한순간 멈칫하다 지환의 손을 잡았다. 두 뺨이 공연히 발그레 달아올랐다. 손잡는 것쯤 예전 같으면 아무 스

371

스럼없었을 일이다. 그날 새벽 지환의 고백 이후로 많은 것
이 변했다. 어쩌면 심야 영화관에서 나눈 뜨거운 입맞춤 하
나에 모든 것이 변해 버렸는지도 모르겠다.

"발밑 조심하고."

"고마워요."

준영이 배에 오르고도 지환은 여전히 손을 잡은 채 놓지를
않았다. 둘 다 말없이 서서 서로의 얼굴만 바라보고 있는 사
이, 가르랑가르랑 해소 기침 같은 엔진 소리를 내던 통통배
가 힘찬 굉음을 뿜으며 출발했다. 거칠게 출렁거리는 물결을
따라 하얀 물보라가 세차게 일었다.

"멀미약은 먹었어?"

"붙였어요."

준영은 고개를 돌려 귓불 뒤쪽에 부착한 멀미약 패치를 보
여 주었다. 지환이 싱긋 웃는다. 살포시 볼우물이 파였다.

"먼저 뱃머리에 가 있어."

"대표님은요?"

"뱃전에 낚싯대부터 풀어 놓고 뱃고물로 가서 미끼 손질
좀 하려고. 크릴새우를 써야 입질이 좋거든."

"알았어요."

대답을 하고도 준영은 좀처럼 발길을 떼지 못했다. 지환이
아쉬움이 깃든 손길로 준영의 손목 안쪽, 맥이 뛰는 자리를
조심조심 엄지로 문지른다. 한껏 낮아진 중저음이 수줍어 시
선을 아래로 내려 비끼는 준영의 귓가로 뜨겁게 파고들었다.

"나도 금방 뱃머리로 나갈게."

"네."

달뜬 한숨과도 같은 어떤 모호한 소리가 기어이 준영의 입술을 비집고 말았다. 그제야 지환이 붙잡은 손목을 놓아주었다.

도망치듯 허둥지둥 뱃머리로 나온 준영은 난간에 기대 참았던 숨을 한꺼번에 토했다. 지환과 계속 이런 상태라면 심장이 견디어 내지 못할 것 같았다.

그 고백 때문이다. 지환의 마음이 사랑임을 알고 나자 그를 향해서 내달려 가는 마음이 도무지 제어가 되지 않는다. 그동안 꽁꽁 숨겨 둔 감정이 걷잡을 수 없이 북받쳐 올라 이제는 어쩔 도리가 없을 정도로 커져 버렸다.

그 입맞춤 때문이다. 덜커덕 되지도 않는 욕심을 부려 지환을 붙잡고 싶어진다. 아무리 힘들고 아파도 언제나 그녀 곁을 지키며 끝까지 함께 가겠다는 말에 부끄러운 욕심이 자꾸만 부풀었다.

문득 지환이 이야기하는 '끝'이 어디인지 궁금하다. 그녀 자신이 생각하는 '끝'은 또 무엇인지 자문해 본다.

낚싯배가 힘껏 달려가면 어느새 저만치 도망가 버리는 수평선처럼 그 '끝'이라는 것 역시 끝끝내 도달할 수 없는 지점은 아닐까?

준영은 흔들리는 눈동자를 들어 멀고 먼 수평선을 응시했다. 점점 높이 떠오르는 태양 아래 짙푸른 하늘과 검푸른 바다가 하나로 마주 닿은 수평선이 온통 까마득하게만 보였다.

아스라한 수평선을 한참이나 말끄러미 바라보던 준영의 고개가 어느 순간 힘없이 아래로 툭 떨어졌다.

_((((_

낚싯배가 출발하고 30분 남짓 지나 지환이 빨간색 구명조끼를 들고 뱃머리에 나타났다. 입기 편하도록 뒤에서 구명조끼 옷깃을 잡아 주는 지환의 동작에 맞추어 준영은 기계적으로 양팔을 꿰었다.

"얼마나 더 가야 해요?"

"멀미 나?"

지환이 구명조끼 조임 벨트를 조절하다 말고 걱정 깃든 목소리로 물었다. 준영은 힘차게 고개를 가로저었다.

"아니요. 꽤 멀리 나온 것 같아서요."

"앞으로도 30분은 더 가야 할 거야. 선장님이 농어가 다니는 길목으로 데려다 주시겠대. 요즘 제철이라 50센티미터가 넘는 큰 놈도 곧잘 잡히거든. 형석이랑 춘희는 월척을 낚겠다면서 잔뜩 꿈에 부풀어 있어."

"낚시 재미있어요?"

"응. 가르쳐 줄 테니까 이따 당신도 한번 해 봐. 입질 들어오는 순간 낚싯대가 휘청하는 손맛이 꽤나 짜릿할 거야."

미소를 머금은 지환의 얼굴을 준영은 빤히 올려다보았다.

왜 자꾸 당신이라고 부르는지 묻고 싶었다. 새치름하게 앉은 모습이 매력적이라는 아가씨의 정체도, 지환이 생각하는 '끝'은 과연 어디이며 무엇인지 알려 달라고 이야기하고 싶다.

"왜? 내 얼굴에 뭐 묻었어?"

"대표님한테서 생선 비린내 나요."

준영은 짐짓 퉁명스러운 표정을 지었다. 지환이 한바탕 껄껄껄 웃더니 준영의 손목을 덥석 움켜잡는다.

"가자! 미끼 끼우는 법부터 가르쳐 줄게. 당신도 금방 온몸에서 크릴새우 냄새가 진동할 거야."

"싫어요. 징그럽단 말이에요."

"지렁이도 아닌데 뭐가 징그러워?"

"그래도 싫다고요."

먹히지도 않을 앙탈을 부리는 준영을 막무가내 이끌고서 지환은 낚싯대를 풀어 놓은 뱃전으로 향했다. 준영의 부질없는 앙탈이 거세면 거셀수록 성큼성큼 내딛는 발걸음만큼이나 가볍고 유쾌한 웃음소리가 지환의 입술을 뚫고 쏟아졌다.

끝도 없이 이어지는 웃음소리는 커다란 동심원을 그리며 점점 멀어져 거친 파도가 넘실대는 해수면을 타고 수평선까지 나아갔다.

〜〜〜

낚싯배가 이름조차 없는 무인도 외딴 바위섬에 닿았다. 바람의 방향이 갑자기 바뀌었다. 대찬 물살의 흐름도 점차 잔잔히 잦아든다. 배는 바위섬 근처 여밭* 아래 닻을 내렸다.

저마다 바삐 움직여 낚싯대를 드리우고 나자 낚시꾼들 특유의 적막함이 통통배 안으로 서서히 밀려들었다. 지환과 형석은 물론이고 평소 수다스럽기로 소문난 춘희까지 일절 침묵을 고수했다.

낮게 가르랑거리는 낚싯배 엔진 소리와 끼룩끼룩 날카롭게 울어 대는 괭이갈매기 소리만이 간혹 들려올 뿐이다.

제일 먼저 형석이 씨알이 준수한 농어를 낚싯바늘에 걸었다. 이윽고 춘희와 지환의 낚싯대에서 동시에 신호가 왔다. 춘희는 깔다구라고 불리는 농어 새끼를, 지환은 족히 50센티미터는 됨직한 대어급 농어를 낚아 올렸다.

춘희는 지환이 잡은 농어가 마냥 부러워 울상을 지었다. 형석은 평소와 다를 바 없는 욕설 섞인 투덜거림으로 질투심을 표했다.

"밥맛없는 새끼! 저 자식은 대체 못하는 게 뭐냐고, 진짜!"

그 후로도 몇 번 더 입질이 들어왔다. 지환이 토실토실 물오른 도다리를 잡아 올리는 동안 춘희도 제법 무게가 나가는 농어를 두 마리나 낚았다. 형석의 낚싯바늘에 밤마실을 좋아해서 바람둥이로 불린다는 볼락이 걸렸다.

"헐! 바람둥이가 바람둥이를 낚았네요. 이것 분명 암놈일

---

*여밭:물속에 잠겨 눈에 보이지 않는 바위가 많은 지역.

거예요."

춘희가 뜰채로 볼락을 거두어들이면서 키득키득 웃었다. 지환은 별다른 말없이 뭉근 미소만 짓더니, 커다란 고무대야 속 온갖 종류의 물고기 구경으로 정신이 팔린 준영을 손짓해서 불렀다.

"준영아! 이준영!"

"네?"

준영이 쪼르르 달려가자 대뜸 손에 낚싯대부터 쥐어 준다.

"구경만 하지 말고 당신도 한번 해 봐. 아까 가르쳐 준 대로 바이브*가 바위섬 포말 부분에 가서 잠기도록 캐스팅*하면 돼."

준영은 짭짤한 소금기가 묻어나는 차가운 공기를 폐부 깊숙이 들이마셨다. 그대로 숨을 멈춘 채 낚싯줄을 공중으로 훅 날렸다. 배에서 바위섬까지 어림잡아 60미터쯤 되었다. 절반도 못 미쳐 작은 물고기 모양의 바이브가 바닷물 속으로 퐁 하고 사라졌다.

옆에서 지켜보던 춘희와 형석이 좋다고 낄낄낄 웃는다. 대놓고 비웃는 남자들을 준영은 매섭게 쏘아보았다. 빠른 속도로 스피닝 릴을 되감는 준영의 잇새로 으스스한 말소리가 튀어나갔다.

"거기 둘! 웃지 말아요. 경고했어요."

---

*바이브:낚싯줄과 낚싯바늘을 연결해 주는 장치.
*캐스팅:낚싯대의 탄력을 이용해서 낚싯줄을 멀리 던짐.

"힘으로만 던지면 멀리 못 나가. 때로는 부드러움이 강함을 이기는 법이야. 낚싯대 탄력과 손목의 유연성을 이용해야지."

지환이 등 뒤쪽에서부터 준영을 안는 것처럼 몸을 밀착시켰다. 준영의 어깨와 지환의 가슴이 맞닿고 준영의 허리가 지환의 아랫도리에 잇닿았다. 짙은 바다 냄새 대신 청량한 머스크향이 콧속을 파고든다. 준영은 본능적으로 숨을 삼켰다. 돌연 가슴이 얼얼하도록 달아올랐다.

양쪽 옆구리로 지환의 두 팔이 하나씩 다가와 초릿대*를 움켜쥔 준영의 손등을 각각 감싸듯이 붙잡았다. 내쉬고 들이쉬는 지환의 숨결이 숨죽인 준영의 정수리 위로 고스란히 쏟아져 내렸다. 그때마다 콩닥콩닥 심장이 뛰었다.

"내가 셋, 하고 셀 때 낚싯대를 들어 올리는 거야. 하나, 둘, 셋!"

커다란 포물선을 그리면서 낚싯줄이 날아갔다. 바이브가 바위섬 가장자리에 가서 부딪친 모양 탁 소리가 경쾌하게 울렸다.

"짧게 한 박자 쉬고. 이제 릴을 감아. 두세 번 정도. 천천히."

지환의 지시에 따라 준영은 스피닝 릴을 되감기 시작했다. 한 번, 두 번. 초릿대가 파르르 떨렸다. 묵직한 느낌이 낚싯대를 타고 준영의 손바닥 안쪽으로 빠르게 스며든다.

---

*초릿대:낚싯대 손잡이 부분.

"물었나 봐요."

"감아."

정신없이 돌아가는 스피닝 릴에서 드르륵드르륵 요란한 소리가 났다. 회전 횟수가 하나씩 더해질 때마다 낚싯줄이 끊어질 것처럼 팽팽하게 당겼다. 물속에서 올라오는 저항도 한층 거세졌다.

"엄청 큰 놈인가 봐요."

어깨 너머로 지환을 돌아다보는 준영의 얼굴 가득 기대감에 부푼 미소가 활짝 어렸다. 지환 역시 볼우물이 오목 파이도록 함박 웃는다.

"힘이 보통이 아닌데."

10분이 넘도록 준영의 애를 먹이던 녀석이 마침내 물 밖으로 얼굴을 내밀었다. 잡히라는 농어는 오간 데 없고 담자색 불가사리가 축 늘어진 낚싯줄 끝에 매달려 대롱거린다.

"엥! 저건 또 뭐야?"

형석이 깔딱깔딱 숨이 넘어가도록 웃어 댔다. 뜰채를 들고 달려온 춘희도 아랫배를 움켜쥔 채 키득키득 웃어 젖히기 바쁘다.

"역시 우리 이준영 작가는 뭐가 달라도 다르다니까. 프로 낚시꾼도 쉽게 잡지 못하는 불가사리를 한 방에 잡아 올리고 말이야. 바위틈에 딱 달라붙어 사는 놈이라 떼어 내기도 쉽지 않았을 텐데. 대단하다. 앞으로 이 작가가 아니라 이 프로라고 불러 줄게."

"당신 오늘 일기 써야겠다. 하늘의 별 대신 바다의 별을 땄다고."

지환까지 나서서 놀렸다. 잔뜩 골이 난 준영은 낚싯대를 팽개치듯 갑판 위에 내려놓았다.

"나 안 해요."

"어디 가?"

지환이 웃음기 깃든 목소리로 퉁퉁 부은 준영을 불러 세웠다. 준영은 뒤로 돌아보지 않고 목소리를 높이 쏘았다.

"낚시 그만할 거라고요. 재미없어요."

"처음에는 다들 그래. 점심 먹고 다시 해 보자. 당신 배고프지? 도다리랑 농어 회 칠 건데. 막 잡아 올린 생선, 배에서 직접 회 떠서 먹으면 엄청 맛있어."

지환이 가까이 다가와 유혹이라도 하려는 사람처럼 나지막이 속삭였다. 여전히 등을 돌린 채 꼼짝 않고 선 준영의 입 안에 저절로 침이 고인다. '그까짓 것 줘도 안 먹는다'며 큰소리치고 싶은 마음이야 굴뚝같지만, 아침부터 맑지고 서늘한 바닷바람을 쐰 탓인지 불쑥 허기가 차올랐다.

"라면도 먹을래요. 뜨거운 국물 먹고 싶어요."

"양 양! 코펠에 물 얹어라. 호텔에서 싸 준 도시락도 꺼내고."

지환과 형석이 낚싯배 선장의 도움으로 물고기를 손질하는 동안 가스버너 위에서 보글보글 라면이 끓었다. 얼큰한 냄새가 비릿한 바다 한가운데 진동했다.

신문지를 깔아 놓은 갑판 위 급조한 식탁에 갖가지 신선한 회와 뜨끈뜨끈한 라면에 감칠맛 나는 김밥까지 한상 푸짐하게 차려졌다. 12첩 임금님 수라상도 부럽지 않았다.

금강산 구경과도 바꾸지 않는다는 봄 도다리가 입에서 살살 녹았다. 준영은 선장의 조언에 따라 초고추장을 듬뿍 묻힌 농어회를 김밥에 얹었다. 제주도에서는 다들 이렇게 김밥 초밥을 만들어 먹는단다.

야들야들 쫄깃한 회와 아삭아삭 담백한 김밥이 하나로 어우러져 맛이 기막혔다. 갯바람을 온몸으로 맞으면서 후루룩 먹는 라면 또한 그야말로 일품이었다.

"반주 한 잔씩 어때요?"

선장이 슬그머니 소주병을 내보이자 남자 셋이 기다렸다는 듯 쌍수를 올려 환영한다. 지환이 얼른 소주병을 들어 연장자인 선장의 잔에 술을 따랐다. 선장이 다시 소주병을 받아 가 지환의 잔부터 채우고 형석과 춘희의 잔에도 차례로 술을 부었다.

"아가씨도 한잔해야지."

"이 사람 술 못합니다."

지환이 난처한 표정으로 앉은 준영을 대신해서 나섰다. 초로의 선장이 계면쩍은 양 헐겁게 웃었다.

"이봐요, 아가씨! 억지로 마시라는 소리 안 할 테니까 권하는 손길 부끄럽지 않도록 술잔이나 받아 두어요."

"예, 선장님."

준영은 아버지뻘 되는 선장이 따라 주는 술을 공손히 받았다. 종이컵 운두까지 찰랑찰랑 차오른 소주가 하얗게 산란하는 햇발에 비껴 투명한 빛을 발한다. 낯선 반짝임에 이끌려, 혹은 어떤 충동처럼 준영은 술잔을 입으로 가져갔다.

소주가 목구멍 아래로 단숨에 흘렀다. 당장 가슴 언저리가 알싸해지더니 술이 지나간 자리마다 뜨거운 불꽃이 일어난다. 소주는 10년 전 맛본 그 맛 그대로였다. 10년 동안이나 불꽃같은 술맛을 잊고 살았다.

그동안 잊고 산 것이 소주 말고 또 무엇이 있을까?

뿌옇게 흐려지는 준영의 시야 속으로 걱정스러운 눈길로 바라보는 지환의 모습이 한가득 들어왔다. 준영은 아무렇지도 않은 척 비시시 웃어 주었다. 눈물 어린 말간 눈동자를 들어 올려 멀리 푸르른 수평선에 초점을 맞추었다.

영원히 다다를 수 없을 것 같은 까마득한 수평선 저 너머에도 분명 끝은 있으리라. 그 끝이 어디인지, 무엇인지 지금은 비록 알지 못하지만 한 번쯤은 가 보고 싶기도 하다. 지환과 함께라면 어쩌면 '끝'까지 갈 수 있을지도 모르겠다.

## Chapter 15

너를 원하서

준영은 저녁밥을 먹는 둥 마는 둥 초저녁부터 잠자리에 들었다. 하루 종일 낚싯배에 몸을 싣고 바닷바람을 맞은 탓인지, 아니면 겁도 없이 덜커덕 받아 마신 소주 탓인지, 혹은 어제 밤새도록 잠 못 이루고 뒤척인 탓일 수도.

가뜩이나 불면증에 시달리는 데다 지난 3월 '마지막 비상구' 대본 작업을 시작한 이후 연일 강행군을 견지해 온 터라 잠이 턱없이 부족한 상태였다.

오늘만큼은 아침까지 줄곧 잘 수 있지 않을까 기대했다. 그런데 밤 10시를 조금 넘겨 잠에서 깨고 말았다. 기껏해야 두 시간 남짓 잤나 보다.

다시 잠들기 위해 몇 번을 뒤척거리다 갈증을 핑계 삼아 고문 현장과도 같은 침대에서 벗어났다. 침실 출입문을 열자

서늘한 트럼펫 소리가 풀 빌라 스위트 아래층과 연결된 계단을 따라 올라온다. 준영도 평소 즐겨 듣는 마일스 데이비스의 'Kind of Blue'였다.

푸른빛을 띤, 푸른빛이 감도는……. 제주도 푸른 밤과 절묘하게 어우러지는 음악이다.

준영은 느리게 감겨드는 쿨재즈 선율에 발을 맞추어 목조 계단을 하나씩 밟아 내려갔다.

베란다 쪽으로 놓인 패브릭 소재 윙체어에 지환이 한쪽 다리를 꼰 채 앉아 있다. 조도를 낮춘 스탠드 불빛에 의지해 전자책이라도 읽는 모양 태블릿 컴퓨터 스크린을 들여다보는 옆모습이 꽤나 진중하다.

"대표님."

속삭이듯 나지막한 준영의 부름을 듣고 지환이 고개를 들었다. 놀란 양 잠시 눈동자를 휘둥그렇게 치떴다가 이내 눈빛을 고요히 가라앉혔다. 눈자위로 상냥한 미소를 피운다. 선이 굵으면서도 고운 얼굴 가득 태블릿 컴퓨터에서 흘러나온 초록의 빛줄기가 어룽거렸다.

"더 자지. 왜 깼어?"

"목이 말라서요."

준영은 미니바에 딸린 냉장고로 향하며 이슥한 어두움에 젖어 한결 더 고즈넉한 분위기를 풍기는 거실을 둘러보았다. 형석과 춘희의 기척은 어디서도 느껴지지 않았다.

"최 상무랑 양 실장은 벌써 자요?"

"둘 다 술독에 빠져 광란의 밤을 보내겠다면서 아까 9시쯤 뛰쳐나갔어. 제주에서의 마지막 밤을 알코올 없이 맹숭맹숭 보내기에는 너무 억울하다나 뭐라나."

지환이 피식 웃었다. 태블릿 컴퓨터를 휠체어 위에 내려놓고, 냉장고에서 생수를 꺼내 마시는 준영 쪽으로 다가갔다.

준영은 찬물을 병째 단물처럼 들이켰다. 급하게 식도를 타고 위장으로 내려간 차가운 기운이 한꺼번에 관자놀이로 몰렸다. 준비도 없이 대찬 마파람을 만난 것처럼 두개골이 쩡하니 쪼개지는 느낌이다. 그래도 속은 시원했다.

"대표님도 같이 가지 그랬어요?"

"술보다는 물이 좋아."

지환이 반쯤 마시다 만 준영의 생수병을 가져가 바닥까지 깨끗이 비웠다. 차디찬 생수가 한 모금, 한 모금 지환의 입안으로 흘러 목구멍을 넘었다. 그때마다 도독 튀어나온 울대뼈가 위아래로 출렁거린다.

준영은 리드미컬하게 움직이는 지환의 결후를 망연히 올려다보았다. 도로 갈증이 솟구쳤다.

"저녁에 먹은 옥돔구이가 짰나 봐요."

"으음."

지환이 긍정인지 부정인지 모를 대답을 남겼다. 빈 생수병을 근처 재활용 쓰레기통 안에 던져 넣는 얼굴 표정이 여느 때와 다름없이 심상하다.

"배고프지 않아? 저녁밥 거의 안 먹었잖아."

"괜찮아요."

"가볍게 뭐라도 먹을래?"

"이 늦은 시간에요? 지금 문 연 식당도 없을걸요."

"룸서비스 부르면 돼."

"오후 내내 생선회를 계속 주워 먹었더니 아직도 배가 안 꺼졌어요. 여기서 더 먹으면 밤새 부대끼느라 못 자요."

"진짜 배 안 고파?"

지환이 재차 물었다. 공연한 걱정을 덜어 줄 요량으로 준영은 말소리를 잔망스럽게 튕겼다.

"전혀 안 고파요. 오히려 소화 불량이에요. 위장에 든 생선회 제대로 다 소화시키려면 달밤에 체조라도 해야 할 판이라고요."

"우리 수영할까?"

"수영이요?"

"달밤에 체조해야 한다며? 달밤에 수영하지, 뭐."

"네에?"

어리둥절해하는 준영을 지그시 내려다보면서 지환이 후후 소리를 내어 웃는다. 무슨 생각인지 알 길이 없었다.

"수영장 물 따뜻하게 데워 놓을 테니까, 당신은 올라가서 수영복으로 갈아입고 나와."

준영이 가타부타 대답할 사이도 없이 그대로 몸을 돌린 지환은 성큼 걸음을 내딛어 풀 빌라 스위트 전용 수영장과 연결된 베란다로 향했다.

외등 불빛을 밝히고 온수 히터를 가동시키느라 분주히 오가는 지환의 모습이 대형 유리문 너머로 훤히 건너다보였다.

그제야 정신을 차린 준영은 미간을 찌푸린 채 한숨부터 지었다. 아무 생각 없이 그냥 이야기했다가 진짜로 달밤에 체조를 하게 생겼다. 아니지, 제주도 푸른 밤 푸르른 달빛 아래서 야간 수영을 하게 생겼다는 말이 더 정확한 표현이려나.

*****

베란다 유리문을 열고 수영장으로 나서기 직전 준영은 나름 꼼꼼한 시선으로 한 차례 더 원피스 수영복을 점검했다. 손바닥만 한 비키니에 비할 바는 아니라지만, 그래도 몸의 곡선이 고스란히 드러나 보이는 수영복만 입고 지환 앞에 서기가 왜인지 모르게 거북살스러웠다.

둥그스름한 아랫배를 쓸데없이 손바닥으로 꾹 눌러 보았다. 뱃살이 잡히지 않아 그나마 다행이다. 혹시나 싶어 욕실에서 들고 나온 목욕 가운에 차례로 팔을 꿰었다. 앞섶을 단단히 여미고 허리띠도 질끈 동여맸다. 겨우 마음이 놓였다.

접이식 유리문을 가만히 밀어서 열었다가 또 그렇게 조용히 밀어서 닫았다. 어떤 비밀스러운 행위라도 저지르려는 사람처럼 홀딩 도어를 활짝 열어 둘 엄두가 나지 않았다. 형석도 춘희도 외출하고 없는 탓에 딱히 수영장을 엿볼 이가 없는데도 말이다. 그것이 못내 우스워서 준영은 물색없이 미소 지었다.

어째 바보 같다.

까만 조약돌을 촘촘히 깔아 놓은 바닥을 맨발로 가로질러 수영장으로 다가갔다. 힘차게 무자맥질하는 소리가 들렸다. 짙은 달빛에 비껴 파르스름한 빛을 띤 물살을 가르는 강인한 어깨가 보인다. 이유 없이 가슴이 울렁거렸다.

인기척을 느낀 지환이 무자맥질을 멈추고 몸을 똑바로 세웠다. 물안경을 벗어 들고 젖은 머리카락을 이마 위로 쓸어 올리자, 유리 알갱이 같은 투명한 물방울들이 날렵한 목덜미를 타고 널따란 가슴을 지나 잘록한 허리까지 단번에 아래로 도르르 굴렀다.

목욕 가운 앞섶을 움켜잡은 준영의 양손에 저절로 힘이 들어갔다.

"안 들어오고 거기서 뭐해?"

"수영 못해요."

"가르쳐 줄게."

지환이 멀뚱멀뚱 선 준영을 향해 손가락을 까딱거렸다. 어서 들어오라는 재촉에도 준영은 선뜻 발걸음을 떼지 못했다.

"물에 빠지기라도 하면 어떡해요?"

"허리밖에 안 오는데 빠지기는 누가 빠져?"

"대표님한테나 허리죠. 나한테는 충분히 가슴까지 올라오는 높이라고요. 저쪽은 수심이 깊어서 얼굴도 잠길 거예요."

"겁쟁이!"

"신중한 거죠."

"내가 거기로 데리러 가?"

지환이 물속을 걸어 검은색 타일을 덧대어 붙인 수영장 가장자리까지 다가왔다. 찰박찰박 물이 넘쳐 준영의 맨발을 적신다. 수영장 특유의 염소계 소독제 냄새가 코끝으로 끼쳐 올랐다.

준영은 후다닥 뒷걸음질을 쳐 수영장 가장자리에서 두어 발짝쯤 멀어졌다. 두려움의 대상이 물인지, 지환인지 모르겠다. 여전히 가슴은 울렁거렸다.

"저쪽 스파에 가 있을게요."

"도망가면 쫓아가서 붙잡아 물속에다 던져 버린다."

"왜 그래요?"

울상을 짓는 준영의 볼멘소리에 지환은 도리어 씨익 웃기만 했다.

"가운 벗고 빨리 들어와. 수영 가르쳐 줄 테니까."

"못됐다. 진짜. 대표님 못됐다고요."

고시랑거리는 모습이 사뭇 귀여워서 지환은 훌쩍 오른팔을 뻗어 준영의 왼쪽 발목을 휘어잡았다. 가느다란 발목이 한 줌 손아귀 속으로 쏘옥 빨려 들어온다. 보드라운 종아리 살갗을 타고 내쳐 허벅지 안쪽 깊은 곳까지 오르고 싶은 욕망을 가까스로 누르며 공연히 으르렁댔다.

"모시러 갈까?"

"쳇! 강제 소환 당하느니 내 발로 가요."

준영이 상큼 걸어와 수영장과 반 보쯤 떨어진 자리에 냉큼 쪼그려 앉는다. 입술을 샐그러트리는 얼굴빛이 심통 난 아이처럼 뾰로통했다. 지환은 부러 더 짓궂은 미소를 만들었다.

"이 아가씨 봐라. 가운을 그대로 입고 오셨네. 끝내 물속에는 안 들어오겠다, 이거지?"

"수영 못한다고요."

"가르쳐 준다니까 그러네."

지환은 웅크려 앉은 준영의 두 다리를 하나씩 붙잡아 수영장 안으로 끌어당겼다. 준영이 까악 비명을 내지르며 몸의 균형을 잃지 않기 위해 양팔을 지환의 목에 둘러 감는다. 물속에 잠긴 준영의 등줄기를 품으로 보듬어 안았다. 자연스럽게 준영의 두 다리가 지환의 허리에 감겼다.

지금 이대로 시간이 멈추어도 좋을 듯싶었다.

"이러지 마요."

"뭘 이러지 마? 손 놓으라고?"

지환은 시치미를 치며 준영의 허리에 두른 손아귀 힘을 느슨하게 풀었다. 예상한 대로 준영이 기겁하듯 놀라 양팔과 두 다리에 더욱 힘을 주어 매달린다. 아주 필사적이다.

"놓지 마요. 절대 놓지 마요. 절대로."

"이러면 수영 못해."

지환은 슬그머니 솟는 웃음을 꾹 참았다.

"못해도 상관없어요."

"수영 안 배울 거야?"

"가르쳐 준다 하고 방심한 틈에 수영장에다 빠트릴 거면서. 다 알거든요."

"속고만 살았어?"

"네."

준영이 기다렸다는 듯 큼지막하니 고개를 끄덕였다. 지환은 한바탕 웃어 젖히고 준영을 수영장 가장자리 미끄럼 방지턱 위에다 올려 앉혔다. 준영의 앉은키가 딱 지환의 신장과 알맞아 서로의 눈높이가 정확하게 일치했다.

"당신 언제 이렇게 커졌어? 갑자기 성장 세포가 자가 분열이라도 한 거야?"

지환의 장난스러운 물음에, 이미 안전지대에 올라앉았다고 생각했는지 준영이 어떤 대답 대신 까르르 소리를 내어 웃었다.

지환은 부쩍 더 준영 쪽으로 몸을 붙이고 서서 목욕 가운의 나비 매듭을 풀었다. 헐겁게 벌어지는 옷섶 사이로 뽀얗게 부풀어 오른 젖가슴과, 젖가슴을 나누어 가르는 깊은 가슴골이 얼핏 보였다. 불현듯 입안이 말랐다.

준영의 웃음소리가 일순간에 멈추었다.

"대표님……."

"으응?"

지환은 목욕 가운의 앞섶을 조심스럽게 헤쳐 눈앞에 드러난 가녀린 어깨를 가만가만 어루만졌다. 젖은 손바닥과 하나로 마주 닿은 피부가 달콤한 슈크림처럼 부드럽고 매끄러워 입맞춤하면 혀끝에서 오롯이 녹아들 것만 같았다.

"하아."

준영이 작게 한숨을 내쉬더니 홍조에 젖은 얼굴을 외로 틀어 비켰다. 단순히 수줍어서 시선을 피하는 것만은 아닌 듯했다. 기다란 속눈썹을 커튼같이 드리운 암갈색 눈동자가 불안한 기운을 잔뜩 품고 좌우로 크게 흔들렸다.

"준영아."

"⋯⋯네?"

"나 봐."

"⋯⋯."

"이준영. 여기 보라고. 응?"

지환의 애틋한 애원을 듣고 한쪽으로 비켰던 준영의 고개가 그제야 제자리를 찾아 돌아왔다. 기껏 그러고도 준영은 지환과 시선을 마주치지 못했다. 몹시 스스러웠다.

"아직도 쫓기는 기분이야?"

"쫓겨요?"

"당신은 싫은데 내가 막 밀어붙이는 거냐고. 여전히 그래?"

준영은 머리를 가로저어 부정했다.

싫지 않다고. 어쩌면 좋은지도 모르겠다고. 아니, 사실은 좋다고. 대표님과 '끝'까지 함께 가고 싶은데 차마 용기가 나지 않을 뿐이라고.

세찬 도리질이 섣불리 소리가 되어 나오지 못하는 못난 마음을 대신한다.

"내가 못 미더워?"

지환이 메마른 한숨을 쉬었다. 이번에도 준영은 고개를 흔들어 대답했다.

세상 누구보다 미더운 그였다. 설사 아무도 믿지 못하는 때가 온다 해도 지환만큼은, 그래, 이 사람만큼은 끝까지 미더울 터였다.

지난 7년, 송지환이라는 이름의 그늘 아래서 얼마나 안온했는데…….

지환이 든든한 울타리가 되어 준 덕분에 이렇게나마 세상을 견디면서 세월을 버티어 낼 수 있었음을, 안다.

"미더워요. 내가 대표님 말고 또 누구를 믿어요?"

준영은 손을 뻗어 지환의 뺨을 쓸었다. 지환이 손목을 움키고 준영의 손바닥 안쪽에 입술을 묻는다. 어지러이 얽힌 손금을 따라 흐르는 숨결이 뜨거웠다.

"그럼, 왜?"

지환이 한숨처럼 물었다. 미적거리고만 있는 이유를 캐어묻는 것이다. 그깟 한 걸음을 왜 내딛지 못하느냐는 질책이자 자꾸만 길어지는 기다림에 대한 에두른 원망이기도 했다.

준영은 한참을 망설이며 신중하게 답변을 골랐다. 상처 받고 싶지 않듯 지환에게 상처 주고 싶지 않았다.

"자신이 없어서 그래요. 내가 자신이 없어서."

"무슨 자신?"

"모르겠어요."

준영은 아랫입술을 깨물어 물었다. 모르쇠로 이야기해 놓고 어렴풋이 알 것도 같은 스스로의 모순이 서글펐다.

'끝'까지 가기 위해서 반드시 넘어야만 하는 현실의 벽이 높아도 너무 높다. 당장 양가 부모님들부터 문제였다. 가로막고 선 장벽을 훌쩍 뛰어넘을 수 있는 기량도, 그 장벽을 깨부술 만큼의 용기도 준영에게는 없었다.

"두려워?"

짤막하게 묻고 지환이 비시식 웃는다. 비틀린 입술 끝에 하릴없는 쓸쓸함이 맺혔다. 그러면서도 오히려 준영을 위무하듯 다섯 손가락에 차례로 입을 맞춘다. 다정다감해서 더 애틋했다. 넘치도록 상냥해서 아리기만 한 그 모습을 준영은 이도 저도 못 한 상태로 오도카니 내려다보았다.

"그런가 봐요. 무섭고 겁도 나고."

"뭐가 무서운데?"

"글쎄요. 막연한 기분이라서."

"왜 겁이 나?"

"느낌이 그래요. 막막하다고 할까요."

"혹시, 어젯밤 형석이가 얘기한 여자 때문이라면……."

"아니에요."

준영은 서둘러 부정하고 맥없이 고개를 떨어트리고 말았다. 남모르게 꽁꽁 감추어 두고 싶은 못난 속내를 속절없이 들켜 버린 기분이다. 자괴감마저 들었다.

"아무도 아니야."

지환이 부드럽게 준영의 턱을 붙잡아 얼굴을 위로 들어 올렸다. 두 사람의 시선이 한데 마주쳤다.

"진짜로 아무것도 아니야."

어떤 간절함을 품은 지환의 눈동자 속에서 준영은 진실함을 보았다. 믿고 싶은 것이 아니라 믿어졌다. 자연스러운 확신처럼 저절로 믿어졌다. 그렇게 서로의 마음이 잇닿았다.

"알아요."

"어머니 혼자서 정하신 일이야. 내 의사와는 상관없이."

"설명하지 않아도 돼요. 이제 아니까."

준영은 오른손으로 지환의 뒷머리를 쓰다듬었다. 물에 젖은 머리카락이 떨리는 손가락 사이로 엉클어졌다가 도로 가지런히 놓이기를 반복했다.

"어떻게 알아?"

"그냥 알아요. 그냥. 대표님을 믿으니까."

"나한테는 당신뿐이야. 이것도 알아?"

지환이 똑바른 시선으로 물었다. 준영 또한 올곧은 눈길로 답했다.

"네, 알아요."

"알면, 됐어. 서두르지 않을게."

"고마워요."

"초조해하지도 않을게."

"그래요."

"……있지, 솔직히 이것 다 허세야. 말로만 이래."

지환이 잠시 이야기 소리를 그치고 잘게 웃는다. 겸연쩍다는 양 실긋 미소 짓는 얼굴빛이 언뜻 붉었다.

"지금 이 순간마저도 초조해 미치겠어. 당신이 예뻐서. 미치도록 예뻐서."

지환이 고개를 숙여 하얗게 드러난 준영의 목덜미로 입술을 내렸다. 준영은 두 팔을 들어 쇄골에 입맞춤하는 지환의 등을 안았다. 눈을 감고 몸을 한층 더 지환에게 밀착시켰다. 실체 없는 불안감에 쫓기던 마음이 언제나처럼 평온해진다.

"괜찮아요. 나도…… 그러니까."

"으응?"

지환이 얼굴을 들어 올렸다. 준영은 눈을 떠 그를 바라보다 다시 두 눈을 감고 지환에게 입을 맞추었다. 서로 마주 닿아 하나로 포개진 입술 위에서 나지막이 속삭였다.

"나도 초조하다고요. 대표님 때문에. 대표님이 너무 멋있어서."

하아, 격정에 찬 한숨을 토하며 살포시 벌어지는 입술 사이로 지환의 혀가 들이닥쳤다. 다급하면서도 뜨겁고 집요했다.

혀와 혀가 얽히자 숨과 숨도 하나로 얽혔다. 한참이나 입 안 곳곳을 거칠게 탐하던 지환의 입술이 어느 순간 뾰족한 턱 선을 달게 핥으며 올랐다. 준영의 귓불을 잇새로 자근자근 깨문다.

"이러면, 내가……."

어떻게 참으라고.

알아들을 수 없는 말들이 홧홧한 혀끝에 감겨 준영의 귓속으로 파고들었다.

"이러고, 나더러……."

어떻게 견디라고.

끝을 맺지 못하는 이야기가 달뜬 탄식과도 같았다.

준영은 목덜미를 움츠렸다. 생경한 열기가 온몸으로 피어오르고 물에 젖은 살갗 위로 오소소 소름이 돋았다. 깊은 신음이 꽉 잠긴 채 흘렀다.

타는 듯 뜨거운 입맞춤이 도드라진 빗장뼈로 쏟아졌다. 동시에 망설임 없는 손길이 준영의 수영복을 끌어 내리고 뽀얀 젖무덤을 함부로 움켜잡았다. 팥 알갱이처럼 단단하게 곤두선 젖꼭지를 엄지와 검지로 비틀어 쥔다.

"흐읏."

순식간에 통증이 쾌감으로 변했다. 희열과도 같은 이상야릇한 감각에 소스라쳐 준영은 저도 모르게 발끝을 오므렸다. 머릿속이 하얗다. 어질어질 현기증마저 일었다.

지환의 혀가 쇄골 아래 드러난 가슴골을 아로새기듯 천천히 훑으면서 내려왔다. 젖가슴을 핥고, 젖꽃판을 삼키고, 젖꼭지를 빨았다. 느릿느릿 혀끝에 감아 돌리다가 결국에는 잇새로 베어 물고 세차게 빨아 당긴다.

준영의 등줄기가 활처럼 뒤로 휘었다. 포물선을 그리며 낭창 늘어지는 허리를 한쪽 팔로 붙잡아 받치고 지환은 나머지 손을 재빨리 준영의 허벅지 안쪽으로 미끄러트렸다.

성급하지만 못내 조심스러운 손길이, 얇은 피막과도 같은 수영복에 가려진 준영의 중심부, 휘우듬 오른 둔덕을 뒤덮었다. 손바닥으로 불두덩 전체를 살살 비비고 슬슬 문지르자 준영이 바르르 어깨를 떨며 도리질을 쳤다. 너무나도 미약한 거부의 몸짓이었다.

"아직……."

마음의 준비가 부족하다는, 상황 전개가 너무 빠르다는, 핑계 아닌 핑계가 숨을 몰아쉬느라 어느덧 버썩 말라붙은 준영의 입안에서 소리 없이 맴돌았다.

"만지게 해 줘."

지환은 성글고 마른 목소리로 당당히 허락을 요구했다. 미처 준영이 거절할 겨를을 주지 않고 아무런 거리낌 없이 젖은 수영복 자락을 한쪽으로 밀쳐 내 버렸다.

다급한 손끝에 마침내 가슬가슬한 거웃이 닿는다. 무성히 우거진 수풀을 서둘러 헤치고 길게 갈라진 틈바구니부터 찾았다. 비좁아 빠듯하기만 한 경도를 비집어 가운뎃손가락을 질 안쪽으로 깊숙이 찔러 넣었다.

"아홋."

느닷없는 침입에 놀란 준영은 새된 비명을 질렀다. 저절로 아랫배에 힘이 들어갔다. 동시에 질 내벽 점막이 움찔움찔 파동 치며 녹진한 속살을 핥듯이 훑고 지나는 지환의 손가락을 옥죄어 물었다.

"쉬이."

지환이 달래듯 입을 맞춘다. 더운 숨을 연이어 터트리는 준영의 입술을 부드럽게 물고서 힘주어 빨았다. 몰캉거리는 혀가 준영의 입안을 가득 채우고 잠시 멈추었던 지환의 손가락이 다시 움직이기 시작했다.

리듬을 타듯 느릿느릿 준영의 몸 안쪽으로 들어와 여린 점막을 마음껏 휘젓고 도로 천천히 빠져나갔다.

빡빡하던 내벽이 나근하게 풀리고 비좁은 경도가 촉촉이 젖었다. 위에서, 또 아래에서, 거칠 것 없이 속살을 헤집으며 혀와 손가락이 점차 속도를 높였다. 눈에 띄게 빨라진 움직임은 잔인할 정도로 집요했다.

헛숨을 삼키는 준영의 등줄기가 휘청거린다. 한계치까지 차올라 가파르게 부푼 숨소리가 끝내 허공을 찔렀다.

"하아, 하아, 하아……."

손가락 움직임이 무섭도록 빨라졌다. 홧홧한 불두덩 내부를 제멋대로 들쑤셔 준영의 몸속 가장 은밀한 그곳이 아릿하다 못해 얼얼했다.

이번에도 통증은 어김없이 쾌감으로 뒤바뀌었다. 통증과 쾌감이 얼기설기 엉클어져 거대한 해일과도 같은 쾌락이 준영의 온몸을 덮쳤다. 허리가 비틀리고 아래턱이 달달달 떨렸다.

난생처음 경험하는 오르가슴에 어쩔 줄을 몰라 준영은 지환의 어깨에 손톱을 박아 넣고 흐느꼈다.

"으읏, 그만."

"쉬이, 괜찮아."

"제발……."

"지금. 응?"

지환이 재촉했다. 어떤 재촉인 줄도 모른 채 준영은 그저 지환에게 매달렸다. 열에 달떠 숨을 헐떡이고 성긴 신음을 들썽거리다가, 급기야 심장이 터져 버리고 말 것 같다 느끼는 순간 '악' 외마디 비명이 준영의 입에서 터졌다.

## Chapter 16

## 세상에 단 한 사람

숨결이 어지럽고 귓속이 윙윙거렸다. 발갛게 달아오른 온몸은 물결처럼 일렁인다. 흐릿한 의식 또한 일렁이는 물결에 박자를 맞춘 듯 어우러져 출렁거렸다. 준영은 더운 숨을 한꺼번에 몰아쉬며 열기로 물든 눈시울에 힘을 실었다.

섬광과도 같은 빛다발을 인식한 것은 그때였다. 느리게 열렸다가 도로 힘없이 닫히기를 반복하는 망막 속으로 넓게 퍼지는 빛줄기가 한꺼번에 들이닥쳤다.

방사형 실링 팬 아래 종 모양으로 매달린 여러 개의 삼파장 형광등을 한동안 멍하니 올려다보았다. 흐릿한 시야 저 끝에서 새하얀 전등불이 어지럽게 춤을 춘다.

망연히 누운 채 시선을 눈부신 빛다발 너머로 옮겼다. 펜타곤 프레임을 따라 보꾹에서부터 바닥까지 치렁치렁 늘어진 휘장이 이채로웠다. 반쯤 드리운 순백의 휘장 저편 푸르스름한 달빛에 잠긴 수영장이 가마득하다.

여기가 어디지?

수영장에 딸린 카바나*인가?

지금 누워 있는 곳은 객실 침대가 아니라 온열 선베드?

수영장에서 이곳 카바나까지 어떻게 왔더라?

의문부호로 끝맺음 하는 여러 가지 생각들이 단편적인 기억들과 어지럽게 엉클어졌다. 모든 것이 희미했다.

극한의 절정 속에서 한참이나 숨을 멈추었던 기억이 문득 떠올랐다. 허공중 커다란 포물선을 그리면서 휘어지는 등줄기를 지환이 양손으로 붙잡아 볼끈 안아 들었던 것 같다.

본능이 시키는 대로 두 다리를 지환의 허리에 단단히 감았다. 이것만큼은 확실하다. 머릿속 기억은 온통 어렴풋한데 허벅지 안쪽에 남은 홧홧한 피부 감촉은 여전히 또렷했다.

준영을 안고 발걸음을 옮기는 중간중간 지환은 수도 없이 입을 맞추었다. 때로는 짧고, 때로는 긴 입맞춤이 수영장을 벗어나 이곳 카바나까지 오는 동안 계속되었던 듯하다.

처음에는 양팔을 지환의 목에 감은 채 떨어지지 않으려 매달리기에만 급급했던 준영도 어느 정도 자세가 안정을 찾자 기꺼이 입맞춤을 되돌렸다.

서로의 입술을 빨고, 서로의 숨을 삼키고, 서로의 혀를 옭

---

*카바나(Cabana):방갈로 또는 탈의장.

아매고. 매 순간순간이 뜨겁고도 절박했다.

허리와 엉덩이 사이 어디쯤에 걸려 있던 젖은 수영복을 지환이 벗겨 냈는지, 스스로 벗어 버렸는지 기억에 없다. 단지 실오라기 하나 걸치지 않은 발가벗은 알몸으로 현재 카바나 안 선베드 위에 누워 있다는 사실을 각성하듯 갑자기 알아차렸을 뿐이다.

준영의 나신을 타고 오르는 지환 역시 어떤 것도 입고 있지 않기는 마찬가지였다. 그러고 보니 조금 전 지환이 거추장스럽다는 양 트렁크 수영복을 아무렇게나 벗어서 멀리 던져 버린 것 같기도 하다.

무방비로 드러난 살갗에 와서 닿는 벌거벗은 맨살의 감촉이 몹시 탄탄하면서도 자못 부드러웠다. 한동안 뭉긋이 비비며 문지르더니 어느 시점부터 배스듬하게 기운 둔덕 아래 불두덩을 두드리듯이 꾹꾹 찔러 댔다.

이게…… 뭐지?

놀랄 만큼 강렬하고 압도적일 정도로 황홀하다. 그러면서 또 당혹스럽다.

내내 자오록이 안개가 낀 것처럼 흐릿하던 의식이 별안간 명료해졌다. 동시에 준영은 번쩍 눈을 떴다. 팽창할 대로 팽창한 눈조리개 안쪽으로 희뿌연 빛다발이 막무가내로 내리꽂혔다. 환한 빛더미 한가운데 살짝 미간을 찌푸린 지환의 얼굴이 보인다.

긴 그림자를 드리운 짙은 속눈썹, 그 끝에 맺힌 굵은 땀방울, 몽롱하게 풀린 눈빛, 살긋 벌어진 입술. 적나라하니 욕망을 드러낸 모습마저도 아름다웠다.

"대표님……."

준영의 목소리가 너무 낮고 탁했나 보다. 다급한 부름에도 지환은 묵묵부답이었다. 도리어 입술을 빗장뼈 사이 오목 들어간 자리로 내리고 준영의 여린 목덜미를 잇새로 잘근거렸다. 거칠고 더운 숨결이 쉴 사이 없이 쇄골 위로 쏟아졌다. 불규칙적으로 들이쉬고 내쉬는 지환의 숨소리가 가파르게 커져 간다.

"예뻐. 전부, 먹어 치우고, 싶을 만큼."

잔뜩 흥분한 채 드문드문 끊겼다가 이어지는 지환의 말소리가 한껏 달뜬 피부를 통해 고스란히 준영의 몸속으로 스몄다. 준영은 도로 눈을 감고 말았다. 저절로 발끝이 오므라들었다.

마지막 남은 능선을 넘고 싶기도 하고, 여기서 그만두어야 할 것도 같고. 찰나의 망설임과 순간적인 유혹이 영겁의 시간 속에서 켜켜이 쌓였다.

그래도 아직은…….

그래, 아직은 말이다…….

준영은 양쪽 무릎을 붙잡아 벌리는 지환의 손목을 가만히 붙들어 쥐었다.

"대표님."

"으음?"

싫다는 양 나지막이 칭얼거리듯 지환이 대답했다. 준영은 지환의 손목을 붙잡은 손가락에 힘을 더하며 얄팍한 숨을 조금씩 끊어서 입 밖으로 밀어냈다.

"그만, 해요."

그 즉시 지환이 현실 인식을 하려는 사람처럼 초점이 흐려진 눈을 몇 번이나 끔뻑거렸다. 눈꺼풀이 꾸욱 닫혔다가 바삐 열릴 때마다 몽롱하던 눈빛에 점차 또릿또릿 힘살이 들어갔다. 어느 한순간 크게 당황한 기색이 우물처럼 깊은 눈동자를 뒤덮는다.

"……미안. ……미안해."

황급히 몸을 일으켜 세운 지환은 근처 탁자 위에 놓인 비치타월을 대충 집어 허리에 둘렀다.

한결 또렷해진 시야 속에 발가벗은 몸을 둥글게 웅크리고 누운 준영의 모습이 아프게 와서 박혔다. 안으로 굽어 움츠러든 어깨가 마치 숨죽여 흐느끼기라도 하는 것처럼 파들파들 떨린다.

나가 죽어라, 송지환! 도대체 무슨 짓을 저지른 거냐?

스스로를 향해 소리 없는 악다구니를 퍼부으며 지환은 어금니를 사리물었다. 그 와중에도 양손은 본능처럼 준영을 어르고 달래기 위해 무작정 앞으로 뻗어나가려 한다.

자칫 위로를 한답시고 지금 준영에게 손을 대었다가는 재차 이성을 잃을 수도 있었다. 급하게 팔을 거두어들이고 새 비치타월을 펼쳐 준영의 벗은 몸을 덮어 주었다.

"내가 잠깐 정신이 나갔었나 봐. 미쳤었던 게 분명해."

"……."

"다시는 이런 일 없을 거야. 진짜 미안."

지환의 거듭되는 사과에도 준영은 여전히 시선을 피한 채 말이 없었다. 하기야 이 상황에 대화는커녕 얼굴을 마주 대하기도 힘들고 어색할 터.

지환은 젖은 머리카락을 손가락으로 아무렇게나 쓱쓱 쓸어서 이마 위로 넘겼다. 준영이 몸과 마음을 추스를 수 있도록 그만 자리를 피해 주어야 할 성싶었다.

"옷 갈아입고 산책 좀 하고 올게."

지환은 준영의 대답을 기다리지 않고 곧장 발길을 돌렸다.

웅크려 누운 준영의 등 뒤로 자박자박 발자국 소리가 멀어졌다. 아스라한 저편에서 베란다 홀딩 도어가 스르륵 열렸다가 금세 닫혔다. 납덩어리 같은 지독한 적막이 카바나 안 쏟아져 내리는 희뿌연 빛다발을 짓눌렀다.

준영은 천천히 상체를 일으켜 세우고 앉았다. 난데없는 눈물이 야윈 뺨을 타고 흘렀다. 까닭 없이 그냥 울음이 솟구쳤다.

✦

전등 불빛이 모두 사라진 짙은 어두움 속, 준영은 거실 소파 위에 두 다리를 올리고 앉아 등줄기를 동그랗게 말았다.

여지없이 몸뚱이가 공처럼 굽어든다. 하나로 모아 세운 양쪽 무릎에다 눈물 자국으로 얼룩진 얼굴을 파묻었다. 애달픈 탄식이 한숨인 양 솟았다.

붙잡을 것을 그랬나?

때늦은 후회가 이제 와 가슴을 쳤다. 밀어내려고 한 것은 아닌데 결국 밀어내 버리고 만 꼴이 되었다. 바보같이.


"……미안. ……미안해."


크게 당황해 사과하던 지환의 얼굴이 질끈 감은 준영의 눈꺼풀 속에 맺혀 아른거린다.

괜찮다고 이야기했어야 했다. 꿀 먹은 벙어리처럼 아무런 말도 못 한 채 시선을 외면할 것이 아니라.

부끄러워서 그랬다지만 어차피 핑계에 지나지 않았다. 미안해하지 말라고, 미안한 일은 어떤 것도 없노라고 정확히 이야기했어야만 했다. 둘이서 함께 저지른 일을 두고 왜 대표님이 사과를 하느냐고 말이다.

속상하고 미안해서 다시 울음이 차올랐다. 흐르는 눈물을 아무렇게나 문질러 닦았다. 어디서부터 어떻게 잘못되었는지 도통 모르겠다. 사실 잘못된 일은 아무것도 없었다. 단지 어긋났을 뿐. 어긋나 버린 지점이 어디쯤인지 얼핏 알 듯도 했다.

오늘 밤 지환과의 일을 하나하나 곱씹어 나가는 차에 현관 카드키 잠금장치 풀리는 소리가 띠리릭 하면서 울렸다.

"대표님?"

준영은 멍하니 앉아 있던 소파에서 벌떡 일어나 한달음에 입구 쪽으로 달려갔다. 버겁게 열리는 현관문 사이로 아옹다옹 다투는 춘희와 형석의 목소리가 흘러들었다.

"최형석은 차암 좋겠어. 여자들한테 인기 많아서."

춘희가 혀 꼬부라진 소리로 시비를 걸자 형석이 어이없다는 식으로 한숨을 포옥 내쉰다.

"이제 반말까지?"

"꼬우면 반말하라며? 한 입 가지고 두 말 해? 그러면 앙 돼."

"앙 돼, 좋아하시네! 술에 취해 제정신이 아닌 놈을 쥐어팰 수도 없고 진짜. 한 살이라도 더 먹은 내가 참는다. 참아."

"참지 마. 참지 말라고! 나도 이제 안 참을 거거덩."

"어쭈구리?"

"야, 최형석! 나는 왜 앙 되는데?"

"이거는 또 뭔 개소리야? 아주 지랄 염병을 해라. 아이고, 이 화상아! 내내 얌전하다가 꼭 한 번씩 사고를 치지."

형석이 인사불성에 가까운 춘희를 질질 끌다시피 거실 안으로 들어섰다. 한쪽 벽면 허탈한 몸을 비치적비치적 기대서 있는 준영을 발견하고 놀란 표정으로 묻는다.

"얼레! 이 작가, 안 잤어?"

준영은 내처 형석과 춘희를 지나쳐 현관으로 뛰어나갔다. 맹렬한 기세로 출입문을 열어젖히는 준영의 등 뒤에서 형석이 어안이 벙벙한 채로 목소리를 높였다.

"이 작가! 다 늦은 야밤에 어디 가? 지환이랑 무슨 일 있었어?"

⟨⟨⟨⟨

철써덕, 철써덕.

모래톱을 쓸고 지나는 푸르른 파도 사이로 한밤의 고요함이 밀려든다. 캄캄한 어두움 아래 점점 깊어지는 모래톱의 적요함을 사박사박 맨발로 밟아 깨우며, 준영은 소금기 물씬 풍기는 바다를 향해 나아갔다.

인적이 끊어져 술렁대는 갯바람과 일렁이는 파도밖에 남지 않은 한밤의 바다는 온통 깊고 짙은 푸른빛에 잠겨 있었다.

칠흑빛 어두움 탓일까?

아니면 하늘과 바다가 마주 닿은 제주도라서 그런 것일까?

눈에 보이는 세상이 그저 푸르른 빛깔 천지였다. 눈길 닿는 곳마다 짙푸르러서 아름답고, 또 다른 한편으로는 너무나 검푸르러서 애달팠다.

멀리 푸르른 달빛을 등에 진 지환이 검푸른 밤바다를 홀로 직면한 채 서 있다. 한참이나 떨어져 발걸음을 멈추어 서는 준영의 눈가로 부질없는 눈물이 솟아올랐다. 어두움의 장막에 둘러싸인 지환의 올곧은 등줄기가 못내 외로워 보였다.

불현듯 '내 마음을 아실 이'라는 김영랑의 시가 떠올랐다. 지환만큼 준영의 마음을 속속들이 아는 사람은 세상에 없을 것이다. 그녀 혼자 간직한 마음속 티끌과 가슴에 맺힌 간곡한 눈물까지도 지환은 마치 준영인 듯 낱낱이 알았다.

어쩌면 그런 지환이기에 예전부터 준영의 본심을 알아채고 있었는지도 모른다. 지환을 사랑하면 안 된다고, 그에게 마음 주지 말자며 매일 매순간 스스로를 다그칠 수밖에 없었던 바로 그 진심을 말이다.

아마도 그래서 같은 마음이라면 한 걸음만, 딱 한 걸음만 그를 향해 다가와 달라고 굳이 주문까지 했을 터.

모래톱에 박힌 오른발이 제멋대로 움찔 앞으로 나아가려 한다. 왼발은 왼발대로 제자리에서 몸을 돌려 달아나려 한다.

본디 하나여야 할 마음이 둘로 갈라져 머릿속에서 와글와글 시끄럽게 논쟁을 벌인다. 하나는 바닷가 지환에게 어서 달려가라 속살거리고, 다른 하나는 빨리 정신을 차려 호텔로 돌아가라 윽박지른다.

공교롭게도 그즈음 지환이 뒤를 돌아다보았다. 멀고 먼 눈길과 가마득한 눈길이 서로 부딪쳤다. 준영의 머릿속 소란스러운 싸움을 알아채기라도 한 듯, 갈팡질팡 수시로 변하는 그녀의 마음을 읽어 내기라도 한 양 지환이 몸을 돌렸다. 느릿느릿 천천히.

모래톱 끝자락 우두커니 서 있는 준영을 똑바로 응시한 채 성글지만 단호한 걸음걸이로 저벅저벅 다가온다. 한 발짝,

한 발짝 검푸른 어두움을 헤치면서 자꾸만 가까이, 더 가까이 다가왔다.

앞으로 나아가지도, 뒤로 도망가지도 못한 채 오락가락하던 준영의 두 발이 한꺼번에 석상처럼 굳었다. 순간 술렁대던 갯바람도 그치고 일렁이던 파도도 잦아들었다. 시간마저 멈추어 버린 모양 짙푸른 사위가 온통 고요했다.

별안간 알 수 없는 전율이 준영의 전신을 뒤흔들었다. 정수리에서부터 발가락 끝까지 저릿저릿한 떨림이 온몸을 관통하듯 한달음에 지난다.

지환을 향해 속절없이 흘러 버린 마음을 거슬러 돌이키기에는 이미 늦어 버렸음을, 준영은 그제야 깨달아 알았다. 오랜 시간 지환이 그녀 하나만을 바라보며 지금껏 곁을 지켜 온 것처럼 준영 역시 아주 오래전부터 그 한 사람만을 바라고 간절히 원했다.

이제는 사랑하고 싶다.

오래도록 외면해 온 사랑을 붙잡고 싶다.

서로 사랑하는 일을 시작하고 싶다.

주체할 길 없는 금지된 열망이 속수무책 가슴에서 들끓었다.

이 사랑이 아무리 아파도 두 번 다시 안개 속으로 숨어들지 않으리라. 다시없을 사랑이니까.

이 사랑 때문에 수없이 다쳐도 절대 뒤돌아 도망치지 않으리라. 도저히 놓을 수 없는 사랑이니까.

이준영에게 있어 송지환은 사랑이다. 단 하나의 사랑이다.

마침내 그 뜨겁고도 뜨거운 결론에 도달한 준영의 눈시울이 붉게 달아올랐다. 요동치는 가슴이 점점 벅차 알짝지근하니 목울대를 메우다가 왈칵 울음을 토해 낸다.

때마침 지환이 지척에까지 다가와 섰다. 준영이 한 걸음만, 딱 한 걸음만 발을 옮겨 놓으면 그대로 지환의 품속이다. 상념을 묶고 마음을 굳힌 준영은 그 어떠한 주저함도 없이 오른발을 앞으로 내밀었다.

"사랑해요."

지환이 와락 준영을 끌어당겨 안는다. 으스러지도록 준영을 가슴에 보듬어 안은 지환의 눈자위에도 말갛게 눈물이 맺혔다. 서로가 서로를 향해 본래 하나인 듯 한가지로 몸을 잇대어 바투 안은 둘은 같은 마음으로 같은 울음을 쏟았다.

푸른 밤, 푸르른 달빛을 받아 흐르는 눈물마저도 영롱한 푸른빛으로 반짝거렸다.

—너는 사랑이다 2권에서 계속…….